KB219480

브로드웨이의 유령

New York
Broadway

브로드웨이의 유령

한 연극학자의 뉴욕 방랑기

강태경 지음

유랑의 서書

○○○

큰 바다 태평양과 큰 땅 아메리카 대륙을 건너 그 땅의 동단에 이르면 큰 길 브로드웨이가 있다고 들었다. 그 길로 가면 고향에 이르리라 생각했다. 연극의 고향, 그리고 연극을 사랑하는 사람들의 영혼의 고향 말이다. 무대 위에 창조되는, 그러나 순식간에 사라지는, 아스라한 환영의 실체를 거기서는 붙잡을 수 있으리라 생각했다. 또는 삶의 지평 위에 떠올랐다 스러져간 수많은 가능성들의 원형이 거기 있지 않을까 기대했다. 그래서 떠난 길이었다. 자신의 잃어버린 실상을 찾아 길 떠나는 이 세상 모든 여행자들이 그렇듯.

하지만 여행이란 무엇을 찾아 어디를 향해가는 길인 동시에 뭔가를 버리기 위해, 무엇으로부터 벗어나기 위해, 목적지도 모른 채 그저 떠나는 길이라고도 했던가. 척박하고 핍진한 현실을 잠시라도 벗어나기 위해, 일상에 얽매인 궁색하고 옹졸한 자아를 내려놓기 위해 어떤 연유에서건 견딜 수 없게 된 이 세상을 등지기 위해. 무엇보다 삶이 빛어놓은 나, 곧 나의 허상으로부터 떠나기 위해서. 그렇다, 또한 그래서 떠난 길이었다. 평생 쓰고 살아온 가면의 무게가 얼굴을 짓눌러 일그러뜨리기 시작한 바보광대가 자신의 무대를 버리고 떠나듯.

목적지를 알면 여행이요 모르면 유랑이라고 했던가. 종잡을 수 없는 발길을 칼바람 부는 한겨울의 맨해튼에 처음 내디딘 이후, 브로드웨이와 오프-브로드웨이를 가로지르고 맨해튼과 브루클린을 건너다니며 연극 공연은 물론, 뉴욕의 다채로운 풍경과 사람들을 글과 사진에 담기 시작했다. 「브로드웨이 서신」이라는 이름으로 한국의 친구들에게 전하는 안부로 시작한 일이었다. 서신들이 제법 쌓여갈 무렵 독자 한 분이 출판을 권유했고 다른 한 분은 나를 "무대가 너무 좋아 하염없이 극장가를 떠돌다 죽어서도 극장을 떠나지 못하는 연극의 유령"이라 불렀다. 하지만 손에 잡히지 않는 연극의 뿌리를 만지려 브로드웨이와 그 너머까지를 온통 헤매고 다녔지만 여전히 연극은 그 신비한 속살을 드러내 보여주지 않았다. 마찬가지로, 존재의 허상을 떠나 그 실상을 찾는 발걸음도 여전히 오리무중을 헤매고 있었다. 정말 유령이 되어버린 느낌이었다.

이 책은 그 유령의 방랑기다. 정처도 없고 끝도 없는 유랑의 기록이다. 길을 가고 또 가도 또 다른 길이 열린다. 극장 문을 열고 또 열어도 또 다른 문이 열린다. 무대 위의 세상은 우리네 세상의 거울이며 무대 위의 배우는 우리 자신의 거울이라고 했던가. 하지만 그 거울에 세계와 인간의 모습이 명징하게 응결되는 것은 잠시, 가면을 벗은 내 자신의 얼굴을 목격하는 것도 잠시, 그 거울 이미지를 만지려 손을 대면 거울은 문이 되어 열리면서 또 다른 빈 방, 또 다른 거울로 허탄한 발길을 인도할 뿐이다. 거울과 거울을 지나, 문과 문을 나서, 길과 길을 걸어가는 우리는 영영 닿지 못할 고향에 대해, 영영 이루지 못할 '나'에 대해 언제까지 그리움만으로 살아가야 한단 말인가.

그 그리움의 노래가 또한 이 책이다. 그 노래를 함께 부르고자 하는 분들께 독자가 되어주십사 청한다. 끝내 닿지 못할 연극의 본질과 인간의 실상을 찾아가는 브로드웨이 유령의 유랑길에 동행해주실 것을 청한다. 연극을 사랑하여 그 길을 가노라면, 불멸의 레퍼토리 셰익스피어와 현대 연극의 걸작 리바이벌들, 미국 연극의 현주소를 알려주는 최신작에 이르기까지, 그리고 브로드웨이의 전통적 극장과 오프-오프-브로드웨이의 혁신적 극장 사이의 간극을 넘어, 2013년 뉴욕 무대의 화제작들을 관통하는 주제는 '인간이란 무엇인가'라는 질문이라는 것을 알게 될 것이다. 유령과 함께 도보 여행자가 되어 맨해튼 거리를 종횡하고 강 건너 브루클린까지 섭렵하노라면, 뉴욕의 낯선 풍경과 낯익은 사람들 사이에서 또한 같은 질문을 발견할 것이다. 뉴욕 사람들도 서울 사람들과 똑같이 '나는 누구인가'라는 질문에 답하기 위해, 또는 그 질문을 피하기 위해, 살아가고 있다.

뉴저지의 작은 마을에 둥지를 틀고 사계절에 걸친 15회의 뉴욕 연극 여행을 했다. 이 여행의 동반자들은 타임스 광장과 센트럴 파크, 포트오소리티 버스 터미널과 펜스테이션 기차역, 맨해튼 미드타운과 다운타운, 첼시의 호텔과 이스트 빌리지의 목로주점, 링컨 센터와 브루클린 뮤직 아카데미, 허드슨 강변과 이스트 강변을 오가게 될 것이다. 거기서, 또 오가는 거리에서, 중독자와 노숙자, 광대와 성자, 시인과 연인과 살인자, 클로젯 게이와 드랙 퀸, 장인과 도제, 매춘부와 불구자, 혁명아와 수감자, 천재와 광인을 만나게 될 것이다. 그리고 무대나 거리가 아닌 자신의 내면에서 숨 쉬고 있는 자유인과 자폐아라는 이름의 샴쌍둥이도 만날 것이다. 무엇보다 인간을 만날 것이다. 진흙 속을 뒹굴고 늪 속으로 빠져 들어가는 순간에도 밤하늘의 별을 보며 꿈꾸기를 멈추지 않는, 또는 하늘을 꿈꾸면서도 땅속에 묻히고야 말, 그 불가사의의 존재를 말이다.

이 여행에 드라마와 같은 극적인 결말을 기대한다면 실망할 수도 있다. 삶이 그렇듯 여행은 목적지를 모른 채 오늘도 계속되기 때문이다. 〈깔끔한 결말에 관하여On Tidy Endings〉라는 제목의 연극이 어떤 삶에도 깔끔한 결말은 없다는 것을 말해주는 것처럼, 삶의 고비마다 우리가 남기게 되는 것은 정리되지 않는 느슨한 결말들이다. 하지만 길든 짧든 살아갈 날이 남은 사람들에게는 그것은 열린 가능성이기도 하지 않은가.

2014년 깊은 가을
끝나지 않은 유랑길에서

The Public Theater presents
FREE PARK
Shakespeare in the
LOVE'S LABOUR'S LOST
A NEW MUSICAL
PUBLIC.

PLAYBILL

The Godfather of the American Avant-Garde Returns!

Old-Fashioned **Prostitutes**
(A TRUE ROMANCE)

WORLD PREMIERE
WRITTEN, DIRECTED & DESIGNED BY
Richard Foreman

APR 30 - JUN 02

publictheater.org | 212-967-7555

PUBLIC.

PLAYBILL
BOOTH THEATRE

THE **GLASS MENAGERIE**
TENNESSEE WILLIAMS

PLAYBILL
ETHEL BARRYMORE THEATRE

MACBETH

PLAYBILL
RICHARD RODGERS THEATRE

TENNESSEE WILLIAMS'
CAT ON A HOT TIN ROOF

WWW.PLAYBILL.COM

THEATRE FOR A NEW AUDIENCE

A MIDSUMMER NIGHT'S DREAM

by WILLIAM SHAKESPEARE Music ELLIOT GOLDENTHAL Director JULIE TAYMOR
OCTOBER 19, 2013 - JANUARY 12, 2014 WWW.TFANA.ORG 866-811-4111
POLONSKY SHAKESPEARE CENTER 262 ASHLAND PLACE.

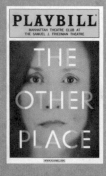

PLAYBILL
MANHATTAN THEATRE CLUB AT
THE SAMUEL J. FRIEDMAN THEATRE

THE OTHER PLACE

WWW.PLAYBILL.COM

THE FOUNDRY THEATRE'S **Good Person** of Szechwan

PLAYBILL
RICHARD RODGERS THEATRE

ROMEO
AND
JULIET

PLAYBILL
NEW YORK THEATRE WORKSHOP

SONTAG:
REBORN

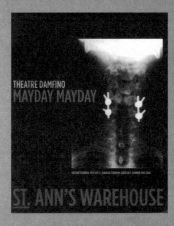

THEATRE DAMFINO
MAYDAY MAYDAY

ST. ANN'S WAREHOUSE

LA MAMA IN ASSOCIATION WITH CROSSING JAMAICA AVENUE PRESENTS

A MUSIC / MARTIAL ARTS / MANGA - THEATER BLOCKBUSTER!
LA MAMA ELLEN STEWART THEATER
MAY 16 - JUNE 2, 2013

DEADLY
SHE-WOLF
ASSASSIN
AT ARMAGEDDON!

by Fred Ho and Ruth Margraff

2012 PULITZER PRIZE WINNER

**WATER BY
THE SPOONFUL**

BY QUIARA ALEGRÍA HUDES
DIRECTED BY DAVIS McCALLUM

WITH LIZA COLON-ZAYAS, FRANKIE FAISON, ZABRYNA GUEVARA,
BILL HECK, SUE JEAN KIM, ARMANDO RIESCO, RYAN SHAMS

2ST 2econdStageTheatre

La MaMa and St. Ann's Warehouse present
LEE BREUER'S
LA DIVINA CARICATURA
DEC 6–DEC 22

La MaMa's Ellen Stewart Theatre, 66 E 4th St, New York, NY
212-475-7710 | LaMaMa.org

piece by piece productions and Rising Phoenix Repertory
in association with The Barrow Group
present

ALL THE
RAGE

written & performed by **MARTIN MORAN**
directed by **SETH BARRISH**

From the team that brought you the OBIE® Award-winning *THE TRICKY PART*

PLAYBILL
LYCEUM THEATRE

THE
NANCE

PLAYBILL
THE PERSHING SQUARE SIGNATURE CENTER

OLD HATS

여권 잃은 자들을 위한 하나의 땅

○○○　맨
　　　해
　　　튼

　　　칼바람 속
　　　　　　으
　　　　　　로

　　　　　　○
　　　　　　○

　　　브로드웨이로 가는 첫 아침. 뉴저지 주 해케츠타운에서 뉴욕행
버스를 탄다. 옆자리 초로의 여인이 여행 내내 책에 빠져 있다. 무
슨 우연일까, 그 책은 지난 가을 한 친구로부터 내용을 전해 듣고
는 읽지도 않고 빠져든 소설 〈종말의 의미The Sense of an Ending〉. 삶
의 의미란 자신뿐 아니라 타인에 의해서 함께 형성된다는 것, 하지
만 그 의미를 자기중심적 인식의 한계로 인해 끝내 깨닫지 못하는
인간의 비극. 시작 속에 끝이 있다 했던가, 이 여정의 첫걸음에 '종
말의 의미'를 생각하게 되다니.

맨해튼의 버스 터미널 포트오소리티에 도착, 42번가에서 47번가/브로드웨이까지 걷는다. 허드슨 강과 이스트 강 사이에 낀 맨해튼에는 치솟은 건물들 사이로 칼바람이 분다. 두터운 외투로 무장했지만 금세 몸이 얼어붙는 느낌. 타임스 광장에 위치한 할인 티켓 부스 TKTSTickets Booth Times Square에서 스칼렛 조한슨 출연으로 장안의 화제가 된 〈뜨거운 양철지붕 위의 고양이〉 마티네 공연 티켓을 샀다.

추위도 피할 겸 거리 모퉁이의 다이너(미국식 음식을 파는 간이식당)에서 아점을 먹었다. 조금은 녹은 몸으로 거리의 흐름에 몸을 맡긴 채 브로드웨이를 따라 걷자니 어디선가 들려오는 이국풍의 음악. 거칠면서도 서글픈 음조에 끌려 다가가 보니 거리의 악사가 안데스 전통음악 CD를 늘어놓은 좌판 뒤에서 길고 짧은 피리 열 대를 묶어놓은 모양의 악기를 연주하고 있다. 볼리비아 출신의 하비에르 자파타. 소싯적에 사이먼 앤 가펑클 일본 공연에 동행하여 명곡 〈철새는 날아가고El Condor Pasa〉를 연주한 적도 있다고 자랑한다. 믿거나 말거나. CD를 살까 말까 망설이고 있으니 간절한 어조로 "빨리 팔고 집에 가고 싶어요."라고 호소한다. 화

얼어붙은 손으로 쌈보냐를
연주하는 하비에르 자파타

웨스트 45번가의 리처드 로저스 극장

씨 5도, 섭씨로는 영하 15도의 추위 속에 몇 시간을 이러고 있었을
까. 그의 얼어붙은 손을 잡았다.

〈뜨거운 양철지붕 위의 고양이〉: 진실과 거짓의 뉘앙스

테네시 윌리엄스 작 〈뜨거운 양철지붕 위의 고양이〉를 보러 갔
다. 45번가의 리처드 로저스 극장. 극장 외관을 찍은 뒤 로비의 풍
경도 사진에 담고자 했더니 안내원이 제지한다. 퍼뜩 드는 생각. '그
래, 연극이란 순간의 예술이야. 무대 위의 모든 것이 다음 순간 사
라지고 말아. 인생이 그렇듯이. 사진으로든 뭐로든 기록으로 남기겠
다는 것이 부질없는 짓이지.' 정말 사진 찍고 찍히는 걸 싫어하는,
거의 경멸하는, 내가 지금 왜 이러고 있는 거지? 생각해 보니 인생
에 별로 남은 게 없어서?
　객석에 앉으니 오른쪽에는 진짜 배우가 아닐까 싶을 정도로 배
우 뺨치는 용모의 미남, 왼쪽에는 듬직한 체구의 두 아줌마가 있다.
관객은 99퍼센트가 백인 중년과 노년. 무대를 바라보니 나무 그림
자 조명이 드리워진 커튼 위로 돌출한 미국 남부풍 정자 지붕이 눈
길을 끈다. 흠, 무대의 허구가 객석의 현실로 들어와 있군. 커튼을
뚫고 나오는 포그fog가 푸른빛과 주황빛 조명을 받으며 객석 앞부
분을 감돌고 있다. 한 관객이 안내원에게 무슨 연기냐고, 불이 난

건 아니냐고 묻자 닭볏 헤어스타일의 안내원이 극의 배경인 '남부의 열기'를 나타내기 위한 장치라고 꽤 전문적인 답변을 제공한다.

매기 역의 조한슨의 연기는 괜찮았지만, 그보다 빅 대디 역의 키아란 하인즈와 브릭 역의 미남 배우 벤저민 워커가 더 돋보였다. 이 공연의 강점은 진실과 거짓의 미묘한 뉘앙스들을 강렬하게 잡아냈다는 것. 용인될 만한 거짓과 용인될 수 없는 진실 사이에 위태로운 줄타기를 하는 매기의 모습도 퍽 설득력 있게 그려졌지만, 주인공은 단연 그녀의 남편 브릭이었다. 친구 스키퍼와의 순수한 우정을 고집/고통스럽게 주장하는 브릭의 모습에는 자신의 동성애적 욕망을 부인하고 스키퍼와의 사랑을 부인한 행위가 그를 자살에 이르게 했다는 죄의식과 자신의 '거짓된 위선'이 사회적 가면을 유지하려는 용렬한 순응주의에 불과하다는 자각이 짙게 배어 있었다. 워커의 연기는 냉소주의와 체념 사이를 오가며 은폐하던 자기혐오감을 목발을 휘두르며 폭발적으로 터뜨리는 순간에 절정에 이른다.

삶에 대한 부정으로부터 나오는 이 폭발적 절정만큼이나 인상적이었던 것은 빅 대디의 질박한 웅변, 삶의 찬가였다. "이제야 깨닫게 되었어, 내게 주어진 가능성을 다하지 못하고 살아왔다는 걸 말이야. 그 가능성들을 흘려보낸 건 관습에 얽매여 있었기 때문이야. 빌어먹을 놈의 관습 말이야. 죽음의 그림자가 다가와서야 그걸 깨달았어. 이제부터라도 그따위 관습 나부랭이는 다 내다버리고 마음대로 살 거야. 그래, 꼴리는 대로 살 거라고!" 유한한 삶 속에서 무한을 꿈꾸

테네시
윌리엄스
작품

뜨거운 양철지붕 위의 고양이

1. 빅 대디와 브릭
2. 커튼콜

는 모든 자들의 외침이라고나 할까. 아이러니는 이 거침없는 자기 확장의 선언이 이루어지는 순간에도 암은 빅 대디의 육신을 좀먹어 마침내 그를 쓰러뜨릴 준비를 하고 있다는 사실이다.

극의 마지막 순간에도 거짓과 진실의 뉘앙스는 살아 있었다. 끈질긴 매기의 동침 요구에, 뜨거운 양철지붕 위의 고양이가 생존을 위해 사력을 다해 추는 춤과 같은 그녀의 생명력 앞에, "정말이지 당신이란 사람은 대단해."라며 동침 요구를 받아들이는 브릭의 어조에는 이성애로 행복한 전향을 선언하는 명쾌함보다는 현실과의 일시적 타협을 통해 또 다른 위선의 삶을 택하는 서글픈 모호함이 담겨 있었다. 그 뉘앙스의 떨림은 옆자리의 관객들에게서도 느껴졌다. 왼쪽의 듬직한 아줌마들에게서는 '그래, 잘됐어! 해피엔딩이야!'라는 몸짓이 느껴졌고 오른쪽의 미남에게서는 '어이가 없군!'이라는 시니컬한 반응이 전해져왔다. 이 미남도 게이인가 보다. 가운데 앉은 나의 독백은 '좋은 대사와 훌륭한 연기란 둘 또는 그 이상의 서로 다른 뉘앙스를 띤다. 그게 테네시 윌리엄스다!'

저녁 공연 티켓을 사러 TKTS로 달려간다. 티켓을 확보하고 타임스 광장으로 다시 들어서니 걸인들 가운데 "거짓말할 필요가 있나? 난 대마초 살 돈이 필요해요Why a Lie? I Need Money 4 Weed."라고 쓴 종이를 들고 구걸하는 자들이 심심찮게 눈에 띈다. 우리는 언제나 정직해질 수 있을까? 밑바닥에 가서야 비로소 가능할까?

〈물 한 스푼씩〉: 여권을 잃어버린 자들

어둠이 내리고 더욱 차가와진 날씨. 43번가의 오프-브로드웨이 극장 세컨드 스테이지에 도착.° 작품은 히스패닉계 여성 극작가 키아라 후데스의 〈물 한 스푼씩〉. 비교적 신진 작가이지만 2012년 퓰리처상 수상작이란다. 고전이 아닌 동시대의 작품을 만난다는 사실에 고무된다. 극장 앞에는 〈뉴욕 타임스〉의 호평이 큼직하게 걸려 있다. 로비에 들어서니 관객의 구성이 아까 브로드웨이 극장과는 사뭇 다르다. 반은 백인, 반은 히스패닉계, 아시아계도 몇몇.

푸에르토리코 이민 2세대로서 서브웨이 샌드위치에서 일하는 엘리어트 오티스와 그의 사촌인 대학 음악 강사 야스민이 겪는 며칠간의 가족사가 '하이쿠 맘'이라는 아이디를 가진 여성이 운영하는 마약중독자 치유 웹사이트 공간의 인물 및 사건과 교차되며 극이 진행된다. 엘리어트는 이라크전에 참전했다가 부상을 입어 다리를 절며, 이라크에서 오인 사살한 민간인에 대한 악몽에 시달린다. 꿈에 나타난 그 희생자가 반복해서 말하는 아랍어 구절의 뜻을 묻기 위해 사촌 누나가 출강하는 대학 아랍어과 교수를 만나러 오는 것이 극의 첫 장면이다. 그 말뜻은 "내 여권을 잃어버렸어요."로 밝혀진다. 한편 앵글로색슨계 남편과 이혼을 앞두고 있는 야스민은

° 브로드웨이와 오프-브로드웨이를 나누는 경계는 지리적인 것이 아니라 객석 규모의 차이. 500석 이상은 브로드웨이, 이하는 오프-브로드웨이가 된다. 이론적으로는 작품의 질이나 공연의 수준에 엄격한 차이가 있는 것도 아니다. 물론 제작비의 차이가 초래하는 결과는 어쩔 수 없지만. 브로드웨이 극장들은 남북으로는 웨스트 42~58번가, 동서로는 5~8번 애비뉴에 걸친 이른바 극장 구역Theatre District에 자리 잡고 있지만, 오프-브로드웨이 극장들은 맨해튼 전역에 걸쳐 보다 넓게 분포되어 있다.

불협화음 음악에 매료되어 있다.

하이쿠 맘의 웹 공간. 마약 중단 6년차인 그녀는 신참들에게 격려와 지혜를 전하는 상담사 역할을 하며, 아이디 '오랑우탄'(일본 입양아 출신 젊은 여성)과 '낙하산과 사다리'(흑인 장년 남성)가 현재 활발한 회원이다. 오랑우탄은 일본으로 건너가 영어 강사로 일하면서 자신의 뿌리를 찾고 있으며, 하급 공무원의 무미건조한 일상을 살아가는 낙하산과 사다리는 중독에 빠지면서 가족을 잃고 장성한 아들과의 재회를 기다리고 있다. 그들이 웹 대화를 하는 동안 '샘물머리'라는 아이디를 가진 IT 비즈니스맨인 백인 중년 남성 신입 회원이 들어온다. 인종과 계층적 차이에 대한 의심으로 기존 회원들은 그를 달가워하지 않는다. 극은 이렇게 오프라인과 온라인 공간을 오가다가 엘리어트의 이모의 장례식을 계기로 경계가 무너진다.

하이쿠 맘은 마약중독으로 인해 어린 엘리어트와 두 살 난 딸을 버리고 떠난 생모 오데사로 밝혀진다. 미혼모였던 그녀는 탈수증에 걸린 두 아이에게 병원 처방대로 '물을 한 스푼씩' 떠먹이다가 마약을 찾아 충동적으로 집을 뛰쳐나갔고, 방치된 어린 딸은 목숨을 잃었으며 엘리어트는 히스패닉 빈곤층을 위한 지역봉사자로 살아가는 오데사의 언니가 입양하여 양육했다는 것이다. 언니의 장례식에서 아들을 다시 만나 죄의식에 사로잡힌 오데사는 코카인을 다량 복용하여 혼수상태에 빠진다. 한편, 웹 공간에서는 자신의 뿌리를 찾아 헤매는 오랑우탄과 아들과의 재회를 거절당한 낙하산과

웨스트 43번가의 세컨드 스테이지 극장

키아라
후데스
작품

물 한 스푼씩

1

2

1. 하이쿠 맘의 웹 공간
2. 물 한 스푼씩

사다리가 서로에 대한 연민으로 오프라인에서 만난다. 또한 신참인 샘물머리는 뜻하지 않게 오데사의 간호를 맡게 된다.

그러는 동안 생모를 용서하지 못하던 엘리어트와 이혼의 아픔을 극복하지 못하던 야스민은 푸에르토리코의 고향 마을에서 이모의 유골을 뿌리면서 용서와 회복의 가능성을 구한다. 마지막 장면은 두 사촌이 우림 지대의 폭포 위에서 유골을 한 줌씩 뿌리는 모습과 퇴원하여 집으로 옮겨진 오데사를 샘물머리가 욕조에 눕히고 한 줌씩 손으로 물을 떠 몸을 씻겨주는 모습이 겹쳐지며 끝난다. 혈연, 인종, 계층, 중독. 인간의 정체성을 규정하는 모든 경계선상에서 '여권을 잃어버린 자들'의 이야기.

살을 에는 바람을 맞으며 버스 터미널로 걸어가면서 생각한다. 여권을 잃어버린 자. 그래, 그게 나지. 테네시 윌리엄스 회고록의 한 구절이 떠오른다. "사회에서 내 자리는 언제나 보헤미아, 곧 쫓겨난 자들의 나라였다. 바깥세상을 가끔 방문하기도 했지만, 내 여권에는 보헤미아라는 국적이 뚜렷이 새겨져 있었다. 후회는 없다." '좋겠소, 테네시. 보헤미아든 어디든 그래도 여권은 있잖소? 나도 그리로 데려가주오.'라고 타령조로 흥얼거리며 터미널에 들어서는데, 입구 언저리에 종이 박스를 깔고 웅크린 노숙자들. 집 없는, 여권 없는, 쉴 없는 인간.

○○○ 재
의

수요일
○
○

웨스트 47번가 사무엘 프리드먼 극장

이른 아침 해케츠타운 발 호보켄(뉴욕 외곽의 뉴저지 도시) 행 열차를 탄다. 환승역 도버에서 맨해튼 행으로 갈아타고 두 시간 남짓 달려 33번가에 있는 펜스테이션에 도착한다. TKTS까지 열네 블록을 내쳐 걸어가고 있는데 거리를 오가는 사람들 이마에 숯검정이 묻어 있다. 뭐지? 한두 사람이 아니다. 다가오는 우편배달부에게 물어본다. "가톨릭들이에요. 재의 수요일이거든요. 렌트(금욕 기간)가 시작되는 거지요." 이마에 흙칠을 한다. 인간은 흙으로 빚어진 존재, 흙으로 돌아갈 존재임을 잊지 않기 위해.

〈디 아더 플레이스〉: 잃어버린 옛집

브로드웨이 사무엘 프리드먼 극장에서 샤 화이트 작 〈디 아더 플레이스The Other Place〉를 본다. 단번에 눈을 사로잡는 무대 세트. 겹겹의 창틀로 이루어진 거대한 반원형의 벽은 마치 인간의 머릿속 대뇌피질 같다. 극이 시작되기 전부터 무대 중앙에 앉아 있는 여인이 사각 스포트라이트에 갇혀 있다. 50대 과학자이자 제약회사 임원인 여주인공은 리조트 호텔에서 열리는 의학 컨퍼런스에서 뇌신경 조직, 유전자, 기억 조절에 관련된 신약 설명회를 갖는다. 청중들속 노란 비키니 차림의 어린 소녀가 신경 쓰인다.

그녀의 프레젠테이션 사이사이로 남편과의 장면, 의사와의 진료 장면이 끼어든다. 극이 진행되면서 그녀가 신약 설명회 중에 착란 증세를 보여 실신했으며 귀가 후 진료를 받고 있음이 드러난다. 내과 전문의인 남편과 그녀 자신은 뇌종양을 확신하고 있다. 설명회와 진료 장면이 교차되며 진행되다가 그녀가 전화를 집어든다. 전화 저편에는 아기를 돌보고 있는 젊은 여성과 중년 남자가 있다. 10년 전 십대였던 여주인공의 딸이 그녀의 조수 과학자와 가출해 가정을 이루어 살고 있다. 당시 여주인공은 두 사람의 나이 차이를 이유로 조수를 사회적으로 파멸시켰고 지금에 와서 두 사람의 삶을 인정하고 용서를 구하려 한다. 딸에게 이전에 함께 살던 '옛집' The Other Place으로 와서 자기를 만날 것을 간청한다.

이어지는 남편과의 장면은 이것이 그녀의 환상임을 드러낸다. 딸이 연상의 조수와 관계를 맺은 것은 사실이지만 함께 도망쳐 가정을 이룬 것이 아니라, 두 사람의 관계를 발견한 엄마가 격분한 나머지 폭력을 휘두르자 딸이 무작정 가출을 했고 이후 그녀의 행적은 완전히 미궁에 빠졌던 것이다. 그러나 여주인공은 이 사실을 부인하고 딸 부부와 연락을 주고받고 있음을 주장한다/믿는다. 결국 그녀의 병이 뇌종양이 아니라 정신분열임이 밝혀진다. 자신의 과오로 딸을 잃은 죄의식이 그녀를 무너뜨린 것이다. 착란 상태에서 그녀는 딸의 가출 후 팔아버린 '옛집'을 찾아가 현재 집주인 여자를 딸로 착각하고 용서를 구한다. 당혹한 여자는 그녀를 쫓아내려고 하다가 점차 그녀의 사정을 이해하고 잠시 딸 역할을 하면서 용서의 메시지를 전한다. 그로부터 1년 후 여주인공은 또 다른 신약 설명회에 서 있다. 이번에도 청중 가운데 노란 비키니 소녀가 있다. 그 소녀가 딸의 어린 시절 모습임을 깨닫는다. 잃어버린 낙원, 돌아갈 수 없는 옛집에 관한 비극적이고도 담담한 이야기.

뉴욕공공도서관, 또는 공허한 정열의 티끌

극장을 나와 40번가에 위치한 뉴욕공공도서관을 찾았다. 영화 〈투모로우〉로 세계적 명승지가 된, 책 읽기뿐 아니라 책 태우기도 인류에게 유익하다는 사실을 알게 해준 곳이다. 도서

5번 애비뉴 쪽 뉴욕공공도서관 정문

관에 들어가 오래 전부터 보고 싶어 했던 〈에쿠우스〉 오리지널 공연(1974년) 테이프를 찾는다. 링컨 센터에 있는 분관인 공연예술도서관에 있다고 한다. 너무 멀어 포기.

도서관 뒤편에는 시인 윌리엄 브라이언트를 기리는 공원이 있다. 시비에 적힌 구절은 뉴욕 도심을 바삐 그리고 허탄하게 오가는 욕망의 무리들에게 주는 경고다. "그대의 노래 속에 그 어떤 공허한

정열의 티끌도 담지 마라. 먼지 소용돌이를 일으키는 돌풍은 울부짖는 거리를 휩쓸고 사라지게 마련이니. 다만 바람 한 점 스미지 않는 깊은 계곡을 굽이쳐 흐르는 강과 같이, 고요한 힘을 품은 감정만을 그대 노래에 담아라." 세상의 중심에서 느끼는 '공허한 정열의 티끌'이 추위에 얼어붙은 여행자의 가슴을 쓸고 지나간다.

〈이 모든 분노〉: 하나의 땅을 향한 장거리 여행

42번가의 복합공연센터 극작가들의 지평선 내 소극장에서 상연하는 작가-배우 마틴 모란의 1인극 〈이 모든 분노〉를 찾는다. 왠지 화기애애한 로비와 객석. 오프-브로드웨이 관객들에게는 브로드웨이에 없는 공동체의 느낌이 있다.

아동 성학대 피해자로서의 경험을 책으로 출판하여 후유증을 극복한 듯 보이는 화자의 결코 씻기지 않는 분노. 용서를 위해 수용 시설에 있는 가해자를 찾아갔다가 사로잡힌 증오의 불길. 평범한 가정을 이루고 살던 같은 피해자 친구가 동성애자로서의 이중생활을 하다가 에이즈에 걸려 사망했을 때 되살아난 분노. 이혼한 부모에 대한 화자의 동생의 분노, 그 독과 같은 분노로 인한 이른 죽음. 화자가 통역 자원봉사를 하는 기관에서 만난, 아프리카에서 반군에 의해 가족과 생이별을 하고 혹독한 고문을 당해 미국으로 망명 신청을 한 남자의 분노. 그 남자가 분노의 극복과 용서의 필요성을 역설하며 화자에게 하는 말. "계속해서 울고 슬퍼하고 증오하기만 한다면 내 자신이 분노에 눈이 멀고 말 거야."

아프리카 여행에서 길을 제대로 못 찾는 가이드에 대한 화자의 사소한 분노. 그리하여 헤매고 헤매는 '장거리 여행' 끝에 찾은 유적지 '하나의 땅One Earth'(선사시대의 유골이 다량으로 발견된 지역)에서 안내원으로부터 받은 인사, "고향에 오신 걸 환영합니다". 이 모든 분노와 용서, 분노하지 못하는 비겁함과 용서하지 못하는 용렬함들을 엮어가다가, 마침내 노년에 이른 자신의 성학대 가해자를 거리에서 우연히 마주친 화자!

그를 죽이고 싶은 증오심에 사로잡혔다가 "그의 늙은 육신과 내 몸이 하나의 흙one earth"이라는 깨달음이 계시처럼 찾아든다. 아, 오늘이 재의 수요일이라 하지 않았던가! 공연 내내 흐르는, 인류 혹은 인간성의 근원에서 울려나오는 듯한 아프리카 음악이 긴 여운을 남긴다. '장거리 여행' 그리고 '하나의 땅'이라는 대사도.

웨스트 42번가 복합공연센터 '극작가들의 지평선'

포트오소리티 로비의 조각상 <통근자들The Commuters>

॰॰॰ 길 떠나는 사람들
॰
॰
॰

가는 비가 내리기 시작한 42번가 극장에서 으슥한 9번 애비뉴 뒷길을 따라 펜스테이션으로 달려 가보지만 기차는 이미 떠났다. 버스 터미널로 가려고 역을 빠져나오는데 들려오는 안내방송의 마지막 구절. "안전한 하루 되세요Have a safe day". 9·11 이후 뉴욕의 삶은 위험하기 때문? 빗방울이 굵어지는 거리를 지나 포트오소리티에 도착했다. 터미널의 쇼핑몰 회랑을 걸어가는데 조각상 하나가 눈길을 사로잡는다. '탑승'이라는 팻말이 적힌 승강장 문을 나서는 세 명의 승객.

어디로 가는 걸까? 길 떠나는 즐거움 대신 몸은 무거워 보이고 표정은 지쳐 보인다. 그러니 이 피곤한 도시, 고단한 세상을 떠나 집으로 가는 게지. 우린 언제 떠나게 되는 걸까? 언제나 '이 모든 분노'를 내려놓고 장거리 여행을 통해 하나의 땅인 '옛집'에 도달할 수 있을까? 아니, 떠날 수 있을까, 진정? 〈고도를 기다리며〉의 마지막 장면이 떠오른다. "가자." "그래 가자." (그들은 움직이지 않는다).

어둠의
심장으로
가는
길

〈춤과 철도〉
〈그대 다시 잠들지 못하리라〉

ㅇㅇㅇ   땅 끝을

거
쳐
ㅇ
ㅇ

41번가/5번 애비뉴에서 바라본 안개 낀 뉴욕

부슬부슬 비 내리는 아침, 뉴욕 행 열차를 탄다. 연결 통로의 포스터가 눈길을 끈다. 뭉크의 〈절규〉. 뉴욕현대미술관의 주임 큐레이터가 뭉크 전시회 기념 특별 강연을 한단다. 거길 가볼까. 오늘 볼 공연인 중국계 극작가 데이비드 헨리 황의 〈춤과 철도〉와 〈맥베스〉를 번안한 영국 극단 펀치드렁크의 〈그대 다시 잠들지 못하리라〉 티켓은 온라인으로 확보해두었다.

환승역 도버에 닿을 무렵 비는 더 세차게 내렸다. 플랫폼에서 펜스테이션 행 열차를 기다리며 싸늘한 비 냄새를 맡노라니 괜스레 지명을 곱씹어보게 된다. 도버. 영국의 도버에서 왔겠지. 그나마 뉴도버라고 하지는 않았군. '신'대륙 미국의 많은 지명들이 그렇듯. 그럼 영국의 도버는 어디서 왔을까. '드-오버D'Over', 불어와 영어를 섞어놓으니 종말이라는 뜻이 된다. 땅이 끝나는 곳. 갑자기 '도버로, 도버로, 도버로!'라는 외침이 환청처럼 들려온다. 〈리어왕〉의 실명한 글로스터 공작이 목숨을 버리기 위해 도버 해안의 깎아지른 절벽에 데려다달라는 외침.

갈아탄 열차가 움직이기 시작한다. 연극 속 종말의 도버와 지금 이곳 환승역 도버는 전혀 다른 풍경이다. 절벽 아래 순백의 모래사장이 펼쳐진 상상의 도버와는 달리, 현실의 도버는 쓰레기와 온갖 잡동사니들이 역사 주변에 널브러져 있고 히스패닉 이민자들의 집단 거주지인 남루한 주택들과 퇴락한 아파트들이 황량한 거리를 배경으로 펼쳐져 있다. 도버와 이전의 몇 개 역들의 승객은 대부분 뉴욕시의 밑바닥 직업군을 형성한다. 욕망의 도시를 향해 쏟아져 들어가는 그들에겐 그래도 종말이 아니라 환승의 희망이 있을지 모른다. 하지만 글로스터 공작에게 도버에서의 장엄한 추락사가 허락되지 않은 것처럼 저들에게도 더 나은 삶으로의 환승은 끝내 환영으로 남을지도 모르는 일.

차창 너머의 풍경이 놀랍도록 달라진다. 도버 이후 모리스타운, 매디슨, 캐섬 지역은 단아한 잔디밭에 둘러싸인 석조 건물들, 고급스런 주택들과 쾌적한 거리들로 이루어져 있다. 이 역들에서는 점퍼 차림의 히스패닉과 흑인들만이 타고 있던 열차 안으로 정장 차림의 백인 승객들이 들어오기 시작한다. 서미트에서는 백인들이 물밀듯이 밀려들어오고, 펜스테이션 직전인 뉴아크에서는 흑·백·황, 블루·화이트컬러가 골고루 탄다. 뉴욕을 겹겹이 둘러싼 인종과 계층의 층위들이랄까. 이 다양한 무리들이 용광로 뉴욕에서 뒤섞이며 소용돌이친다. 그런데 그 활기찬 소용돌이 속으로 들어가는 이 길이 어째서 '어둠의 심장'(조셉 콘래드의 소설)으로 들어가는 길처럼 느껴질까. 비 뿌리는 어두운 하늘 때문인가.

비안개 젖은 뉴욕

뉴욕 거리도 흥건히 젖어 있다. 현대미술관까지 갈 길을 그려보며 빗속으로 나선다. 몇 걸음 못 가서 마천루 고층 빌딩들 사이에 낮게 머리 숙인 비잔틴풍 건물 앞에 발길이 머문다. 청빈의 성자 '아씨시의 프란시스코' 성당이다. 거리로부터 움푹 들어간 입구에 기도하는 성자의 동상이 무릎을 꿇고 있다. 왠지 따라 무릎을 꿇고 싶은 마음에 이끌리듯 성당으로 들어간다. 성수를 이마에 찍어 바르고 기도석 아래 무릎을 꿇는다. 출구 현판에는 '나를 평화의 도구로 써주소서'라는 성 프란시스코의 기도문이 걸려 있다.

맨해튼을 동과 서로 가르는 중앙대로인 5번 애비뉴를 따라 54번가의 현대미술관으로 향한다. 비안개에 젖은 뉴욕 시가지가 우울한 아름다움으로 다가온다. 지난번 들렀던 뉴욕공공도서관도 보이고, 어쩔 수 없는 서생이라 그런지 유서 깊은 출판사 스크리브너 본사 건물도 눈에 들어온다. 우중인데도 수많은 관광객들이 사진을 찍고 있는 록펠러 센터 광장은 보란 듯이 지나친다. 그런데 맙소사! 막상 현대미술관에 도착해 보니 도떼기시장이 따로 없다. 수백은 되는 관광객들이 로비를 가득 채우고 보안 검사를 하는 장사진 덕에 혼잡을 더한다. 그냥 빠져나온다. 뭉크를 꼭 직접 보고 싶었는데.

〈춤과 철도〉가 상연되는 42번가의 오프-브로드웨이 복합공연장인 시그너처 센터까지 빗속을 걸어가며 어제 읽었던 작가 황의 인터뷰를 생각한다. 브로드웨이 히트작 〈엠. 나비M. Butterfly〉(1988년) 이후 뮤지컬과 오페라 대본 작가로 외도하던 그가 무대 복귀를 신작이 아닌 초기작 리바이벌로 하게 된 계기는 '중견 작가 시리즈'라

웨스트 42번가 시그너처 센터

는 극장 측의 기획도 있지만 개인적으로는 '부활과 생존을 위한 프로젝트'라고 말하고 있었다. 예술적 부활의 가능성은 점칠 수 없지만 황의 극작론은 새겨들을 만하다. "난 하나의 질문에서 시작해요. 문제에 부닥칠 때 작품을 쓰며 이해를 얻고자 하죠. 극작은 내게 자동차 여행과 같은 거예요. 출발점과 목적지는 정하고 시작하지만 그 두 지점 사이의 길은 떠나봐야 알게 되죠."

〈춤과 철도〉: 소수민족 연극의 길

극장에 도착해 보니 오프-브로드웨이라는 이름이 무색하게 세련된 포스트모던풍의 건물이다. 안으로 들어서면 브로드웨이 극장들의 고풍스럽고 퀴퀴한 냄새가 살짝 묻어나는 로비들과 달리 넓고 쾌적한 라운지가 펼쳐진다. 깔끔한 카페와 연극 도서를 진열한 책방까지 있다. 널찍널찍하게 배치된 소파들에는 세련된 차림의 사람들이 책을 펼쳐 들고 있거나 우아한 표정으로 담소를 나누고 있다. 조금은 너무 반듯한 느낌, 어쩐지 속물스럽다. 자리에 앉으니 옆자리의 두 노부인이 공연 프로그램을 열심히 읽고 있다. 낮은 목소리로 귀엣말을 주고받는 그들의 모습은 〈이 모든 분노〉를 보려고 찾았던, 여기서 한 블록 거리에 있는 '극작가들의 지평선'의 화기애애하고 떠들썩한 관객들과는 사뭇 다르다. 극작가들의 지평선은 신진 작가들의 무대요 시그너처는 중견 작가들의 무대라는 차이점이 있다. 그런 공연장을 찾은 교양미 넘치는 할머니들이 작품 소개를 읽으며 수준 있는 예술적 대화를 하나 보다 하고 살짝 곁눈질하며 귀를 쫑긋 세웠더니, 눈에 들어온 것은 프로그램의 화장품 광고 지면이었고 할머니들의 대화는 "이 클리니크 로션을 42불에 샀어!", "어머, 그렇게 싸게?"였다.

밝아오는 무대가 눈길을 사로잡는다. 날카롭고 강고한 암벽들이 무대를 수직으로 찍어 내리고 수평으로 떠받치는 형국. 중국 전통 음률이 흐르면서 밝아오는 여명을 배경으로 변발한 사내가 경극의 무예/춤을 추며 들어선다. 때는 1867년, 캘리포니아 시에라네바다 산맥, 미국 최초의 대륙횡단철도 건설 현장이다. 중국 이민이 대부분인 노동자들이 처우와 임금에 대한 불만으로 파업을 벌이고 있는 가운데, 경극 수련생 출신인 론과 경극을 배우고 싶어 하는 마는 파업 현장에서 떨어져 나와 무예와 춤을 훈련한다. 그들의 춤은 어쩌다 한 번씩 중단될 뿐 모든 장면에 수반된다.

극은 무대 입문을 앞두고 있다가 가족들에 의해 팔려온 론과 금광에서의 일확천금을 꿈꾸고 온 마, 두 인물의 대조를 통해 중국 노동자들의 꿈과 현실, 민족적 정체성과 개인적 정체성, 삶의 부정과 긍정 등을 갈등적으로 제시하는 한편, 둘의 점진적 상호 이해를 통해 그 갈등의 극복 가능성을 보여준다. 그런 맥락에서, 두 인물을 가두는 수직적 암벽은 물리적으로는 시에라네바다의 강고한 바위산이지만 은유적으로는 이민자에 대한 차별의 벽, 나아가 생의 모든 역경의 장벽을 표상한다. 그리고 그들이 딛고 서서 춤을 추는 수평적 암반은 장벽의 돌파는 싸움만으로도 춤만으로도 이루어질 수 없으며, 오직 싸움과 춤, 현실과 꿈, 삶과 예술, 궁극적으로 춤과 철도의 하나됨을 통해 가능하다는 메시지를 형상화한다. 그러니 제목The Dance 'and' The Railroad의 주제적 방점은 접속사에 있다.

하지만 그러한 주제의식이 소수민족이라는 꼬리표를 떼고 인간이라는 보편적 차원에 미치지 못한 것은 극적 갈등의 도식성과 해결의 단순성은 물론, 흘러간 시의성 탓이기도 하다. 첫 상연이 이루어졌던 1981년이라면 소수민족과 주류 사회의 관계를 고뇌하는 문제작이었을 작품이 다문화주의와 초민족주의의 흐름을 타고 도달한 2013년의 무대에서는 지난 150년간 중국계 이민이 미국 사회에서 이뤄낸 성공을 기념하는 자축연 행사가 되고 말았다는 느낌이 들었다. 클리니크 로션을 저가에 구입한 할머니를 포함해서 99퍼센트가 백인인 관객들은 이 자축연에 초대된 귀빈이라는 느낌도.

시의성의 업데이트가 없었던 것은 아니다. 중국계 작가의 작품을 히스패닉계가 연출하고 중국계와 인도네시아계 두 배우가 역을 나눠 맡았다는 사실은 이 극을 단지 중국계만이 아니라 미국 내 소수민족 전체를 대변하는 작품으로 제시하려는 의도였을 것이다. 하지만 의도에 머물렀을 뿐 어떤 예술적 실현도 이뤄내지 못한 것 같다. 결과적으로 이 시점의 이 극은 문화·학문·예술적으로는 이미 일종의 특권적 위상을 획득한 디아스포라에 대한 또 하나의 수사적 찬양일 뿐이지 싶다.

연극적 진실은 눈에 보이는 시대적 트렌드가 아니라 보이지 않는 시대적 본질에 공명한다. 위대한 연극은 시대의 심연을 일깨우지만 미미한 평균작들은 시대의 물결을 따라 사라지고 만다. 〈춤과 철도〉에는 시대의 창자를 비틀 고뇌가 없다. 춤만 있고 싸움은 없다. 좋게는 관조적이고 나쁘게는 타협적이다. '소수인종' 작가 황의 작품들에서 종종 목격되는 것은 퍽이나 쉽게 미국의 용광로 속으로 녹아들어가는 이질적 요소들이다. 한때는 거칠고 작은 그 존재만으로 소중한 외침이었던 이 작품은 이제 매끄러운 안무의 무용극이 되어 유언도 없이 시대의 강물 속으로 사라져갈 것 같다. 공연 내내 숨 돌릴 틈도 없이 춤사위를 쏟아놓은 두 배우의 열연에 보내지는 귀빈들의 갈채가 열렬하기보다는 훈훈한 까닭이 바로 그것이다. 혹 모른다. 옆자리의 클리니크 할머니도 나와 더불어 외치고 싶었는지도. '수고했다. 하지만 다음엔 심금을 울리는 연극을 보여다오!'

황혼의 허드슨 강변

저녁 공연은 미드타운을 벗어난 첼시 지역. 마침 시그너처 센터로부터 허드슨 강이 두 블록 거리라서 강변을 따라 걷기로 한다. 오

허드슨 강의 낙조

후 5시, 극장을 나서니 거짓말처럼 말끔히 갠 하늘은 벌써 황혼으로 물들어 있다. 81번 부두에서 찬바람을 등에 지고 남쪽으로 걷는다. 이따금 멈춰 짙어져가는 허드슨 강의 노을을 넋 놓고 바라본다. 낙조가 드리운 허드슨 강을 바라보노라니 문득 노을 질 녘의 낙동강 하류 그 풍성한 물길이 생각난다. 고향 가는 열차 차창으로 내다뵈는 그 따스한 물길은 늘 어머니/자궁을 떠올리게 했다. 타향살이에 지친 모든 이가 그리워하는 생명의 모태.

낙동강 하류의 두 배는 됨직한 거대한 물길이 대서양으로 흘러들고 있다. 노을빛에도 불구하고 물길은 차갑게만 느껴진다. 생명보다는 죽음의 바다로 가는 물길 같다. 낙조가 사라지면서 검푸르게 변하는 물길이 보는 이를 빨아들일 것만 같아 시선을 돌리는데, 마주 뵈는 강 서안의 절벽이 도버 해안을 연상시킨다. 땅 끝이여, 종말이여! 하지만 종말에 이르기 위해서는 〈맥베스〉의 욕망과 죄악의 세계를 거쳐야 한다. 누군가의, 아니 모든 인간의, 종말을 알리는 조종 소리, '댕, 댕, 댕'을 들어야 한다. 레이디 맥베스의 대사 "이미 저지른 짓, 돌이킬 수 없어요.What's done is done; it cannot be undone."에서 울려 나와 극 전체를 뒤흔드는 그 슬픈 소리 말이다.

○○○　　　맥키트릭 호텔,

또는

어둠의 심장을 찾아서

○
○
○

노을이 사라지고 검푸른 땅거미가 여행자를 재촉한다. 더욱 차가와진 강바람에 옷깃을 여미고 남북으로는 10~30번가, 동서로는 7~12번 애비뉴에 걸쳐 화랑들이 밀집한 지역 첼시로 들어선다. 번화한 시가지 미드타운과는 확연히 다른 풍경. 강변에 접한 거리에는 오래된 창고 건물들이 줄지어 서 있다. 건물 외벽의 비상계단들이 거리의 풍경을 더욱 을씨년스럽게 하고 어둠이 스며들기 시작한 거리엔 인적이라곤 느껴지지 않는다. 이 삭막한 거리가 마음에 든다. 찾아가는 곳은 맥키트릭 호텔McKittrick Hotel.

〈그대 다시 잠들지 못하리라〉는 버려진 호텔 건물을 공연 장소로 활용하는 '특정부지 퍼포먼스'이자 '실내 산책 공연'이란다. 극단 이름은 펀치드렁크. 무알코올 음료 펀치를 마시고 취한, 그러니 술은 안 마시고도 취한, 디오니소스의 신도들이란 뜻이렷다. 〈뉴욕 타임스〉를 위시한 연극 평론들은 '맥베스와 히치콕이 만난 독창적인 공연'이라며 상찬 일색이다. "이 공연은 당신의 꿈속으로 전염될 것이다. 연극이 나를 압도한 적은 있지만 이토록 나를 관통한 적은 없다. 지옥에서의 멋진 하루 저녁이었다." 그런데 호텔을 찾을 수가 없다. 27번가 530번지라고 했는데 510번지 아트갤러리 다음 주소들이 보이지 않는다. 갤러리들은 문을 내리고 있고, 거리 아래쪽엔 험상궂은 남자와 짙은 화장의 두 여자가 담배를 피며 서성거리고 있다. 왠지 마약과 매음의 냄새가 난다. 담대하게 다가가 물어보니 바로 여기가 530번지란다. 번지수가 1이 아니라 10단위로 건너뛴다고. "그렇다면 당신들은?" 어깨와 등에 무시무시한 문신을 한 짙은 마스카라의 금발 여인이 문을 가리킨다. "입장을 기다리고 있지요." 호텔의 고풍스런 철제문은 굳게 닫혀 있다. 피자 한 조각으로 끼니를 때우고 돌아와 보니 그새 십수 명으로 늘어난 줄. 어두운 거리에 작은 램프 하나만 덩그러니 그들을 비추고 있는 풍경이 왠지 수상쩍은 컬트의 비밀집회 분위기다.

줄 바로 앞의 30대 백인 남성에게 말을 걸어본다. 노스캐롤라이나에서 출장 온 그렉. 〈맥베스〉는 고교 시절 건성으로 읽은 게 다지만, 지난 가을부터 출장 때마다 찾아 이번이 네 번째 관람이란다. 왜냐고? 호텔 네 층에 걸쳐 여러 개의 방과 홀들이 있고 각 공간마다 퍼포먼스나 오브제가 있어서 저녁 7~10시에 걸친 공연 시간 동안 다 볼 수가 없다고 한다. "그래서 항상 미완의 느낌으로 끝나요." 첫 방문이라면 메인 홀에서 만나게 될 전체 캐릭터들 가운데 한 명을 골라 그 뒤를 따라다니는 게 좋은 방법이라며, 왕위에 오른 맥베스가 마녀들을 찾아가 예언받는 장면이 최고라고 귀띔한다. 록 음악에 맞춰 마녀들이 누드 퍼포먼스를 하면서 피를 뿌리는 광란의 장면이 압권이라고. 자기는 오늘도 다시 볼 거라고. 당신도 놓치지 말라고. 굳게 닫힌 문이 철커덩 열리더니 턱시도 차림의 남자가 나와 정중하게 인사한다. "호텔에 오신 걸 환영합니다."

극단
펀치드링크

그대 다시 잠들지 못하리라

1. 호텔 입구
2. 살인의 피를 씻는 맥베스. 뒤의 백색 가면들이 관객
3. 〈그대 다시 잠들지 못하리라〉 웹 초대장

〈그대 다시 잠들지 못하리라〉: 지옥에 오신 걸 환영합니다

입구에 들어선 40여 명의 관객들이 긴 복도 끝 로비에 모이자 안내원이 카드 한 장씩을 배부한다. 받아든 것은 스페이드 에이스, 첫 번째 그룹이라는 표시다. 그렉의 설명으로는 관객 입장은 7~8시 사이에 다섯 번에 걸쳐 이루어지고 모두 합치면 거의 200명에 달한다고 한다. 긴 복도를 지나 엘리베이터 앞에 당도하니 안내원이 기묘하게 생긴 흰 가면을 나눠주며 음산한 어조로 말한다. "가면을 절대 벗지 마시오. 다른 사람과 절대 말을 나누지 마시오. 익명과 침묵을 유지하시오. 안에서 만나게 될 검은 가면들은 안전요원들이요. 문제가 생기면 그들에게 도움을 청하시오." 엘리베이터를 타고 내려간다. 검은 가면이 간격을 두고 한 사람씩 들여보낸다. 깜깜하고 좁은 복도를 걸어간다. '다치게 할 의도는 없을 테니 곧 밝은 곳이 나오겠지.'라는 기대를 접기까지 어둠의 미로는 계속된다. 덜컥 겁이 난다. 그야말로 어둠의 심장으로 들어가는 느낌!

짙어오는 공포가 목을 바짝 마르게 할 즈음 희미한 불빛이 보인다. 들어서니 호텔 로비의 바 같은 곳이다. 아카데미 시상식에서나 볼 화끈한 드레스를 걸친 여자 바텐더들이 농염한 어조로 "호텔hotel에 오신 걸 환영해요."라고 인사한다. '지옥hell에 오신 걸 환영해요.' 같이 들린다! 작은 무대에서는 밴드가 녹지근한 재즈를 연주하고 있다. 흰 가면의 관객들은 테이블에 앉거나 바에서 음료를 주문하기도 한다. 가면을 썼지만 옷차림으로 알아볼 수 있는 그렉이 마티니 잔을 홀짝거리며 다가와 속삭인다. "이제 곧 캐릭터들이 나오고 '문지기' 역할의 배우가 인사말을 하면서 시작해요. 그런 다음 캐릭터들이 각자의 층과 방으로 흩어지지요. 원한다면 날 따라와도 좋아요." 턱시도 차림의 문지기가 무대에 올라 몽롱한 어조로 인사말을 한다. 배우들이 로비를 떠나기 시작하자 관객들은 재빨리 뒤를 따른다. 다들 뭔가 아는 느낌이다. 무리를 따라 복도에 들어서니 여러 갈래 길이 열리면서 다들 흩어진다. 그 틈에 그렉을 놓쳐버렸다.

몇 사람이 앞장서 가는 길로 따라간다. 중세의 고성인 듯 목이 잘리거나 팔다리가 없는 크고 작은 조각상들이 널린 퇴락한 정원. 촘촘히 박힌 작은 십자가들의 묘지가 이어지고 밑동만 남은 벽들이 전쟁의 폐허를 보여준다. 희미한 불빛을 따라가니 중세풍의 창문들로 둘러싸인 넓은 방이 나온다. 한가운데 욕조가 놓여 있고 고풍스런 가구들이 배치되어 있다. 맥베스 부부의 침실. 욕조 앞 작은 카펫 위에 놓인 편지, 맥베스가 마녀들을 처음 만난 후 부인에게 보낸 편지다. 한 남자가 뛰어 들어오더니 상의를 벗고 침대에 걸터앉아 고뇌에 휩싸인다. 맥베스다! 이어서 나이트가운 차림의 여자가 질풍같이 뛰어 들어오더니 거침없이 옷을 벗어던지고 침대로 달려간다.

남자는 피하고 여자는 쫓고, 두 사람은 모던 발레를 추며 온 방을 뛰고 뒹굴고 날아오른다. 뛰어난 춤사위다. 침대에서 무너지고 마는 남자. 마침내 살인을 결심한 듯 여자의 뜨거운 눈빛을 등에 지고 방을 뛰쳐나간다. 숨죽여 지켜보던 10여 명의 관객들도 덩달아 거친 숨을 몰아쉬며 그를 쫓는다. 이 집단적 격정에 몸엔 소름이 돋는다. 정신없이 무리를 따르다가 우르르 계단을 뛰어오르는 그들의 뒷모습을 보고 계단 아래 멈춰 섰다. '이게 뭐지?' 모든 연극이 그렇듯 이 또한 가상현실임에 틀림없다. 그런데 이런 전율은 처음이다. 관객이 무대 위에, 연극의 허구 속에, 가상이 아니라 실제로 뛰어들었기 때문인가.

　무리를 쫓지 않고 혼자서 천천히 계단을 오른다. 복도 첫 방으로 들어가니 수백 개의 아기 인형이 천장에 매달려 있다. 맥베스 부부가 낳지 못한, 그래서 그들이 살해할 맥더프의 아이들일까. 얼핏 맥베스 부인이 겪은 숱한 사산의 경험인 것 같은 느낌이 든다. 뭉크의 〈마돈나〉가 떠오른다. 유충 같은 태아가 자궁에서 빠져나와 시궁창으로 흘러드는 것 같은 이미지 말이다. 다음 방을 여니 작은 서재. 십자가 아래 고서들과 쓰다만 편지들. 또 다음 방은 수백 개에 달하는 서류 상자들이 겹겹의 거미줄 아래 층층이 쌓인 문서 창고. 인류 역사에 걸친 음모와 살해의 기록들, 홀로코스트의 기록들 같다. 상자를 덮은 먼지들이 백골 가루처럼 느껴진다. 창고에서 곧장 이어지는 방은 동물 박제들로 가득 차 있고, 다시 이어지는 방은 온갖 기묘한 형태의 약병들이 형광불 아래 시퍼렇게 독기를 발산하고 있다.

　오브제들만 보다가 시간이 다 가겠다 싶어 계단을 찾는다. 들어올 땐 복도 한 길이었는데 방들을 헤매다가 길을 잃었다. 겨우 찾은 계단은 아까 올라온 계단이 아니다. 내려가려고 하니 어둠 속에서 검은 가면이 튀어나와 길을 막는다. 소스라치게 놀랐지만 태연한 척 손짓으로 내려가도 되냐 물으니 저도 손짓으로 올라가라 한다. 위층으로 올라가 보지만 무리들의 발소리는 어디선가 들려오는데 보이는 건 아무것도 없다. 조심스레 벽을 잡고 회랑을 걸어가자 그 아래 광장에서 괴로움에 몸부림치는 맥베스! 왕의 살해 직후인가 보다. 무용수의 뛰어난 솔로 퍼포먼스다. 순간 발밑에서 숱한 인기척이 느껴진다. 내가 선 곳은 발코니였고 그 아래서 맥베스를 따라 달려갔던 무리들이 그를 지켜보고 있었다. 고통의 몸부림 끝에 다시 달려나가는 맥베스, 흰 가면을 쓰고 다시 뒤쫓는 무리들.

회랑 끝 작은 거실에서는 맥더프 부인과 아이들을 살해하는 장면이 연출되고 있다. 백색 가면 몇이 가장자리에 서서 지켜보고 있는데, 약간 심술을 부려볼 작정으로 거실 중앙의 소파에 가서 털썩 앉았다. 원작과 달리 맥더프 집안의 가정부와 하인이 암살자다! 가정부가 부인을 위협하는 모습을 소파에 앉아 느긋이 지켜보고 있는데 하인 놈이 와서 어깨를 툭툭 치며 비키란다. 멋쩍게 일어설 수밖에. 쿠션으로 희생자들을 질식시키는 장면이 기계체조 같은 곡예동작으로 이루어진다. 살인을 목격한 하얀 가면들은 시신과 살인자들을 뒤로하고 또 움직여간다. 계단을 오르내리며, 가끔 마주치는 검은 가면들을 피하며, 어두운 복도를 따라, 방에서 방으로, 회랑과 홀을 배회하며, 어디가 어딘지 모른 채 끝없이 떠도는 백색 가면들은 마치 유령과도 같다. 인간의 얼굴은 배우에게만 허락된다.

둥, 둥, 둥! 심장이 고동치는 음향이 멀리서 들려오자 백색 가면들이 복도 저편에서 우르르 달려와 계단참으로 뛰쳐나간다. 이젠 알면서도 따라 뛴다. 그런데 분명 아까는 맥베스 성의 광장이었던 곳인데, 지금은 나무들이 빽빽이 들어서 있다. 달리던 발걸음을 멈춘다. 아닌가, 다른 장소인가? 원체 많은 공간이 있으니 세팅을 바꿀 것 같지는 않은데. 이게 숲이라면, 살아 움직여 맥베스를 공포로 몰아넣는 버넘 숲! 달려가던 무리는 이미 종적을 감추고 홀로 남겨진 숲 가운데 하릴없이 주저앉는다. 휴, 지치기도 한다. 정해진 시간 안에 많은 것을 보려고 이리저리 정신없이 쫓아다녔구나. 정해진 삶의 시간을 우리는 그렇게 정신없이 살아가고 있지. 떼를 지어 몰려다니는 이 짓이 우스꽝스럽기도 하다. 개인이든 집단이든, 연극이든 인생이든, 호기심과 관음증은 구제불능의 것. 뭘 그리 보고 싶으냐? 뭘 그리 알고 싶으냐? 그래, 제한된 시간일랑 잊어버리자. 그렉의 말로는 공연이 끝나는 10시에 가장 큰 이벤트가 있다고 했지만 놓치면 어떠랴. 그냥 혼자서 여유롭게 '산책'이나 하기로 한다.

그대를 위한 정신병동

열린 문 사이로 빛이 새어나오고 있다. 수십 개의 창백한 침대들이 양면 벽을 따라 도열해 있다. 정신병동의 병실이다. 솟아오른 침대 시트 하나를 들춰 보니 누군가의 유골! 섬뜩하면서도 장난스럽다. 발소리가 나더니 하얀 간호복 여인의 인도를 받으며 나이트가운 차림의 레이디 맥베스가 초조한 걸음으로 병실에 들어선다. 그녀 뒤를 백색 가면들이 조심스럽게 뒤따르고 있다. 텅 빈 병실에 홀로 선 나를 힐끗 보더니 그녀는 갑자기 거친 숨을 몰아쉬며 긴 병실을 달려 이어지는 방으로 향한다. 간호사도 달린다. 레이디 맥베스의 몽유병 장면이다.

백색 가면들도 급히 따라간다. 나도 따른다. 십수 개의 욕조들이 놓여 있는 방이다. 세 명으로 늘어난 간호사들이 비명을 내지르는 레이디 맥베스의 옷을 벗기고, 전라가 된 그녀는 욕조로 뛰어들어 처음엔 손을 나중엔 온몸을 물로 씻는다. 점점 핏빛으로 변하는 욕조. 관객들이 충격에 질려 지켜보는 가운데 욕조에서 빠져나온 그녀는 핏물에 흠씬 젖은 몸으로 그들에게 다가선다. 그 움직임에 다들 흠칫 뒷걸음친다. 용기를 내어 제자리에 버티고 선 남성 관객에게 그녀는 젖은 손을 내민다. 그가 마주 잡아주려는 순간, 비명을 지르며 욕실을 뛰쳐나가는 그녀. 모두 전율하면서도 그녀를 뒤쫓아간다!

뒤에 남은 여행자는 희뿌연 조명이 새어나오는 옆방으로 들어가 본다. 가시나무 미로가 끝없이 이어진다. 가시나무 숲 가운데 망루가 서 있다. 높은 곳에 열린 창문에는 간호사 차림의 인형이 하나 서 있다. 아니, 밀랍인형인 줄 알았는데 시선이 내 움직임을 따라온다. 섬뜩함에 올려다보니 눈이 움직인 듯, 고개가 움직인 듯, 상체가 기울어진다. '아하, 사람이구나' 깨닫는 순간, 그녀는 돌발적인 움직임으로 창가를 떠난다. 다음 순간 망루 문이 덜컥 열리더니 백의를 입은 키 큰 백인 간호사가 계단 위에 서서 손을 내민다. 뭔지 모를 자력에 끌려 손을 마주 내밀자 덥석 잡고는 망루 안으로 끌어들이고 문을 쾅 닫는다! 나중에 나와서야 알았지만 주변에 있던 관객들은 무슨 일이 벌어지나 싶어 망루 주변을 돌며 벽 틈새로 엿보고 있었다. 내가 '배우'가 될 줄이야.

간호사는 미소를 띤 채 나를 의자에 앉히고 차를 권한다. 뭐, 독이야 들었으려고, 마셔 보니 따스하고 연한 설탕물. 놀란 표정의 버지니아 울프처럼 생긴 그녀는 섬뜩할 정도의 푸른 눈으로 가면 뒤의 내 눈을 한참 들여다보더니, 갑자기 가면을 벗긴다. 마치 옷이 벗겨진 느낌에 진저리친다. 무릎을 바짝 붙이고 두 손을 그윽이 마주 잡으며 숨결이 느껴질 정도로 얼굴을 가까이 한 그녀는 "이제 괜찮아요? 걱정 마세요. 아무 일 없을 테니까. 그저 이야기 하나 들려드리죠."라며 입을 뗀다. "부모 없이 태어난 아이를 할머니가 돌보고 있었지요. 할머니마저 죽어 고아가 된 아이는 푸른 지구를 떠나 달에 갔어요. 달은 죽은 바다였어요. 달을 떠나 별에 가 보니 별은 불타고 남은 황무지였지요. 아이는 지구로 돌아왔지만 지구는 이미 폐허가 되어 있었어요. 아이는 울었지요. 울고 또 울어 그 눈엔 피눈물이 흘렀지요."

갑자기 그녀의 큰 눈이 더 커지면서 내 팔소매를 거칠게 걷어붙이고는 긴 손가락으로 정맥을 짓눌러 쓸어내리며 거친 목소리로 외치기 시작한다. "혼자 남아 핏속에서 울부짖게 될 거야! 피는 피를 부르고, 더 많은 피를 부르지, 점점 더 많은 피를!" 심장이 두둥, 두둥! 고동친다. 몸도 맘도 말할 수 없는 압박감으로 고통스럽다. 떨치고 일어서려는 찰나, 앞질러 멈춘 그녀가 언제 그랬냐는 듯 미소를 지으며 부드럽게 말한다. "괜찮아요. 걱정 말아요. 다 괜찮아요." 차를 다시 권한다. 가면을 도로 씌워준다. 두근거림이 멎는다. 문을 열고 "굿바이."라 말한다. 돌아보니 떠나는 여행자를 지켜보는 그녀의 깊고 푸른 눈에는 위로와 경멸이 절묘하게 섞여 있다. 닫히는 문을 뒤로하고 돌아서니 풀려난 여행자를 바라보는 망루 앞의 무수한 백색 가면들.

희뿌연 빛이 드리운 가시나무 미로를 다시 걷는다. 그렇구나, 여기가 내 머릿속이구나. 이것이 내 심령의 가시나무로구나. 내가 레이디 맥베스와 같은 길을 걷고 있었구나. 미로를 빠져나와 핏빛 욕조의 욕실을 거쳐 병실로 돌아온다. 빈 액자가 머리맡에 놓인 침대에 걸터앉는다. 쉼 없이 쫓아다니느라 발도 아프고 허리도 아프고, 이젠 마음과 영혼까지 아프니. 에라 모르겠다, 아예 내 자리인 양 드러눕는다. 얼굴을 가진 배우도 가면 쓴 관객도 모두 사라진 병실은 창백함과 적막함으로 평온하다. 좋다, 피곤한 여행자에게는 여기가 딱이다. 여기 잠시 누워 쉬었다 가자. 아니, 여기 이대로 잠들어도 좋겠다. 온갖 집념과 집착, 삶의 기억마저도 이 병실처럼 하얗게 사라지면 좋겠다.

　이젠 정신병동을 떠나야 할 시간. 어둠에 싸인 복도와 계단을 거쳐 로비 바를 찾는다. 나처럼 길 잃은 백색 가면의 영혼들을 이따금 마주친다. 길을 막는 흑색 가면도 만난다. 한참을 헤매다 록 음악이 귀를 찢는 홀로 들어선다. 여기다, 그렉이 말한 마녀들의 광란의 파티! 거의 100명에 달하는 백색 가면들에 둘러싸여 남녀 배우 10여 명이 번뜩이는 교란 조명 속에서 피 칠한 나신으로 날뛰고 나뒹군다. 거의 끝난 모양이다. 들어서자마자 몽환적으로 바뀌는 음악에 맞춰 조명이 서서히 가라앉고 행위자들은 느린 동작으로 홀을 빠져나가기 시작한다. 잠시 어둠에 잠겼다가 조금씩 밝아지는 조명. 백색 가면 하나가 다가온다. 가면 뒤의 눈길이 알은체한다. 그렉이다. “늦게 왔군요.”

　이 친절한 신사에게 굿바이를 고하고 로비를 떠나 처음 들어왔던 암흑의 미로로 접어든다. 이젠 표시등이 친절하게 여행자를 밖으로 인도한다. 엘리베이터를 타고 올라오니 안내원이 공연의 플롯이 담긴 프로그램을 사겠느냐고 묻는다. 선뜻 지갑을 꺼내다가 멈춘다. 플롯을 파악했으므로. 아니, 플롯보다 여행자의 개인적 여정이 이 공연의 본질이므로. ‘나락 아래에는 바닥이 없고 또 다른 나락만 있을 뿐’이라는 여행자 나름의 플롯 속에서 그래도 잠시나마 안식의 침상을 정신병동에서 찾았으므로. 무엇보다 그렉이 말한 미완의 느낌을 존중하기 위해서.

첼시의 밤. 웨스트 27번가/9번 애비뉴 모퉁이의 농구 코트

○○○   빛과 어둠의 기로

첼시를 떠나며

○
○

    절정의 이벤트도 보지 않고 일찍 떠나는 여행자를 긴 복도 끝에서 맞이한 안내원이 의외라는 표정으로 바깥으로 나가는 문을 열어준다. 마침내 맥베스의 성/호텔/정신병원/지옥/어둠의 심장을 나선다. 쿠궁! 육중한 문이 뒤에서 닫히는 소리가 몇 년 전 찾아갔던 스코틀랜드의 코도 성(역사상의 맥베스가 영지로 받은 성) 현판에 새겨진 글귀와 공명한다. "경계하라".

    밤거리의 싸한 공기가 어둠으로의 긴 여로에 지친 몸과 맘에 생기를 불어넣어준다. 경쾌한 발걸음으로 호텔이 있는 컴컴한 블록을 벗어난다. 거리의 가로등 불빛이 차갑게 빛난다. 길모퉁이 농구 코트에서는 흑인 청년들이 추위에 아랑곳없이 벗은 상체로 땀을 흘리고 있다. 저 멀리 엠파이어스테이트 빌딩이 달보다 높이 솟아 있다. 여행자는 다시 걷기로 한다, 빛과 어둠이 하나 된 곳을 만날 때까지.

그 둘의
전투

〈야생의 신부〉
〈네바〉

헤겔, 테러, 뉴욕 지하철

○○○

링컨 터널 위호켄 쪽 입구

종일 내리던 눈이 그치고 설원에 떨어지는 햇살이 눈부신 아침. 오늘 볼 공연은 영국 극단 니하이의 〈야생의 신부〉와 퍼블릭 시어터의 〈네바〉. 전자는 그림형제의 동화에서 모티프를 취한 작품이고, 후자는 안톤 체호프 사후 그의 미망인에 관한 이야기라고 한다. 지난밤 창밖에 내리는 눈에 취해 새벽녘에야 잠든 탓인지 버스를 타자마자 졸리기 시작한다. 잠결에 며칠째 읽고 있는 헤겔의 한 구절이 오락가락한다.

사유를 통해 나는 나 자신을 모든 결정성 위에 존재하는 절대정신으로 고양시킨다. 나는 구속되지 않은 의식이며 동시에 나는 나를 형성하는 모든 경험적 현재성으로 인한 유한한 자의식이다. 의식의 이 두 양태는 서로를 쫓으며 서로로부터 도망친다. 내 안에는 그 둘의 갈등과 조화가 있다. 아니 내가 바로 그 갈등과 조화다. 나는 그 둘의 전투다. 나는 둘 중 어느 한 전사가 아니다. 나는 두 전사 모두이며 전투 그 자체이다.

'나는 그 둘의 전투다.' 이 말이 왜 그렇게 가슴을 울리던지. 또 비몽사몽간에 왜 다시 찾아드는 건지.

퍼뜩 눈을 뜨니 버스는 좁은 터널 안을 거북이걸음으로 가고 있다. 뉴저지의 위호켄과 맨해튼 미드타운을 허드슨 강바닥 밑으로 연결하는 링컨 터널이다. 희미한 조명등 아래 줄지어 선 차량들이 꾸물꾸물 강 밑바닥으로 기어들어가고 있는 모습에 뜬금없이 초조해진다. 뉴욕으로 들어서는 가장 큰 두 관문 조지 워싱턴 브리지와 링컨 터널이 잠재적인 테러 목표물 1, 2위라던데. 굳이 테러가 아니더라도 이 터널을 배경으로 한 영화 〈데이라이트〉처럼 사고로 터널이 봉쇄되고 벽이 수압에 터져버린다면? 잠이 덜 깼나 보다, 현실과 허구가 뒤섞이며 엉뚱한 상상에 사로잡히는 걸 보면. 하지만 9·11 테러가 그렇지 않았는가, 사건 몇 해 전 상영된 영화에서 '영감'을 받았다고. 지난번 펜스테이션 역내 방송이 떠오른다. "안전한 하루 되세요."

브루클린으로 가기 위해 지하철을 탄다. 처음으로 맨해튼을 벗어난 지역에서 공연을 보게 된다. 찾아가는 곳은 세인트 앤즈 웨어하우스 시어터. 맨해튼 다운타운에 위치한 퍼블릭 시어터의 공연은 예매를 했지만, 낮 공연은 박스오피스에 직접 가보기로 한 참이다. 하차역인 브루클린의 하이스트리트까지는 여덟 정거장. 그래도 초조하다. 공연 티켓을 구할 수 있을지 불확실해서이기도 하지만 사람 헷갈리게 만드는 지하철 때문이다.

뉴욕은 서울과 같이 단일 노선이 아니라 복합 노선 시스템이다. 환승역이 아니더라도 한 역, 한 철로에 여러 노선이 동시에 운행된다. 가령, 펜스테이션 지하철역에는 세 노선이 지나가는데 이들은 일정 구간에서는 공동으로 운행되지만 어느 지점에서 분기되어 각각 다른 종착역을 향한다. 이들 차량들을 색깔로 구분할 수 없어 종착역을 알려주는 안내방송에 의존해야 하는데, 목적지를 통과하는 노선의 종착역 이름을 일일이 외고 있기가 쉽지 않다. 물론, '촌놈'이라서 그렇다면 할 말은 없다. 그래도 할 말이 있다면, 뉴욕 지하철은 과연 듣던 대로 지저분하고 위험하다는 것. 작년에만 55명이 타의로, 실수로, 또는 스스로 떨어져 죽었고, 지난달에만 벌써 6명이 목숨을 잃었단다. 제발 안전한 하루가 되길.

자유의 거리 덤보와 브루클린 강변공원

브루클린 지상으로 나오니 맨해튼과는 다른 풍경이 기다리고 있다. 맨해튼의 좁고 높은 빌딩과는 달리 건물들 대부분이 대지가 넓고 층이 낮다. 건물들이 밀집된 것이 아니라 띄엄띄엄 서 있고, 특히 공사 중인 부지들이 많다. 낙후 지역 재개발 현장에 가까운 풍경이랄까. 하긴 브루클린 자체가 넓은 곳이라 이 특정 지역만의 특색일 것이다. 극장 주소를 손에 들고 조금 걸어가니 놀랍게도 대형 공사장들 사이로 정취 있는 거리가 열린다. 벽돌로 포장된 단아한 길을 따라 세월이 고요히 침전된 느낌의 건물들 사이를 걷다 보니 마음마저 차분히 가라앉는다. 서둘러 극장을 찾겠다는 분주한 마음은 온데간데없다. 카페와 레스토랑, 서점과 갤러리, 식료품점과 편의점, 창이 훤한 오피스들. 인적이 드문 게 아닌데도 모든 것이 고요하고 느리게 움직이는 느낌이다. 매혹된 듯 벽돌길을 걸어간다. 그 끝에 유유히 강이 흐르고 있다. 맨해튼과 브루클린을 가르는 이

자유의 거리 덤보

스트 강. 강변으로 나서니 왼쪽으로는 고풍스런 다리가, 오른쪽으로는 거대한 철교가 푸른 강물 위로 그림처럼 걸려 있다. 갑자기 가슴이 에이는 듯 아프다. 자유다!

그렇다, 여기는 일명 덤보DUMBO라고 불리는, 브루클린 브리지와 맨해튼 브리지 사이의 강변공원을 끼고 붉은 벽돌로 된 옛 공장과 창고들이 현대식 건물들과 어울리지 않는 어울림 속에 독특한 분위기의 거리를 형성하고 있는 곳이다. 영화 〈원스 어폰 어 타임 인 아메리카〉의 촬영지로, 또 1970~80년대 예술가들의 집단 거주지로 유명한 곳이기도 하다. 1990년대 이후 집세가 오르면서 가난한 예술가들은 떠나갔지만 지금도 여전히 다양한 아트 스튜디오들이 군데군데 자리 잡고 있고, 간혹 버려진 건물들에는 떠돌이 예술가들이 수도도 전기도 없이 살아가고 있다. 강변공원으로 들어서니 글래스하우스 안의 회전목마가 돌아가고 있다. 아마추어 힙합 전사들의 유튜브용 촬영도 돌아간다.

가슴을 에는 듯했던 자유의 느낌이 넉넉한 강물을 따라 좀 풀렸는지 정신을 차리고 목적지를 찾기로 한다. '세인트 앤즈 웨어하우스,' 이름 그대로 커다란 창고를 개조한 창고 극장이다. 입구가 싸구려 나이트클럽 뒷문같이 생겼다. 문을 여니 어둑한 복도, '아니, 또 어둠으로의 여로란 말인가'라는 생각도 잠시, 긴 복도 벽면을 가득 메운 포스터들에 압도당한다. 포스터마다 새겨진 강한 시각성과 작품의 명성이 전위와 전통의 융합을 추구하는 이 극장의 경향을 짐작케 한다. 포스터의 이미지들이 홀로그램으로 살아나와 춤추며 뛰논다. 행복하다.

박스오피스 창구에 티켓이 남아 있냐고 물었더니 30석 정도 있으며 제일 싼 좌석이 80달러란다. 티켓을 구하게 된 안도감과 가격에 대한 불만감이 교차하는 표정을 읽었는지 수염 텁수룩한 직원이 말한다. "공연 한 시간 전인 두 시에 오면 러시티켓을 20달러에 살 수 있어요." 야호! 그런데 영어는 끝까지 들어봐야 한다는 말이 맞다. "100퍼센트 확신할 순 없지만요." 속으로 '젠장'을 뇌까리는데 아직 덜 끝났다. "하지만 내 육감엔 매진이 안 될 것 같아요." 어쩌란 말이냐, 안전한 80달러냐 위험한 20달러냐 그것이 문제로다. 기분 좋은 이 동네에선 뭐든 이루어질 것 같기도 하여 직원의 싱글거리는 얼굴에 대고 '터미네이터'의 근엄한 표정으로 말한다. "두 시에 돌아올게요."

극장 옆 브루클린 로스팅 컴퍼니에서 커피를 사 들고 강변공원으로 돌아온다. 한낮 햇살에 차가운 강바람마저 안온하다. 나무 벤치에 앉아 담배를 문다. 혼자서 햇볕을 쬐고 있는 옆 벤치의 통통하고 온순해 보이는 흑인 청년에게 피워도 되겠냐고 짐짓 예의를 차려본다. "그럼요." 짤막한 대답과 함께 다시 햇살을 향하는 그의 얼굴에는 묘하게도 어린아이의 행복한 표정이 떠올라 있다. 공원 안전요원들이 지나다가 청년과 인사를 나눈다. 어머니 안부를 묻고 무슨 책 이야기를 한다. 그들이 지나간 후 말을 걸어본다.

세인트 앤즈 웨어하우스 극장 전경과 내부 회랑

이 근처 사느냐고. 같은 브루클린이지만 좀 떨어진 곳에서 걸어왔
다고, 이 강변이 좋아 종종 온다고, 당신은 어디서 왔냐고. 한국서
온 드라마 선생이라고 했더니 자기는 시인이라며 반갑게 손을 내
민다. 내 손을 잡더니 미국 흑인 '형제'들의 쥐락펴락하는 손 인사
를 한다. 이름은 에드윈 허들Edwin Hurdle, 작년에 〈글집The Write House〉
이라는 첫 시집을 냈단다. 어떤 시를 쓰냐고 했더니, "대부분 엄마
에 대한 시예요." 나는 속으로 "뭐?!" "엄마는 내게 가장 큰 영감의
원천"이라며 연신 엄마 자랑/사랑이다. 얼굴에 감돌고 있는 어린애
의 온순함과 행복감이 이해된다. 시집을 꼭 사서 보겠다고 하니 의
심 한 점 없는 아이처럼 입이 벌어지며 감사를 연발한다. 공연 시
간이 임박했다. 다시 한 번 '형제'의 악수를 하고 헤어진다.

마술 창고에서 보는 〈야생의 신부〉

박스오피스 앞에 20명 남짓 줄을 서 있다. 남는 표가 있을까?
그런데 창문 너머 아까 그 직원이 자리에서 일어서더니 앞으로 오
라는 손짓을 한다. 그러면서 맨 앞줄 사람에게 일찍부터 기다렸던
사람이라 설명하면서 내게 먼저 티켓을 내미는 게 아닌가, 와우! 카
드를 내밀었더니 러시티켓은 현찰만 된단다. 이런 걸 한국에서는 러
시 앤 캐시rush & cash라고 하던가.

들어선 공연장은 4~500석 규모. 양 벽면이 검은 커튼으로 된 무대와 객석이 무한대의 가변성, 마술의 가능성을 품고 있어 보인다. 스포트라이트가 의자에 한가롭게 걸터앉은 구식 양복 차림의 남자를 비춘다. 권태감에 몸을 뒤척이다가 객석을 향해 첫마디를 던진다. "태초에 공허가 있었다." 성경을 뒤집는, 바로 악마다. 이 '공허'의 무료함을 달래기 위해 사람들이 오가는 갈림길에서 기다리다가 걸리는 자에게 장난을 좀 쳐야겠다는 선언이 특급 뮤지컬 수준의 테너에 실린다. 광란에 달하는 노래의 절정과 함께 남자가 사다리를 뛰어오르면, 압도당한 관객의 환호와 함께 무대가 밝아진다. 퇴락한 농가 마당에 거대한 사과나무가 서 있다.

나무 머리에 걸린 의자에 남자가 걸터앉으면 그것은 악마의 옥좌가 되고, 사과나무는 최초의 인류를 유혹한 선악과나무가 된다. 객석 가까이 남루한 작업복 차림으로 장작을 패고 있는 중년 사내가 오늘의 인류인가 보다. 경쾌한 켈트 민속 음악이 깔리면서 퇴락과 풍요가 미묘하게 함께 깃든 ─ 한 평론이 '포스트모던 전원풍경'이라 부른 ─ 이 마당으로 대조적인 체구와 용모를 가진 세 여자가 큰 책을 하나씩 들고 아일랜드 포크댄스의 가벼운 발짓으로 등장한다. 객석 앞으로 다가선 그들이 저글링 끝에 책표지를 들어 보이면 "The/ Wild/ Bride"(야생의 신부), 세 단어가 펼쳐진다.

장작 패던 사내가 세 여자 중 가장 아담한 체구의 여자를 "내 사랑 우리 딸"이라 부르면서 껴안고 뽀뽀하고 쓰다듬고 빙빙 돌리

극단
니하이

야 생 의 신 부

1. 마술의 공간, 창고 극장의 무대
2. 손목 잘린 소녀 딸
3. 숲 속의 처녀 딸
4. 커튼콜

며 딸바보 아빠의 유희를 펼친다. 곁의 두 여자는 악기를 연주하고 소품들을 움직이고 신체적으로 고난도인 아빠-딸 유희의 도우미가 되기도 한다. 네 사람이 벌이는 혼연일체의 유희 속에서 세 여자는 딸이라는 하나의 역할을 구현하고 있음이 자연스럽게 인지된다. 나무 위 악마의 눈길이 이들 부녀에게 와 닿는 순간, 그림형제의 어두운 동화 '손 잘린 소녀'가 악마의 내레이션으로 시작된다. "옛날 옛적 딸아이를 세상 무엇과도 바꾸지 않을 만큼 사랑한 아빠가 있었는데, 지독한 가난뱅이였답니다." 땀 흘려 일하는 아버지에게 교활한 미소로 다가온 악마는 세상의 모든 부를 주겠다고 약속한다. 대가는? 그저 보잘것없는 농가 뒷마당에 있는 걸 다 주면 된단다. "시들어빠진 사과나무밖에 없는데, 밑지는 장사일 텐데."라며 아버지가 동의하는 순간, 아차, (세) 딸이 사과나무 아래 놀고 있다!

거래를 무르려 하지만 어느 악마가 한 번 사들인 영혼을 순순히 풀어주랴. 그러나 악마에게도 맹점이 있었으니, 소녀 딸에게 손을 대는 순간, 뽕 튕겨져 나가버리는 악마. 소스라치게 놀란 그의 고백. "너무나 순수해서 악마가 손을 댈 수가 없어!" 그래서 아버지로 하여금 딸에게 흙칠 똥칠을 하게 한다. 재시도에도 튕겨져 나가자 '부정'에서 '불구'로 작전 변경, 아버지로 하여금 딸의 두 손목을 도끼로 자르게 한다. 시종 희극적 몸짓으로 객석을 즐겁게 해주던 아버지의 고뇌가 물씬 느껴지는가 하면, 물감을 이용해 극히 단순하게 처리한 참혹한 절단의 순간은 음악을 통해 증폭, 감각적 체험과 정서적 반응을 극대화한다. 소녀 딸 역을 맡은 배우의 특기는 온갖 장르의 가창력!

드디어 준비된 먹잇감 앞에 신이 나서 멋쟁이 양복을 벗어젖히고 멜빵 달린 구닥다리 내복 차림으로 달려온 악마, 자신의 내복에도 흙칠 똥칠을 하고 소녀를 겁탈한다. 그러나 부정과 불구의 육신에도 불구하고 정복되지 않는 소녀, 그 영혼의 순수함에 악마는 뜻을 이루지 못하고 그녀를 숲속으로 추방한다.

머리에는 나무넝쿨 화관을 쓰고 잘린 손목을 감은 붕대는 짐승의 발굽이 된 야생의 처녀를 세 여배우 중 가장 훤칠한 체구의 배우가 연기한다. 소녀 딸의 특기가 노래라면, 처녀 딸의 특기는 신체 연기. 팬터마임·곡예·현대무용을 섭렵하는 몸짓으로 숲속을 헤매며 야생의 잔혹함과 때때로의 소박한 위안들을 격렬하게 또 잔잔하게 묘사한다. 다른 두 여배우도 쉬지 않는다. 함께 뛰고 구르는가하면 노래와 악기 연주를 하고 온갖 무대장치를 직접 작동한다. 철사로 만든 사슴이 숲을 뛰놀고 나무들이 말하고 낙엽들이 일어나 춤추고, 형광 전구들이 별밤을 여는가 하면 할로겐 전구들은 주렁주렁 열린 야생 과실이 된다.

이 잔혹하고도 낭만적인 목가극에 빠질 수 없는 러브스토리. 스코틀랜드 남자 치마 킬트를 입고 안경을 낀 다소 늙은 왕자님이 껑충껑충 경쾌한—정확히 말해, 중년 배우의 몸으로 만들 수 있는 최선의 경쾌함으로 폭소를 유발하는—발돋움으로 등장하여 야생의 처녀를 신부로 맞이한다. 놀랍게도 왕자님은 아버지 역할의 배우가 한다. 궁으로 처녀를 데려온 왕자는 초상화로 재현된 모후의 승낙을 얻어 결혼에 골인하는데, 초상화 손 부분에 구멍을 뚫어 소녀 딸 배우가 선보이는 모후의 '손목 연기'가 절묘하다. 친절한 왕자님은 신부를 위해 의수를 만들어주는데, 그 모양이 무기 같기도 하고 농기구 같기도 하다. 농기구는 가난한 농부 아버지를 연상시키고 무기는 곧 일어날 전쟁을 예고한다. 전쟁과 함께, 그동안 쉬며 구경꾼으로 남아 있던 악마가 돌아온다. 악마의 이번 장난은 눈속임 마술이다. 전장의 왕자와 궁전의 모후 사이에 오가는 편지를 한쪽에서 쉭 던지면 (서 감추면) 싹 (내밀며) 가로채는 식이다. 그렇게 빚어진 오해로 왕자비는 태어난 아기를 안고 다시 숲으로 도망치는 신세가 된다.

　이제 엄마가 된 딸을 원숙한 모습의 셋째 여배우가 연기한다. 다시 야생의 삶이지만 모성의 지혜와 의지가 그녀를 강인하고 성숙하게 하는 과정이 처녀 딸이 연주하는 콘서트 바이올리니스트 수준의 바이올린 독주를 타고 엄마 딸의 조용한 독백과 절제된 춤사위로 표현된다. 이제 그녀가 쓴 화관은 고난의 가시넝쿨이 아니라 초록잎의 월계관, 생명의 면류관이 된다. 악마가 나타나 안락의 삶으로 유혹하지만, 딸은 이제 노래만 하던 소녀도 춤만 추던 처녀도 아닌 자신의 '목소리'를 찾은 성숙한 여인으로서 악마의 제안을 거부한다. 악마가 가진 최후의 무기인 ─ 죽음과 남근을 상징하는 ─ 엽총의 위협에 당당히 맞선 그녀의 모습은 순수의 시대와 경험의 세계를 모두 초월한, 그리하여 잃었던 손마저 다시 자라난, '국화꽃 누님'이 되어 있다. '소쩍새 우는 봄과 천둥 치는 여름을 지나, 머언 먼 젊음의 뒤안길에서, 간밤에 내린 무서리마저 떨치고, 인제는 돌아와 거울 앞에 선' 누님 말이다. 그리고 전쟁의 상처를 안고 귀향한 동생/남편/아들/아버지를 따스하게 안아준다.

그렇게 하나가 된 (세) 딸과 아버지, 또는 신랑과 신부가 춤추며 퇴장할 때, '그들은 그 후로 영원히 행복하게 살았다'라는 동화의 고전적 형식이 완결되는 대신, 을씨년스러운 바람소리와 함께 어두워진 무대에 스포트라이트가 켜진다. 다시 무대 중앙 의자에 걸터앉은 악마가 갈림길에서의 장난을 새롭게 준비한다. "태초에 공허가 있었다." 그제야 블루스의 우울함을 아일랜드 포크 음악의 유머로 감싸는 경쾌한 음악을 타고, 관객들의 쏟아지는 환호와 우레 같은 기립박수 속에 다시 책을 들고 가벼운 발짓으로 들어서는 세 여배우. 저글링 끝에 펼치는 책 표지에는 한 글자씩, "E/ N/ D"(끝).

나는 그 둘의 전투다: 선악과 실존, 공허와 유희

극장 문을 나선다. 눈과 귀를 풍성한 연극성의 과실들로 포식한 관객들이 디저트를 찾아 카페와 바로 흩어지는 뒤안길에서 여행자는 영문 모를 쓸쓸함에 젖어 후미진 델리 가게로 들어선다. 샌드

맨해튼 브리지 아래서 바라본 노을 진 브루클린 브리지

위치와 큼직한 24온스 캔 맥주를 계산하다가 공원에서 주류 섭취가 금지되어 있다는 사실을 문득 떠올리고는 난처해하자 주인장이 전문성 높은 충고를 던진다. "일회용 라지 컵을 가져가서 술을 따르고 캔은 샌드위치 봉투에 넣어두면 돼요."

맨해튼 브리지 아래 강둑 바위에 앉아 브루클린 브리지 너머의 석양을 바라보며 샌드위치와 맥주를 먹는다. 때때로 전철이 머리 위를 지나며 덜컹덜컹 처량하고도 정겨운 소음을 일으킨다. 덜컹이는 기차 소리와 출렁이는 강물을 따라 나도 마냥 흐르고 싶어진다. 어디 카페에 가서 커피나 마실 요량으로 일어선다. 극장 문을 나서 곧장 일상의 소란스런 거리로 내던져지는 대신 한적한 거리와 강변을 홀로 거닐면서 생각에 빠질 수 있는 이곳이 너무 좋다. 어둠이 내리고 강바람은 매우 차가와졌는데 길모퉁이 카페 베란다에 앉아 그냥 찬바람을 맞는다.

'태초에 공허가 있었다.' 그 한마디가 내내 떠나질 않는다. 공허의 실존적 자유로움 때문인가. 하지만 선악의 사과나무는 이미 존재하고 있지 않았던가. 인간이 아무리 자유롭다 한들 이 '불휘 기픈 ㄴ무'를 어찌하랴. 고도를 기다리는 자들은 말했지. '분명한 건 아무것도 없어.' 그래서 그 무한대의 공허를 유한한 놀이로 채워야 할 운명을 타고난 광대처럼, 우리도 스스로 악마의 어릿광대가 되어 손목은 잘리고 온몸에는 흙칠갑을 했어도 시선은 선악과나무 머리 너머를 바라보며 살아가고 있는 걸까. 헤겔의 인간이 자의식과 절대정신 사이에 찢긴 것처럼? '나는 그 둘의 전투'인 것처럼? 그 전투를 포기하지 않는 한, 인간의 삶은 그리고 연극은 계속될 것이다. 악마의 장난도 광대놀음도 오싹한 공포와 통쾌한 웃음, 어두운 아름다움과 경박한 밝음, 고통의 춤과 환희의 노래를 주고받으며 묘하게 우리네 삶을 닮은 창고/극장의 마술적 무대를 떠나지 않을 것이다.

그 싸움을 더 이상 싸울 수 없을 때, 사람은 이 공허한 세계에 그저 작은 흔적이라도 남기고 싶나 보다. 그래서 〈쇼생크 탈출〉의 가석방인들이 그랬던 것처럼 '나 여기 왔었다'라는 서글픈 글귀를 묘비명으로나마 남기나 보다. 그러나 모를 일. 그 말을 새기곤 목을 매어 비극적 결말을 맞이한 사람도 있고, 목을 매기 직전 '악마의 장난'으로 발견한 편지 덕에 동화 같은 태평양 연안에서 옛 친구를 만나 그 후로 영원히 행복하게 산 사람도 있고, 목을 매려 할 때마다 끈이 끊어져 끝끝내 살아남는 고고와 디디도 있다. 나도 흔적이나 남길까. 연극적 소품도 챙겨서. 자, 커피와 담배와 펜을 들고 찰칵!

맨해튼 브리지 아래
카페 '아치웨이'에서

°°° 퍼블릭
시어터
°
°

뉴욕 퍼블릭 시어터의 전경

맨해튼 다운타운 워싱턴스퀘어역에 내린다. 쉽게 걸을 만한 거리라 생각했는데 추운 밤 등에 땀이 맺힐 만큼 걸어야 했다. 인파가 넘쳐나는 뉴욕대학교의 넓은 구역을 가로질러 퍼블릭 시어터에 당도한다. 퍼블릭 시어터는 저명한 연출가이자 사회주의자였던 조셉 팝이 1967년 설립한 비영리 극장으로서 공익재단과 뉴욕시의 재정으로 운영비를 전액 충당한다. 설립자의 이상과 '퍼블릭' 시어터라는 이름에 걸맞게 이 극장은 '오늘날 세계의 중요한 이슈들에 대한 생각과 대화의 장'이라고 자기정의를 할 만큼 연극의 사회적 역할을 강조하여 정치적 발언이 강한 국내외 작가들을 소개하는 데 열심이다. 오늘 공연 〈네바Neva〉(러시아 상트페테르부르크를 흐르는 강)도 칠레 작가 기예르모 칼데론의 미국 초연이며, 경내의 다른 공연장 시바 극장에서도 〈1967년 디트로이트〉라는 흑인 민권운동을 다루는 작품을 상연하고 있다.

〈네바〉: 연극과 혁명

〈네바〉 공연의 포스터에 새겨진 문구가 인상적이다. '체호프는 죽었다. 혁명은 임박했다. 리허설을 할 시간이다.' 극장 웹페이지의 소개 글은 더욱 흥미롭다. '1905년 1월 22일, 일명 피의 일요일로 불리게 될 날. 거리에선 차르의 군대가 시위에 나선 노동자들을 학살하고 있는 가운데, 몇 달 전 남편을 잃은 체호프의 미망인이자 모스크바 예술극장의 배우 올가 크니퍼는 상트페테르부르크의 한 극장에서 〈벚꽃동산〉 공연을 위한 리허설을 한다. 거리의 소요로 늦어지는 연출자와 동료 배우들을 기다리면서 그녀와 일찍 도착한 두 배우들은 〈벚꽃동산〉의 몇몇 대목과 다른 체호프 극의 대사들을 읊조리는 한편, 자신들의 삶과 예술 그리고 혁명에 대한 이야기를 펼쳐놓는다.'

〈네바〉의 작가이자 연출가인 기예르모 칼데론, 이름의 무게감이 상당하다. 스페인 황금기의 대극작가 페드로 칼데론과 한 집안인가? 이 칠레 연극인이 연극과 혁명을 주제로 낚아챈 파닥거리는 물고기가 한없이 커 보인다. 어째서 우리의 박약한 상상력은 체호프를 혁명 이전의 세계에만 묶어두었던가. 공연장 앤스패처 극장에 들어서면서 깜짝 놀란다. 이건 마치 이탈리아 르네상스 메디치가의 궁정극장이 아닌가 싶을 정도. 무대와 객석을 감싸고 있는 대리석 원주들에 둘러싸여 붉은 벨벳 카펫과 객석 시트에 앉은 이 사람들은 르네상스 제후와 귀부인들이 아닌가. 한 자리 차지하고 앉으니 나 또한 마키아벨리의 프린스가 된 느낌. 호사스러운 객석이 삼면에서 내려다보는 돌출형 무대에는 매우 좁은 플랫폼이 고립된 섬처럼 솟아 있고, 그 뒤 어두운 회랑에는 한 여인이 거닐고 있다.

생각에 잠기기도 하고 누구를 기다리는 듯 초조하게 좌우 통로를 바라다보기도 하는 그녀는 동료 배우들을 기다리는, 또는 체호프의 망령에 쫓기는 올가 크니퍼임에 틀림없다. 회랑 한쪽에서 알레코라는 이름의 젊은 남자 배우가 등장하면 그녀는 안도의 한숨과 함께 플랫폼으로 다가선다. 붉은 카펫이 깔린 플랫폼 위에는 고풍스런 팔걸이의자 하나만 덩그마니 놓여 있다. 의자 밑에서 술병을 꺼내 알레코에게 권하고 올가 자신은 두 잔을 거푸 비운다. 보드카임에 틀림없다. 취할 시간, 무대에 오를 시간, 디오니소스의 시간이다.

조명이 들어오면―플랫폼 아래 풋라이트 하나가 무대 조명의 전부이다―의자에 앉은 올가가 〈벚꽃동산〉 마담 라네프스카야의 고별사를 낭송하고 의자 발치에 앉은 알레코는 그녀의 연기에 경탄한다. 올가는 주연 배우이자 대극작가의 미망인으로서 받게 될 공연 후 관객의 인사를 상상하며 당혹감과 자기모멸에 빠져든다. 무엇보다 그녀는 남편의 죽음이 자신의 예술혼과 연기력을 빼앗아가지 않을까 하는 두려움에 사로잡혀 있다. 마샤라는 젊은 여배우가 합류하면서 ― 러시아 배우 역에 특이하게 흑인 배우를 캐스팅했다 ― 올가는 알레코에게는 체호프 역을 맡겨 남편의 임종 장면을 재연하는가 하면, 마샤에게는 체호프의 누이 역을 맡겨 결혼 당시의 갈등을 재연함으로써, 남편의 사망으로 인한 정신적 공황상태를 극복하려, 보기에 따라서는 절망감에 탐닉하려 한다.

올가 자신은 물론 그녀의 '사이코드라마'에 끌려든 두 배우가 이 즉흥연기의 기회를 통해 각자의 연기 솜씨를 뽐내듯 선보이는 가운데, 체호프의 생애와 작품들, 스타니슬랍스키 연기론, 거리에서 벌어지고 있는 폭력적 상황에 관한 언급들이 단편적으로 이루어지는 한편, 상트페테르부르크 극장의 사소한 일상과 지저분한 인간관계들이 이야기된다. 이 모든 것이 2평 남짓한 좁디좁은 사각형 안에서 풋라이트만으로 밝혀진 채 계속된다. 가끔 그 조명마저 꺼져 암흑 속에서 대사가 이루어지는 때도 있다.

공연 첫 15분 동안 폐소공포증을 불러일으키는 무대의 독특한 분위기와 올가 역의 배우가 보여주는 밀도 높은 연기에 한껏 기대감을 부풀렸던 관객들은 올가라는 캐릭터의 끝없는 자기연민에 지치기 시작한다. 젊은 두 배우의 직업적 야망과 얄팍한 인간성, 무미건조한 신변잡기와 예술에 대한 경박한 잡담에 질리기 시작한다. 알레코의 턱없는 이상주의와 마샤의 천박한 현실주의에는 설득력이 없다. 무엇보다 배우를 허영덩어리에 지나지 않는 기생적 존재로, 예술을 유해한 사회적 잉여물로 제시하는 편향된 관점에 관객들은 불편한 심기를 드러내기 시작한다. 객석 군데군데 코웃음마저 들린다. 그러나 공연 60분째, 관객의 인내가 극에 달한 즈음 놀라운 일이 일어난다. 마샤 역의 배우가 벌떡 일어서더니 폭발적인 독백을 총알 같은 속도로 10분 이상 한 숨도 쉬지 않고 외쳐대는 것이다.

"연극은 사랑 타령이나 해대고 있어. 무대 위에 진실이 존재한다고 어떻게 우겨댈 수 있어? 사실적이면서도 상징적인 예술이라고? 됐어, 충분해. 지금은 1905년이야. 연극의 시대는 끝났어. 배우

네 바

1. 풋라이트 속의 올가, 알레코, 마샤
2. 리허설 무대 위의 기예르모 칼데론

들이란 정말 역겨운 존재야. 난 혁명에 뛰어들겠어. 이 극장에 불을 질러버리는 데서부터 시작할 거야. 이놈의 극장이 불속에 사라지는 걸 보고 싶어. 연극의 오만과 허영도 모두 함께 말이야." 연극의 죽음의 선포. 더 나아가 관객 모독. "난 관객들을 증오해. 이 세상은 종말을 향해가고 있는데 이 멍청한 작자들은 극장에 와서 즐겁게 해달라고 아우성이지. 문화 좋아하시네. 그저 고상한 척 한숨이나 짓고 있는 주제에. 부끄러운 줄 알아야 해. 그 돈이 있으면 가난한 자들에게 나눠주기나 하지." 그러나 더 놀라운 것은 열정적이고 단호하게 '행동!'을 외친 그녀가 독백을 마치는 순간 성냥불을 긋는 대신 플랫폼 뒤편으로 자신의 몸을 던져버린다는 것! 그 돌발적 상황은 물론이요, 선 자세에서 다리를 구부리지 않고 상반신만 기울여 떨어지는 속수무책의 모습에 관객은 깜짝 놀란다. 물론 다음 순간 안전장치가 있음을 짐작하고 안도의 한숨을 내쉬지만. 마샤의 추락사로 충격과 무기력 상태에 빠진 올가와 알레코를 비추던 작은 조명이 꺼지면서 막이 내린다.

이 어떻게 된 일일까? 당황한 것은 객석의 여행자다. 어떻게 이런 황당한 작품, 초라한 공연이 뉴욕 한복판, 그것도 명성 높은 퍼블릭 시어터의 무대에 오를 수 있단 말인가. 브루클린의 자유분방한 마술적 공간을 거쳐온, 그 연극적 성찬 후 모든 입맛을 잃어버린 여행자의 포만감 때문인가. 공연 중에 코웃음을 쳤어도 커튼콜에는 그래도 정중한 갈채를 아끼지 않는 관대하고 세련된 관객들을 앞질러 다소 무례하게 극장을 빠져나온다.

뉴욕 공공극장에 대한 칠레 게릴라의 테러

워싱턴스퀘어 공원을 거닐며 생각한다. 그래, 만든 이의 의도를 최대한 배려하는 해석을 해보자. 덤보의 마술 창고 극장은 잊자. 기막힌 연극적 상상력과 탁월한 예술적 완성도 '따위'는 접어두고, 햄릿의 고견을 따라 "극의 본질적 문제"에 다가가보자. 의도적인 축소의 미학, 미니멀리즘이라고 생각해보자. 사회적 메시지의 강력한 전달을 위한 '가난한 연극'이라고 정의해보자. 그렇다면 단순하다 못해 빈약한 무대는 연극과 사회의 관계를 압축적으로 보여주는 오브제다. 극이 펼쳐지는 좁은 플랫폼은 거리로부터 분리된 극장, 역사의 강물 위에 뜬 ―그러나 그 흐름을 거부하는― 섬, 정치적 현실에서 물러섬으로써 스스로를 축소시킨 예술의 영역이다. 마샤가 플랫폼, 곧 극장 건물 창밖으로 몸을 던진 것은 시위자들이 학살되고 있는 거리로, 학살의 피가 흐르는 네바 강으로 저항의 투신을 한 것이다. 극장을 태우는 대신 자신을 태움으로써 예술의 파산 선언과 함께 항변의 메시지를 전한 것이다. 풋라이트 작업등은 무대 조명의 마술을 걷어내고 헐벗은 실재를 노출시키기 위한 반연극적 장치이며, 역사의 광장으로부터 유리된 예술의 밀실을 지배하는 실존적 폐소공포증을 형성하는 것이다.

　배우들이 과시하는 즉흥적 역할 변신과 변덕스런 감정은 무대의 가상과 리얼리티 사이, 캐릭터와 배우 사이의 간극을 드러내기 위한 브레히트적 장치이며, 올가 역의 희비극적 감정과 두 젊은 배우가 구현하는 이상주의 대 현실주의의 도식적 대조는 전형적인 체호프적인 인물들을 통해 체호프적인 허무주의를 희화화하는 예리한 극작법적 칼질이다. 마샤 역에 흑인 배우를 캐스팅한 것은 피억압자를 표상하기 위해서이리라. 무엇보다 이렇게 연극적 밀도를 의도적으로 느슨하게 제시하여 빈약한 무대와 깊이 없는 인물과 일관성 없는 주제와 모욕적인 메시지를 던지는 것은? 그렇다, 아침에 링컨 터널을 통과하면서 든 생각, 테러다! 뉴욕 관객에 대한 칠레 예술 게릴라의 테러 공격.

　'대극작가 체호프의 미망인에 관한 이야기'라는 두툼한 떡밥을 통해 삶과 예술에 대한 깊은 성찰이라는 살찐 물고기를 약속하는 듯 보였던 〈네바〉가 정작 낚싯바늘 끝에 매달아 보이는 것은 '예술과 자유를 사랑하는' 뉴욕 관객들 자신의 제한된 경험과 취향, 보이지 않는 선입견과 위선적 자기기만이다. 〈햄릿〉의 폴로니어스가 말하지 않았던가, '거짓이라는 미끼를 써서 진실의 잉어를 낚는다'고. 예술과 인간에 대한 심오한 통찰을 재미와 감동의 형태로 기대하고 자유와 평등의 가치를 수호하는 '퍼블릭' 극장을 찾은 관객들에게, 그리고 그들의 사촌쯤 되는 이방인 여행자에게도, 극작가가 일차적으로 선사한 것은 당혹과 실망, 모욕과 분노였다. 그러나 궁극적으로는 관객 자신의 삶과 예술에 대한 편향된 관점 내지는 맹목성의 각성이다. 예술과 삶을 혼동하지 말라는 것이다. 삶은 감정과 인식이 아니라 결단과 행동이라는 것이다.

'혁명을 위한 리허설'이라는 제목의 〈뉴욕 타임스〉 인터뷰 기사에서 칼데론은 뉴욕시립대학교 대학원생 시절 읽었던 체호프 전기와 러시아 혁명사, 그리고 당시 자신의 미국 사회에 대한 인식이 겹쳐지면서 이 작품이 태동했으며, 궁극적으로 이 극은 미국적 작품이라고 밝힌다. 그러고 보니 아우구스토 보알의 〈억압받는 자들의 연극〉의 구절을 인용한 인터뷰 기사의 제목은 정치적 혼란을 겪어온 라틴아메리카 참여연극의 전통을 상기시킨다. 그렇다면 "정치적 상황 때문에 사람들이 매일 죽어가는 시대에 연극을 본다는 것이 무슨 의미가 있냐."는 작가의 말을 '그것의 의미가 뭐냐'로 바꿔 생각해보고 싶다. 부정이 아니라 질문으로 삼고 싶다. 남미와 같은 정치 상황 속에서 예술의 입지는 애매할 수밖에 없겠지만, 그래도 연극인 칼데론이 예술의 파산을 선고하고 있다고는 믿기지 않는 것은 "연극은 전쟁터"라는 그의 말에서 여전히 예술의 힘에 대한 믿음이 느껴지기 때문이다. 무엇보다 "역사책을 펼치면 연극이 있다"는 말이 역사와 연극, 삶과 예술의 순환 고리를 궁극적으로 긍정하고 있기 때문이다.

○○○　　연극은 시궁창과 별을
　　　　　　　　함께　품는다
　　　　　　　　　　　　　○
　　　　　　　　　　　　　○
　　　　　　　　　　　　　○

　　워싱턴스퀘어역 입구에 서서 지나온 거리를 뒤돌아본다. 참 묘
한 일치다. 이 다운타운 거리의 어둠 속 인파가 만들어내는 무채색
풍경이 지금 보고 온 공연과 포스터 이미지의 색감을 그대로 반영
하고 있다. 햇살 그득했던 이스트 강변 풍광과 맨해튼 브리지 아래
로 펼쳐진 거리의 관능적 풍미가 〈야생의 신부〉의 찬란한 색감에
조응했듯이. 창고 극장의 분방한 '상상력'과 공공 극장의 강고한 '생
각'이 그렇게 잘 대비될 수가 없다.

　　마치 검은 강물 위에 뜬 세 개의 고립된 섬처럼 풋라이트에 비
친 창백한 얼굴들만을 배열한 〈네바〉의 이미지와 흙칠 똥칠을 하고
손목까지 잘렸어도 온몸으로 야생의 관능미를 내뿜는 〈야생의 신
부〉는 어쩌면 연극의, 나아가 인간 정신의 두 극단적 양태를 보여
주는 것인지도 모르겠다. 이성과 본능, 사유와 감각, 논리와 상상력,
빈곤과 풍요, 절제와 방만, 정신과 육체, 어둠과 빛, 색(色)과 공(空),
그리고 헤겔의 유한한 자의식과 무한한 절대정신!

그런 의미에서 연극을 전쟁터에 비유한 칼데론이 맞다. 다만 이미 기울어진 승부가 아니라 팽팽한 전투 그 자체가 연극이다. 혁명기 배우들의 퀭한 시선이 혼란한 시대와 공허한 영혼을 들여다보는 실존적이고 역사적인 자의식이라면, 진흙탕을 구르더라도 고개를 들고 사과나무 꼭대기 너머를 바라보는 야생의 신부는 모든 결정성 또는 경험적 현재성을 넘어서는 초월적 열망을 그 시선에 담고 있다. 오스카 와일드의 말대로, '우리 모두는 시궁창에 빠져 있지만, 우리들 가운데 더러는 하늘의 별을 바라본다.' 연극은 시궁창과 별을 함께 품는다. 인간이 바로 그것이므로.

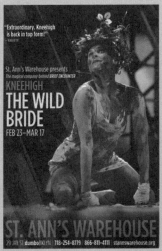

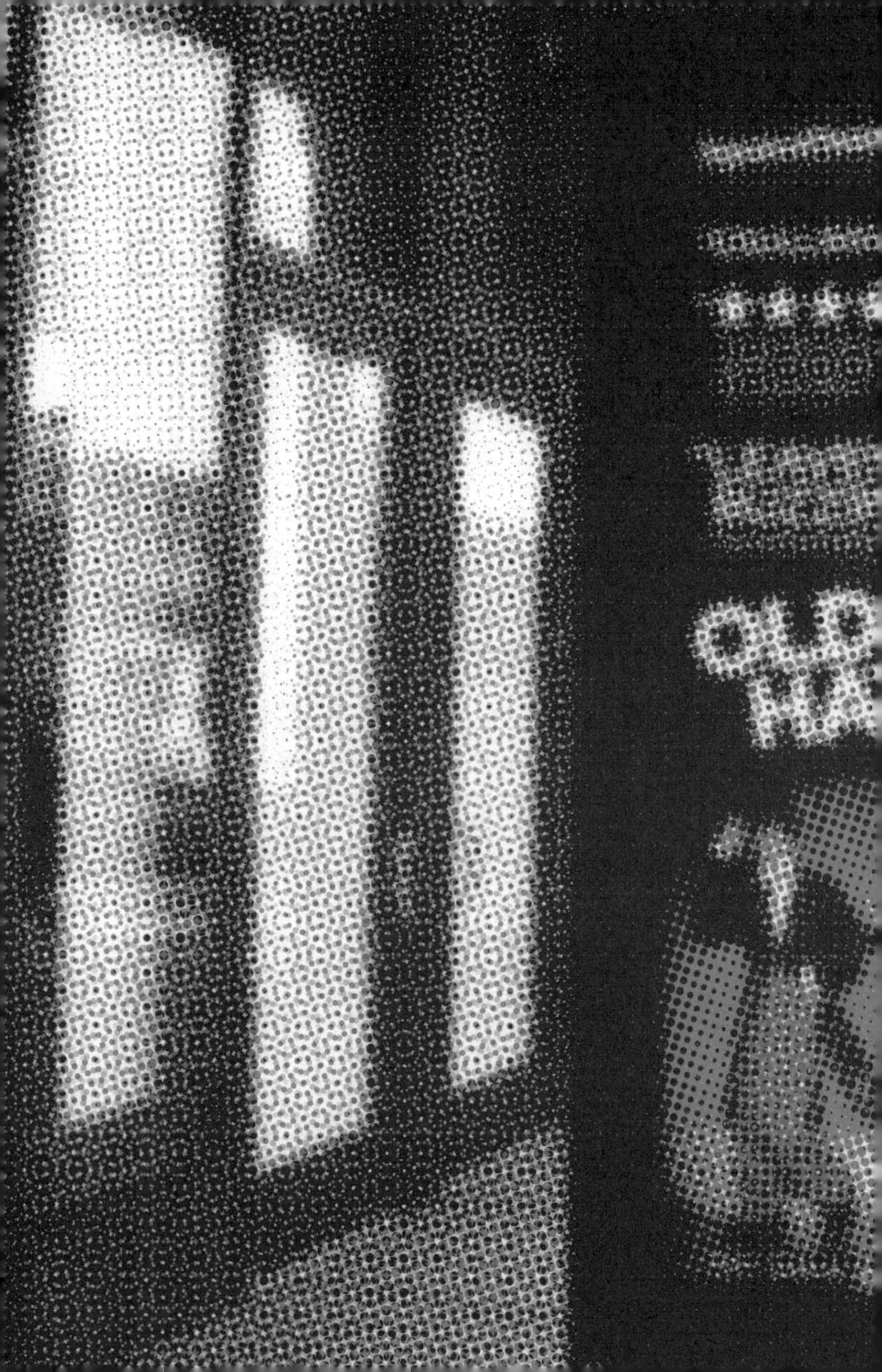

광대와
인간에
관하여

〈낡은 모자〉
〈마리아의 증언〉

○○○ 맑
은

시냇물

머스코넷콩
○
○
○

봄이 오나 했더니 기온이 다시 영하로 떨어진 아침. 그래도 햇살만큼은 찬란하다. 해케츠타운 기차역은 역무원도 없는 시골 간이역이다. 자동발매기에서 승차권을 끊어 환승역 도버 행 열차를 탄다. 오늘 볼 공연은 브로드웨이의 〈마리아의 증언〉 하나만 정한 상태. 또 하나는 〈뉴욕 타임스〉 웹페이지에서 공연 리뷰들을 출력해 기차 칸에서 읽고 결정할 생각이었다. 오프-브로드웨이 공연 〈낡은 모자〉 리뷰 제목이 마음을 끈다. '늙어가는 광대들과 참신해지는 개그'.

열차는 뉴저지와 펜실베이니아를 가르는 델라웨어 강의 지류 머스코넷콩 강변을 달리고 있다. 이 지역에는 아메리카 원주민 언어로 된 지명이 많다. 머스코넷콩은 '맑은 시냇물'이라는 뜻이란다. 언뜻 보기에도 강이라기보다는 개울에 가깝다. 4월임에도 잎사귀 하나 나오지 않은 나무들로 우거진 황량한 숲속을 흐르는 이 작은 강은 허드슨 강과 같은 대하가 주는 느낌과 사뭇 다르다. 허드슨의 광활하고 육중한 물줄기 속으로는 장년의 생명이 아련히 녹아드는 것 같다면, 투명하고 경쾌한 숲속 개울물은 어린 생명력을 일깨우는 느낌이랄까.

도버에서 환승한 후에도 10여 분은 계속 함께 달리는 그 작은 물길을 눈으로 쫓다 보니 묵직했던 피곤이 말끔히 가시고 생기가 온몸에 돌기 시작한다. 하늘에는 층층이 덧댄 잿빛 구름과 흰 구름들 사이로 햇살이 내리비치며 구름층 가장자리에 옥빛, 연분홍빛, 연보랏빛으로 색채의 향연을 만들어내고 있다. 아름답다, 말할 수 없이. 문득 드는 생각. '아이의 눈은 원색을 본다는데, 반 고흐의 색채가 그래서 그렇다는데.' 파스텔 톤만을 보는 어른의 눈이 서러워진다.

머스코넷콩 강

에드윈 허들의 〈글집〉

배낭에서 책을 꺼내든다. 덤보의 강변공원에서 만난 흑인 청년 에드윈 허들의 시집 〈글집〉. 22편의 시가 실린 작은 책이다. 짧은 서문이 소박하지만 인상적이다. "글쓰기에는 지휘관이 있다. 펜과 연필은 대량살상을 일삼지 않는 무기다. 펜을 슬며시 손에 쥐면 생각의 홍수가 부드럽게 밀려든다. 종이는 하나의 벽이다. 아름다운 언어와 깊은 감정을 그 벽 위에 새겨놓고 사람들의 눈과 가슴이 그것들을 나눠가질 수 있다면 좋겠다. 내 집의 문들은 시의 진실을 찾는 사람들에게 언제나 활짝 열려 있다."

에드윈 허들이 '활짝 열어둔 문'으로 들어서서 만난 첫 시편 '아들의 베스트프렌드'. 첫 구절에 피식 웃음이 난다. "사람의 가장 좋은 친구는 개다/ 여자의 가장 좋은 친구는 다이아몬드다/ 아들의 가장 좋은 친구는 엄마다." 소박하다 못해 유치한 시구에서 어떤 시를 쓰냐는 질문에 "대부분 엄마에 대해서예요. 엄마는 내게 가장 큰 영감이거든요."라며 연신 엄마 자랑을 해대던 그 얼굴이 떠올랐기 때문이다. 이스트 강변 햇살에 비친 얼굴에 내내 감돌고 있던 어린아이의 온순함과 행복감이 '나'라는 자화상 시편에서 자신을 "5피트 8인치 280파운드, 초콜릿을 뒤집어쓴 테디 베어"라고 묘사하는 이 덩치 큰 소년의 유아적 시어에 넘쳐흐르고 있다. 가끔 오리지널한 시구들도 없지 않다. "그녀는 최고 순도의 당분, 나는 그녀의 사랑을 갈구하는 당뇨병 환자."

열 살이 넘어서는 결코 쓸 수 없는 시들이다. 열 살이 넘어서는 그 안에 담긴 진실을 보고 들을 수도 없는 시들이다. 그러기엔 원색 대신 파스텔 톤을 보는 우리는 너무 자라버렸다. 성경 구절이 떠오른다. '너희가 이 어린아이들과 같이 되지 아니하면 결코 천국에 들어갈 수 없으리라.' 그런데 일편단심 사모곡 몇 편을 읽고 나니 석연찮은 느낌이 든다. 투명하고 소박한 언어 안에 병적인 무언가가 느껴진다. 당뇨병 '환자'의 비유는 어쩌면 무의식적 진실을 드러내는 혀의 미끄러짐일지도 모른다. 엄마를 사랑하는 이유가 "그녀는 등 뒤에서 찌르지 않으니까"라면? 엄마가 내 인생의 "가장 소중한 사람"인 것은 "그녀의 사랑에는 스포츠 에이전트의 더러운 속임수가 없기" 때문이라면?

속임수와 배신의 현실적 경험이 이상화된 어머니에 대한 유아적 의존으로 퇴행한 걸까? 그런 추측은 남녀의 사랑을 묘사하는 '로맨스의 재료'에서부터 단서를 찾기 시작한다. 사모곡에서 연애시로 급전한 것 자체가 놀랍기도 하지만, 동일한 혀의 미끄러짐이 발견되는 것은 더욱 놀랍다. '촛불과 와인'과 '댄스와 키스,' 완벽한 로맨틱한 사랑의 소품들 사이에 끼어드는 "증오의 잔"은 어두운 현실의 그림자를 이상화된 로맨스의 영역에 불러들이고 만다. 점점 뚜렷해지는 현실의 틈입은 반인종차별주의 시편들에서 역시 어린아이 수준의 항변으로 표면에 떠오른다. 흑인을 비롯한 소수인종을

"백인들의 뒤를 닦고 변기 속으로 사라져가는 화장지"와 같은 존재로 그리는 가운데, 앞의 사랑의 시편들로는 상상이 가지 않는 억압당한 자의 분노가 드러나기 시작한다.

분노가 폭발해 분출되기도 한다. 배신한 연인에게 "네가 내게 준 모욕은 로드니 킹(1992년 LA 폭동의 도화선이 된 인물)을 내리친 구타와 같은 것"이었다고 볼멘소리를 하는가 하면, 자신의 금목걸이를 강탈한 범인에 대해서는 "그런 개새끼는 감옥에서 평생 썩으며 죗값을 치러야 해."라고 저주를 퍼붓는다. 이 분노의 시편들은 맹렬하기보다는 섬뜩하다. 사랑과 긍정의 노래를 부르던 착한 소년의 목소리가 증발해버린 자리에 차가운 증오만이 감돌기 때문이다. 눈길을 끄는 것은 "등 뒤에서 (칼로) 찌르지 않는" 어머니의 사랑을 필두로 반복해서 나타나는 칼의 이미지다. 사랑과 신뢰를 무참하게 끊어버린 연인의 "차가운 칼," 강도가 겨눈 "작은 칼," 그리고 이상적 여인에게 바치는 사랑마저도 "날카로운 칼처럼 당신의 몸을 관통"한다. 그 이미지에서 시인이 몸담고 살아가는 환경의 폭력성은 물론, 그의 성적·사회적 욕망과 좌절을 함께 읽는 것은 무리일까.

자폐와 자유의 경계선상에서

시편들의 전체적 배열은 더 많은 것을 말해준다. 사모곡들과 로맨스 시편 이후, 부정과 분노의 시편들이 긍정과 온유의 노래들과 교차한다. 부정을 긍정으로, 분노를 인내로 힘겹게 다독이면서 시집 중반부가 진행된다. 후반부 시편들은 그런 갈등과 투쟁을 선뜻 넘어선 압도적인 자기긍정의 시들이다. 시집 전체의 구성은 따라서 성장을 가리키고 있다, 적어도 표면적으로는. 그런데 '소년시대'를 한참 벗어난 어른의 시선은 표면 아래로 향하기 마련이다. 그 시선은 부정과 긍정을 끊임없이 오가며 치러지는 시인의 힘겨운 싸움을 성장을 위한 몸부림으로 보기보다 극복될 수 없는 정신분열의 현상으로 파악한다. 기만과 배신, 차별과 강탈의 경험이 꾸밈없는 시어를 통해 시적으로 승화되기는커녕 투명한 언어의 허울을 쓴 칼이 되어 수면 위로 솟구치기를 위태롭게 기다리고 있는 것처럼 보인다.

그리하여 시인의 일방적인 자기긍정은 성숙이 아니라 퇴행, 언어를 통한 세계로의 진입이 아니라 언어 안에 유폐된 자아를 말해준다. 종반부에 나타나는 "나는 나다", "이것이 나다"와 같은 구절들은 신성(神性)과 흡사한 유아기적 존재감의 징후다. 놀라운 것은 시집을 통틀어 시인이 "내 삶의 중심의 중심"이라 말하는 어머니의 현존을 느끼기 어렵다는 사실이다. 어머니는 숭배의 대상으로 존재할 뿐, 살아 있는 어머니는 어디에도 등장하지 않는다. 그러니 '글집'은 시인 외에는 아무도 살지 않는 집이다. 황당한 연상이지만, 영화 〈사이코〉의 주인공과 그의 박제된 엄마가 떠오르는 걸 어쩔 수 없다. '초콜릿빛 테디 베어'와의 추억을 망치고 싶지 않지만 어른의 상상력이 〈글집〉에서 만나는 것은 궁극적으로 자폐증의 세계다.

하지만 브루클린 강변공원을 묘사한 "나만의 세계My Own World"를 들어보라.

> "공원에 가면 난 내 자신과의 평화를 얻는다/ 그곳엔 멍청한 일을 두고 벌이는 사람들의 말다툼도/ 오케스트라의 한 파트가 된 양 뽐내듯 울려대는 차들의 경적소리도 없다/ 나는 도시의 드라마로부터 빠져 나와 생명을 일깨우는 이곳에 온다/ 이 아름다운 강변공원에서 도시의 스카이라인을 바라본다/ 서늘한 바람이 나를 껴안으면 풀잎 내음이 코를 간질이고/ 어머니 자연이 베푼 선물들에 감사하면 내 영혼이 풀려난다/ 밝은 하늘이 따스한 날씨를 만끽하는 아이들의 깔깔대는 웃음과 함께 열린다/ 개를 산책시키는 사람들에게는 고요와 행복의 느낌이 스며 있고/ 손을 잡고 키스하는 연인들은 참사랑을 표현한다/ 이 특별한 장소를 누릴 수 있는 나는 정말 행운아다/ 세상의 다른 편/ 나만의 세계."

그렇다면 덤보의 풍광 속에 자유를 만끽하던 나 또한 자폐증 환자가 아닐까. 자유와 자폐, 그 경계를 어디에 그을 수 있을까. '도시의 드라마'를 표표히 빠져나온 자와 목마르게 찾는 자. 형제 에드윈이여, 정녕 그런가? 그대야말로 자유인이고 내가 자폐아인가? 우리는 자유와 자폐, 두 머리를 가진 샴쌍둥이인가.

영
원
한　소년과

늙어가는

광
대

타임스 광장: 기마경찰 앞에서 사진을 찍는 아이들

도시의 드라마를 찾아서 다시 뉴욕이다. 4월 초순의 맨해튼은 여전히 춥다. 하지만 타임스 광장은 관광객들로 발 디딜 틈이 없다. '영원한 소년' 에드윈 허들 때문인지 아이들이 눈에 밟힌다. TKTS에서 〈마리아의 증언〉은 저녁 공연 티켓만 있고 발매는 오후 3시 이후라는 답변을 듣는다. 서둘러 걸음을 옮겨 〈낡은 모자〉가 상연되는 시그너처 센터에 도착하니 공연까지 남은 시간은 한 시간 남짓. 분주했던 마음을 세련되고 여유로운 공간에서 잠시라도 가라앉히고 '자폐적인' 연극의 제의에 참여하기 위해 2층 로비로 올라간다.

그런데 이게 웬일? 지난번과는 달리 카페와 책방이 사람들로 빽빽하다. 유달리 노인들이 많다. 지금까지 만난 브로드웨이 관객의 다수가 노년층이긴 했지만, 오늘은 희한하게도 99퍼센트가 70세는 훌쩍 넘어 보이는 노인들이다. 제목이 '낡은/늙은' 모자Old Hats라서? 극장 문 앞에 장사진을 이룬 백발들이 참으로 진기한 풍경을 연출한다. 몸을 제대로 가누지 못하는 분들도 제법 있다. '차마 저 모습을 사진에 담을 불손한 용기를 낼 수는 없다'고 예의를 차리는 순간, 나도 저 대열에 끼일 날이 머지않다는 생각에 가슴이 뜨끔해진다.

시그너처 센터 〈낡은 모자〉 현판

낡은 모자에서 쏟아져 나온 무궁무진 광대놀음

공연장은 〈춤과 철도〉를 상연한 바로 옆의 그리핀 극장보다 훨씬 규모가 큰 다이아몬드 극장. 널찍한 프로시니엄 무대가 금술 장식으로 마감한 진홍색 벨벳 커튼으로 가려져 있다. 그 화려함이 고상하고 위압적이기보다는 저렴하고 우스꽝스럽게 느껴지는 것은 '광대쇼'임을 미리 알아서일까. 자리에 앉는 관객들은 이미 슬금슬금 웃음을 흘리고 있다. 귀에 익은 웅장한 음악―영화 〈인디애나 존스〉의 주제곡―과 함께 커튼이 활짝 열린다. 안개가 자욱이 깔린 무대로부터 운두 높은 모자를 쓴 턱시도 차림의 두 사내가 걸음아 날 살려라 하고 객석을 향해 달려오고 그들을 거대한 바위가 쫓아온다. 기습 공격을 당한 관객은 깜짝 놀라지만 곧 실소를 터뜨리고 만다. 바위는 배경막에 영사된 〈인디애나 존스〉의 단골 메뉴인 굴러오는 바위고, 두 광대는 제자리 뛰기를 하고 있기 때문이다.

관객의 폭소에 광대들이 의아한 표정을 지으며 뒤를 돌아보면 영상은 사라지고 없다. 어리둥절해진 광대 하나가 배경막을 툭 쳐본다. 다시 살아난 영상, 다시 죽어라 달리는 광대들, 다시 터지는 폭소! 몇 번을 반복하다 보니 관객의 웃음을 유발하는 방법을 '비로소' 알아차리게 된 광대들이 이제 관객과 함께, 그리고 관객을 가지고 놀기 시작한다. 관객 한 명을 무대에 올려놓고 함께 뛰잔다. 뚱뚱한 할아버지 관객이 희생양이 된다. 함께 뛰다가는 멈춰 서서 손짓 하나로 영상을 멈추게 한 광대들이 상황 파악을 못 하고 열심히 제자리 뛰기를 계속하는 노인을 팔짱을 끼고 한심하다는 듯 지켜본다. 대폭소! 오프닝은 영상과 마임을 절묘하게 배합한 '참신한 개그'이면서 동시에 현실과 환상, 지식과 무지, 진지함과 우스꽝스러움의 경계를 가지고 노는 광대짓의 본질을 보여준다.

늦게 도착한 대여섯 명의 관객이 소란스럽게 입장한다. 불편한 표정을 짓는 관객들. 두 광대가 주의를 주자 시비가 붙는다. 언성이 높아지면서 무대 앞 측면에 다다른 그들은 자리에 놓여 있던 악기를 집어들고 연주를 하기 시작한다. 일행 중 젊은 여성은 노래를 한다. 아하, 이 공연의 밴드다. 무대 앞 전광판에 제목이 떠오른다. '제발 나이스하게 굴 순 없나요?' 경쾌하고 발랄한 곡조와 가수의 달콤한 목소리와는 전혀 어울리지 않는 의외의 가사가 귀를 친다. "제발 나이스하게 굴어주세요, 아니면 당신 목을 따버리겠어요." 관객의 폭소가 조금은 묵직하다. 그런 위협이 상존하는 사회라서?

그 위협을 무시하고 무대 위의 두 광대가 벌이는 놀이는 이전투구의 경쟁 게임이다. 처음 선보이는 것은 광대놀이의 단골 메뉴인 모자 재주 경쟁. 저글링은 기본이요, 축구 선수들이 하듯 온몸으로 모자를 돌리고 차고, 리듬체조처럼 공중으로 던져 기기묘묘한 자세로 받는다. 대단한 몸놀림이다, 59세와 61세의 배우라는데. 그러면서 성공한 광대가 실패한 광대를 비웃어주고, 실패한 광대는 성공한 광대의 퍼포먼스를 방해하고, 스포트라이트가 성공한 광대를 비추면 처음엔 힘으로 밀어내거나 딴죽을 걸다가 나중엔 조명 오퍼를 위협한다. 급기야는 안테나 달린 리모컨으로 조명을 꺼버리거나 안테나가 더 긴 리모컨으로 다시 켜거나, 최대한으로 뽑아낸 안테나를 〈스타워즈〉의 영상과 음악을 배경으로 광선검 삼아 결투를 벌이는 등, 짝패 광대쇼의 진수라 할 수 있는 '영원한 라이벌,' '분신과의 영원한 투쟁'을 숨 돌릴 틈 없이 연발 속사한다. 관객은 쉴 새 없이 웃느라 벌써 배가 아플 지경이다.

이어지는 개그에는 성조기가 배경막을 도배하고 무대에 등장한 두 개의 연단도 작은 성조기들로 빼곡하다. 두 정치가의 선거 토론이다. 물론 광대놀음인 만큼 무언극이다. 그런데 말쑥한 양복으로 갈아입은 두 광대의 얼굴이 야릇하다. 큰 틀니를 끼워 입이 닫히지 않는 '주둥이만 까진' 정치인의 얼굴을 만든 것이다. 입을 조금만 움직여도 안면 근육의 움직임이 괴상망측, 폭소를 유발한다. 유권자들에 대한 전형적 호소 방식들이 희화적으로 나열된다. 국기를 흔들고 뿌리고 키스하는 것은 기본, 한쪽이 성조기 넥타이를 풀어 람보처럼 이마에 질끈 매면 다른 쪽은 양복 상의를 벗어던져 성조기로 된 셔츠를 내비친다. 한쪽이 셔츠를 벗고 성조기 문신을 한 상체를 드러내면 다른 쪽은 하의를 벗어 성조기 팬티를 노출한다, 골반 웨이브와 함께.

선거전에 단골로 등장하는 아이콘들이 총동원되는 가운데 관객들의 참여가 이루어지기도 한다. 국가 상징물인 대머리독수리의 이미지를 선점하기 위해 애꿎은 대머리 노인 관객들이 욕을 보고, 아기에게 입 맞추는 이미지 캠페인에는 할머니 관객들이 두 광대의 무차별 키스 공격과 상당히 외설적인 동작을 받고, 그러다 잘못 일으켜 세운 할아버지 관객을 앞에 두고 난처해하는 광대에게 오히려 그 할아버지가 덥석 키스를 하자 객석은 난리가 난다. 후보들의 노골성 경쟁에 따라 연단의 뒷벽에 걸린 지지도 변화 화살표가 오르락내리락 춤을 춘다. 두 경쟁자는 연단 아래 숨겨두었던 소품 흉기들로 서로를 치기 시작하는데, 펀치 라인은 글자 그대로 용수철 장치가 된 권투글러브다. 두 광대의 놀이에 미국의 정치는 글자 그대로 난타전이 된다. 말 한마디 없이 폭소의 홍수로 객석을 쓸어버린 광대들이 하고 싶었던 말은 아마도 가수의 노래가 예고한 '제발 나이스하게 굴 순 없나요?'

너무 웃어 창자가 꼬였음직한 관객들에 대한 배려일까. 커튼이 내려지고 조명은 악단에게 옮겨간다. 가수가 노래를 시작하면 안내판의 제목은 '떠내려가네'. 마치 잔잔한 바다에 배를 띄운 듯 두둥실 떠내려가는 이 재즈풍의 노래에도 언중유골, 촌철살인의 가사가 있다. "인생은 그렇게 떠내려가는 거라지만 그저 떠내려가는 사람도 있고 남들을 떠밀어 넣는 사람도 있지요." 노래가 끝나면 광대들은 뉴욕의 떠내려가는 인생들을 선보인다. '비즈니스맨'이라는 제목과 함께 말쑥한 양복 차림으로 등장한 광대는 아이폰과 아이패드로 무장하고 세상이 전부 제 것인 양 영상에 비친 맨해튼 거리를 도도

브로드웨이
광대쇼

낡은 모자

1. '인디애나 존스' 바위에 쫓기는 두 광대
2. 맨해튼 '테크노' 광대
3. 센트럴 파크 '호보' 광대
4. 기차 또는 고도를 기다리며

하고 경쾌하게 활보한다. 그런데 이 최신 테크놀로지들은 점차 사용자의 통제를 벗어나 제멋대로 작동하면서 사용자의 존재까지도 위협하는 괴물이 된다. 아이패드 영상에 비친 사용자의 얼굴이 배경막의 대형 영상으로 확대되어 사용자를 집어삼키고 토해내기를 반복하자, 사용자/광대는 기진맥진하여 쓰러지고 결국에는 아이패드 영상의 입속으로 사라지고 만다.

저도 모르게 떠내려가는 존재인 비즈니스맨과 짝을 이루는 광대극은 '호보'(부랑자의 속어)라는 제목을 달고 세상 끝으로 떠밀려간 센트럴 파크의 노숙자를 묘사한다. 브라운백에 숨긴 술병을 홀짝거리며 노숙자/광대가 와서 앉는 공원 벤치 옆에는 쓰레기통이 있고 뒤에는 높다란 벽면에 키 큰 나무가 반추상의 영상으로 투사되어 있다. 서글픈 적막감 속에 광대는 광대놀이의 단골 메뉴인 '지지리도 운 없는 사람'을 구현한다. 쓰레기통을 뒤지니 장미꽃 한 송이가 나온다. 그러나 향기를 맡으려는 순간 갑자기 시들어 폴싹 고개가 꺾이고 만다. 또 뒤지니 목이 잘려나간 채 버려진 테디 베어. 이어서 나온 예쁜 뮤직박스는 서글픈 음악 한 소절만 남기고 정지하는가 하면, 묵직해서 힘겹게 그러나 기대에 차서 건져올린 것은 죽은 고양이. 기대와 실망, 희망과 좌절, 기쁨과 슬픔 사이에 끝없이 표류하는 광대는, 맨해튼의 네트워크 사이에 표류하는 짝과 함께, 햄릿의 말대로 우리네 인생의 '축도요 간략한 연대기'이다.

거기다 비까지 쏟아진다. 벽면에 투사된 흰 나뭇가지 영상이 술렁인다. 운 좋게도 벤치 아래서 발견한 신문지와 천 조각으로 몸을 감싼다. 지나가는 비였는지 금방 그친다. 신문지와 천 우비를 벗어내다가 문득 장난이 하고 싶어진다. 신문지를 상체로, 천 조각을 하체로 삼아 사람 형상을 만들어본다. 브라운백을 찢어 술병에 뒤집어씌우니 영락없는 사람 얼굴이다. 쓰레기더미에서 빚어낸 인형은 광대의 연인이 된다. 소중히 감싸안고 키스를 한다. 부둥켜안고 댄스를 한다. 덩실덩실, 이제 광대는 외롭지 않다.

그 순간, 다시 뿌리기 시작하는 비와 몰아치는 돌풍. 흰 나무 영상이 무시무시한 음향과 함께 무대 전체를 송두리째 흔들면, 아, 광대의 연인은 바람을 타고 하늘 높이 사라져간다. 세상 끝으로 밀려와 쓰레기더미에서 찾은 위안마저 빼앗긴 광대는 비에 젖은 몸을 벤치에 웅크린다. 맨해튼 테크노 광대에 연신 폭소를 터뜨리던 관객들 사이에 지금은 조용한 침묵이 흐른다. 그 침묵을 존중하듯 전광 안내판에 노래 제목이 뜬다. '내면의 평화'. 그러나 관객의 무해한 센티멘털리즘조차 허락하지 않겠다는 듯 터져나온 음악은 거친 록! 요란한 전자음과 폭발하는 드럼 사이로 겨우 몇 마디 가사만 알아듣는다. "마음의 평화, 참 좋지요. 이 세상엔 평화가 없으니 마음의 평화라도 어디 구걸해보세요." 인터미션.

우린 모두 바보광대

막이 다시 오르면 배경막 영상에 비친 기차역이 르네 마그리 트풍의 풍경으로 펼쳐진다. 전형적 광대의상인 통 넓고 짧막한 바지와 코 넓고 긴 구두 차림의 두 노인이 기차를 기다리고 있다. 한 노인은 뚱뚱하고 작달막한데 짝은 큰 키에 홀쭉하다. 코미디의 전형적인 짝패 뚱뚱이와 홀쭉이 모습이다. 놀라운 것은 이들이 서로를 눌러주거나 당겨주면 체구가 자유자재로 바뀌어 뚱뚱이/홀쭉이를 교차적으로 만들어 보인다는 것이다. 그 통 넓은 바지 속에 무슨 마술이 들어 있는 것처럼. 두 노인의 광대놀음은 미국 사회의 화두이자 마케팅의 블루오션 '영원한 젊음을 유지하는 법'이다. 한 노인이 꺼내든 약상자는 온갖 종류의 건강제들이 든 노화 방지 약품 종합선물 세트다. 알약을 삼킬 때마다 꺾어진 관절이 바로 펴지고, 쭈그러든 피부가 팽팽해지고, 백발이 흑발이 되고, 볼품없는 상체가 근육으로 부풀어 오른다. 이 모든 트릭이 기발한 소품은 물론 놀라운 신체 연기로 이루어진다.

펀치 라인은 역시 섹스다. 알약 하나를 삼켰더니 바지 한가운데가 엄청 불룩해진다. 비아그라였던 거다! 객석은 자지러진다. 정말 저런 약이 있었으면 하고 바라는 야한 노인들도 있겠지만 아마도 대다수는 질 수밖에 없는 세월과의 싸움을 씁쓸히 받아들이면서. 배경막 영상에 기차가 역으로 들어온다. 고정된 반추상의 영상이 움직이기 시작하면 신비하고 몽환적이고 초현실적인 느낌을 만들어낸다. 투약에 정신을 팔고 있던 두 광대가 기차를 놓치고 다음기차를, 또는 고도를, 기다리기 시작하는 마지막 장면은 그렇게 꿈과 같은 인생을 우스꽝스럽고도 숙연하게 그려낸다.

이어지는 개그들은 좀 덜 흥미로웠다. 관객들도 즐기면서도 다소 지친 기색이 완연하다. '아이고, 늙어서 이젠 웃기도 쉽지 않네.' 마지막 순서가 볼 만했다. 네 명의 관객을 서부영화 촬영 현장으로 세팅된 무대 위에 끌어올린다. 그들에게 각각 살롱에서 연인을 기다리고 있는 젊은 여인, 그녀에게 눈독을 들이는 총잡이, 총잡이가 여인을 유혹하고 망측한 행위까지 서슴지 않고 있을 때 늦게 당도해 결투를 신청하는 남자 연인, 그리고 촬영 장면 커팅을 하는 스태프의 역할이 주어진다. 광대/감독의 지휘 아래 촬영이 진행되는데, 여인과 총잡이 역할의 두 중년 남녀 관객은 감독이 보여주는 연기를 곧잘 따라한다. 문제는 스태프 역할을 맡은 할아버지다. 촬영 시작을 알리는 슬레이트 판을 치는 단순한 동작을 영 어쭙잖게하는 바람에 객석은 웃음바다가 된다. 어딘가 치매기가 느껴지는 할아버지의 뻣뻣한 걸음걸이를 광대들이 흉내 내면 그야말로 자지러진다. 늦게 도착한 연인이 살롱 문을 활짝 젖히고 등장하게 되어 있는데, 문에 여러 가지 트릭 장치가 되어 있어 그가 열어젖힐 때마다 아예 열리질 않든지, 열렸다가 다시 휙 닫혀 그의 뒤통수를 치든지, 문틀 전체가 송두리째 무너지는 사고가 난다. 그럴 때마다 관객의 웃음은 걷잡을 수 없어진다.

숱한 고난 끝에 촬영이 성공적으로 완료되고 뜻하지 않게 잠시 배우/바보/광대가 되었던 네 명의 관객들은 열광적인 박수 속에 무대를 내려온다. 공연의 마지막 노래는 아니나 다를까, '우린 모두 바보광대'. 경쾌한 곡조인데 괜스레 마음이 울컥한다. 객석 가장 끝줄에 앉아 늙어가는 광대들과 이미 늙어버린 관객들이 한데 어우러진 무대를 내려다보고 있으려니, '모든 세상은 무대고 모든 인간은 배우다. 등장할 때가 있고 퇴장할 때가 있다'는 셰익스피어의 구절에서 유독 퇴장이라는 말이 꿈틀 하고 느껴졌기 때문이다.

연 날리는 사람과 미끄럼틀이 된 광대

커튼콜이 끝나자마자 달려야 했다. 〈마리아의 증언〉 티켓을 구하지 못하면 오늘 여행의 목적을 잃는다. 아일랜드 배우 피오나 쇼의 단독 출연으로 일찌감치 화제가 된 공연이다. 쇼는 대중적으로는 〈해리 포터〉의 못된 이모 역으로 많이 알려졌지만, 젊어서부터 영국 국립극장과 로열셰익스피어극단의 주목받는 배우로서 화제를 몰고 다녔다. 서둘러 TKTS에 도착하니 장사진을 친 일곱 개 창구들 틈에 연극 전용 팻말이 붙은 창구 앞에는 다행히 열 명 정도만 줄을 서 있다. 티켓을 사고 나니 시간이 많이 남는다. 〈낡은 모자〉

공연장 벽면에 여러 자료가 전시되고 있었지. 그래, 시그너처 센터로 돌아가 서둘러 떠나온 광대를 다시 만나보자.

좀 돌더라도 허드슨 강변을 끼고 내려가기로 한다. 배낭에서 꺼낸 사과를 우걱우걱 씹으며 48번가를 횡단한다. 허드슨 강변에 이르자 매서운 강바람이 여행자를 맞이한다. 강한 바람에 출렁이는 강물을 바라본다. 넉넉한 느낌을 주는 브루클린 쪽 이스트 강과도, 오늘 아침 본 머스코넷콩 개울물의 생기와도 다른 허드슨의 광활한 강물은 탁한 녹색 빛으로 넘실댄다.

선착장 맨 끝에 두 남자가 바닥에 웅크려 뭔가를 만지고 있다. 다가가 보니 연이다. 연을 날리려 하는데 너무 세찬 강바람에 애를 먹는다. 한 친구의 연은 번듯한 모양에 화려한 색상, 다른 친구의 연은 뭔가 허접스럽다. 우체국 항공우편 포장지로 만든 연이다. 물어보니 두 사람은 직장 친구, 바로 우편배달부들이다. 화려한 연을 가진 앤서니가 말한다. "저 친구 연이 훨씬 독창적이에요. 내 건 그냥 가게에서 산 거예요." 직장에서 매일 수많은 사연과 선물들을 날려 보낼 텐데 여가 시간에도 메일을 날리냐고 농담을 던지니, 데이빗이란 친구가 씩 웃는다. "그러고 보니 내가 그러고 있네요."

한참을 애써보지만 매몰찬 허드슨 강바람은 연의 비행을 좀체 허락지 않는다. 뜰 듯하다가 곤두박질하기를 반복하던 데이빗이 "오늘은 바람이 너무 부네."라며 연을 말아 자리를 뜬다. 혼자 남은 앤서니는 그래도 열심이다. 왜 함께 가지 않느냐 물었더니 오랜 연날

위. 허드슨 강변의 연 날리는 사람들
아래. 미끄럼틀이 된 광대

리기 경력을 가진 친구와 달리 자기는 초보라서 더 열심히 해야 한단다. 두 '광대'의 경쟁이 여기 또 있다! 그러더니 덧붙이는 초보답지 않은 말. "그거 알아요? 바람은 늘 너무 세거나 너무 약하죠. 하지만 날던 못 날던 간에 연을 날리는 건 재미있어요."

강변에서 42번가로 들어서다가 작은 공원의 미끄럼틀을 보고 깜짝 놀란다. 고깔모자를 쓴 광대가 온몸으로 미끄럼틀이 되어주고 있다! 그렇다, 광대란 자신의 온몸을 바쳐 사람들을 매달리고 뛰어오르고 구르고 미끄러지게 하는 존재다. 자신은 그 무게에 눌린 고통스런 표정을 애써 감추지만 그의 몸에 기꺼이 올라탄 사람들에게는 자지러지는 해방의 웃음을 선사하는 존재다.

시그너처 센터의 전시판에서 발견한 광대론도 같은 이야기를 한다. 〈낡은 모자〉의 두 광대 빌 어원과 데이빗 샤이너의 어록이다. '관객은 진실 같은 거짓말은 곧 알아차린다. 거짓 같은 진실을 전하는 광대놀음은 하늘이 준 재능이다', '광대놀음의 핵심은 딜레마적인 상황을 발견하는 데 있다. 인생 자체가 딜레마의 연속이다', '웃음 없이 보낸 하루란 낭비된 하루다', '뭔가 우스운 것을 말하는 사람이 코미디언이라면, 우습지 않은 것을 우습게 말하는 사람이 광대다', '비극이 클로즈업이라면 희극은 롱숏이다'

어려서부터 광대라는 말은 이상한 매력을 가지고 있었다. 어린 시절을 보낸 시골 마을에는 1년에 한두 번 서커스단이 들어와 마술과 공중곡예, 동물 쇼를 보여주곤 했는데, 이 '스타'들이 조명을 받는 동안 무대 언저리를 돌아다니며 천덕꾸러기 역할을 하는 광대가 있었다. 고깔모자, 줄무늬 셔츠, 흰 얼굴, 빨간 코와 입을 칠한 그 광대가 무대에 올라 마임을 선보이려면, 아직도 그 이유를 모르겠지만, 객석에선 야유가 쏟아졌고 마임이 끝나고도 그가 받는 박수는 다른 순서들에 비해 미미하기 짝이 없었다. 그럴 때면 괜히 내 속이 타곤 했다. 나라도 열심히 박수를 쳐주고 싶었지만 주변의 눈치 때문에 그럴 용기를 내지 못해서 더욱 속이 상했다. 그 상했던 심정을 보상하기 위해서인지 대학 강단에 섰을 때 광대의 한자어 '廣大'를 자신을 비움으로써 무한히 커지는 존재라 풀이하곤 했다. 〈고도를 기다리며〉 수업에는 아예 광대 분장을 하고 들어가기도 했다. 그랬더니 그림 재주가 있는 학생이 그 모습을 소묘해주기도 했다.

　뉴욕 기행이 끝나면 진짜 광대로 나서볼까? 엉뚱한 생각을 말리는지 라운지 구석의 큰 벽화가 눈에 들어온다. 운두 높지 않은 모자를 쓴 진지한 표정의 사내. 어른의 이해력과 아이의 상상력을 절묘하게 결합한 작품 〈담장〉을 쓴 어거스트 윌슨이다. 아무래도 광대 모자보다 저 모자가 더 잘 어울릴 듯. 그래, 극작을 하는 거다. 저 벽화를 큰 바위 얼굴 삼아.

대학 강단에 선 '광대'

극작가 어거스트 윌슨 벽화 앞의 여행자

○○○　〈마리아의 증언〉:

성상과
인간상　　사　　이
○
○
○

포스터 속 '인간' 마리아 역의 피오나 쇼

48번가 월터 커 극장 앞이 무척 붐빈다. 지난 주 개막 공연에 성모 마리아의 입에 가시관으로 재갈을 물려놓은 이 신성 모독적 작품에 대해 '전통과 가족과 사유재산 수호협회'라는 보수단체의 시위가 있었다는데, 또? 아니다, 관객의 인파다. 그 인파가 로비로, 객석으로, 무대 위로까지 이어지고 있다. 무대에 오른 관객들은 어지럽게 널린 오브제들을 살펴본다. 기괴하면서도 신비한 음향이 머리를 무겁게 내리누른다. 인파가 집중된 곳에는 검은 망사가 드리운 유리상자 안에 사람 크기의 성모상이 자리 잡고 있다. 아, 피오나 쇼다! 바닥에 깔린 수많은 촛불이 그녀의 신비한 하늘색—델라 로비아 블루라고 불리는 성모상의 고유한 색채—가운을 비추고, 고전적이고도 콧날이 긴 아일랜드풍의 얼굴은 수심으로 가득하다.

다른 오브제들로 발걸음을 옮긴다. 빈 의자 셋과 탁자, 사다리, 피로 얼룩진 빈 새장, 둥글게 감긴 군용 철조망 더미, 팔목 길이만 한 쇠못들, 크고 작은 토기 항아리들. 하얗게 마른 육중한 나무 기둥이 무대 천장까지 길게 매달려 있고 그 머리에는 커다란 수레바퀴 하나를 이고 있다. 깜짝 놀란 것은 횃대에 앉은 맹금류 한 마리. 그놈이 가끔 긴 날개를 활짝 펴서 주변을 화들짝 겁준다. 그러고 보니 극장을 감도는 기괴하면서도 신비한 음향 사이로 맹금류의 퍼덕이는 날개소리와 찢어질 듯 우는 소리가 간간이 섞여들고 있다. 놈은 분명히 횃대를 지키고 꼼짝 않고 있는데 어쩐지 머리 위를 맴돌고 있는 느낌이다. 한 치 틈이라도 보이면 휘익 덮치려고.

관객들이 알아서 객석으로 내려간다. 조명이 내려가자 환해진 촛불을 받은 성모상에 시선이 집중된다. 거리를 두고 보니 그녀의 표정은 수심이라기보다 불만에 가까워 보인다. 자애로움보다 분노에 가깝게 느껴진다. 아까와는 표정을 달리한 건가? 이미 액션이 시작된 건가? 무대 스태프가 유리상자의 검은 망사를 툭 뜯어내자 유리상자가 스르륵 들려 천장으로 올라간다. '유폐'에서 풀려난 마리아가 자리에서 일어서면서 성모 의상을 벗어낸다. 그 아래 받쳐 입고 있던 홈스타일 니트 가운과 면바지, 작업용 장화 차림으로 탁자에 걸터앉는다. 유리상자가 있던 자리는 수도관에서 물방울이 떨어지는 웅덩이가 된다. 마리아가 드디어 입을 연다.

그녀의 이야기, 허스토리

예수 사후 10여 년, 그의 제자들이 마련한 에베소의 거처에서 마리아는 고독한 삶을 영위하고 있다. 복음서 작성에 착수한—점퍼가 걸쳐진 두 개의 빈 의자로 표상되는—사도들이 그녀를 찾아와 성자의 삶을 '성스럽게' 재구성하기를 강요한다. 하지만 그녀에겐 그녀 자신의 이야기가 있다. 그 이야기의 시작을 그녀는 단호한 목소리로 폭발시킨다. 점퍼가 걸쳐 있지 않은 빈 의자를 난폭하게 끌어당기며 소리친다. "그 앤 돌아오지 않을 거야. 그래서 이 의자를 비워

둔 거야. 돌아오리라는 희망 때문이 아니라 결코 돌아오지 못한다는 걸 분명히 기억하기 위해!" 그것이 그녀의 첫 발화다. 2천 년 만에 가시관 재갈을 풀고, 슬픔과 자애 그리고 신비한 침묵의 가면을 벗고 이 세상에 뱉어낸 첫 마디. 세상이 학수고대하는 메시아의 재림을 단호하게 부인하는 그녀가 들려주는 이야기는 카리스마에 대한 대중의 열망에 의해 종교적 혁명 집단의 수괴가 된 아들과 그 아들을 위험천만한 집단환상과 자기파괴로부터 구하려는 어머니 사이의 갈등이다.

지난 2천 년간 서구인의 종교적 상상력 속에 엄청난 자리를 차지해온 마리아의 복음서 내의 비중은 막상 미약하기 짝이 없다. 네 편의 복음서를 통틀어 두세 장면에 등장할 뿐이며, 그녀의 육성은 수태고지 장면과 가나의 혼인잔치 단 두 군데서만 들린다. 작가인 아일랜드 소설가 콜름 토이빈이 밝힌 대로, 복음서가 침묵시키고 있는 마리아의 인간적 목소리를 복원하는 것이 이 작품의 목적이다. 그 목소리는 복음서 일화들을 재편집·재해석하는 한편, 예수의 죽음 이후 마리아의 삶을 상상하는 방식으로 되살아난다.

아들의 부활과 신성을 부인하는 데 이어 마리아는 십자가형 사건 직후 반강제적 유폐 생활을 시작하던 시점을 회고한다. 매사냥꾼들의 보호용 장갑을 끼고 횃대의 맹금류를 자신의 손에 앉히고서 그녀는 자신을 이 집으로 피신시킨 제자들이 어떻게 작은 토끼 몇 마리를 이 맹금류의 먹이로 주었는가를 묘사한다. 살이 찢기고 배가 갈려 맹수의 먹이가 되는 참혹한 광경이 십자가에서 온몸이 찢기는 아들의 기억과 겹쳐지지만 그녀의 어조는 외려 담담하다. 그 고통을 신적인 것으로 승화 또는 성화시키려는 자들의 '이야기'에 맞서 그렇게 고통받는 인간과 그 고통을 자초한 사명감의 우매함을 말하려는 것이 그녀의 이야기이기 때문이다. '신의 아들'들이 조작하는 역사History, his story에 맞서 '세상의 딸'들이 외치는 허스토리her story 말이다.

그녀의 회고는 아들의 출세 초기로 돌아간다. 혼인 잔치에서 물을 포도주로 바꾼 사건 현장에서 추종자들에 둘러싸인 아들과 어머니의 만남이 이루어진다. 마리아는 복음서 기록에 맞서 자신은 아들을 이 불량한 무리들로부터 떼어내려고 그곳에 갔으며 포도주의 기적과는 하등 상관이 없다고 주장한다. 물이 정말 포도주로 바뀐 사실마저 의심한다. 자신에게 그 사건은 어머니의 간곡한 만류를 뿌리쳤을 뿐 아니라 '여인이여, 내가 당신과 무슨 상관이 있습니까!'라며 아예 어머니 취급을 하지 않는 아들에 대한 배신감의 체험이었음을 토로한다. 또 죽은 나사로를 무덤에서 일으켜 세우려는 계획을 전해 듣고, 그것이 어떤 위험을 초래할지 알므로 필사적으로 만류하려고 달려갔더니 이미 살아나온 나사로. 그러나 그 이후 나사로의 여생은 빈사 상태의 비참한 삶이었다는 것이다. 이야기를 하는 동안 마리아는 일상의 노동을 계속한다. 우물에서 물을 긷고 청소를 하고 빨래를 한다. 때로는 보이지 않는, 그래서 더 집요하게 느껴지는 사도들을 향해 분노를 폭발, 의자며 탁자며 사다리를 집어던지기도 한다. 이 여배우는 힘이 세다!

마리아의 증언

1

2

1. 성모상 유리상자 앞 (왼쪽부터) 배우, 작가, 연출
2. 인간 마리아의 고난

오! 피에타여, 안녕

그녀가 십자가 사건을 회고한다. 아들에게 닥쳐온 끔찍한 형벌에 대한 어머니의 공포와 고통을 환기하듯, 가시 돋친 뱀처럼 똬리를 튼 철조망을 자신의 목에 감고 이야기를 한다. 저러다 스치기라도 하면! 움찔한 관객은 그녀가 철조망을 벗어놓을 때까지 긴장한다. 또 형장으로 끌려가는 아들의 모습과 그를 바라보는 어머니의 심정을 무거운 사다리를 힘겹게 어깨에 진 채 이야기한다. 형장에 도착하는 순간, 천장에 매달려 밑동이 공중에 떠 있던 육중한 나무기둥이 무대 바닥을 쿵 치며 내려서면, 기괴하고도 신비한 음향과 맹금류의 날갯짓이 다시 울려 퍼진다. 지고 온 긴 사다리를 나무기둥에 기대면 기둥머리에 놓인 거대한 수레바퀴가 서서히 돌아간다. 그 순간, 관객은 그 사다리 위로 끌어올려지는 그녀의 아들을 상상의 눈으로 보았다! 흰 나무기둥이 사람의 형상으로 변하는 것을 보았다! 리어가 결박당한 불수레를 보고, 프로메테우스의 간을 쪼아 먹는 독수리를 보았다. 무엇보다, 배우 피오나 쇼의 경력 때문인지, '억척어멈'의 수레바퀴를 보았다.

마리아의 이야기의 압권이 그때 온다. 순교한 아들을 품에 안고 성모의 슬픔과 긍휼로 바라보는 대신, 형벌의 고통과 죽음의 공포 앞에 무력하게 무너진 평범한 인간인 이 여자는 아들이 숨을 거두는 참상을 차마 지켜보지 못하고 도망을 쳤다는 것이다! 유리상자를 벗어나 성모에서 여인으로 변하는 순간이 전 세계 수천만 개의 성모상을 뒤흔드는 행위였다면, 아들의 죽음을 강인한 모성과 한없는 연민으로 지키기는커녕 '겁이 나서' 도망쳤다는 이 고백은 미켈란젤로의 피에타를 산산이 박살내는 순간이다. 오, 피에타여, 안녕!° 그 '폭로'에 무덤 속 복음서 저자들은 벌떡 일어날지도 모르지만, 그녀는 가슴 치는 수치심에서 단호한 회의주의와 자기주장으로 한 걸음 더 나아간다. 무엇보다 '당신 아들의 죽음은 세상의 구원을 위한 대속'이라는 사도들의 세뇌 공작에 대한 그녀의 반응은 얼음 같은 경멸이다. 설득을 포기한 사도들이 물러간 후, 그녀는 웅덩이의 수도꼭지를 틀어놓고 흐트러진 집안 정리를 꼼꼼하게 한다. 그리곤 옷을 훌훌 벗고 늙어가는 여인의 몸을 물속 깊이 담근다. 성모가 아니라 육신의 어머니, 성령이 아니라 피와 살의 여인.

그녀의 투쟁은 끝난 걸까. 이 세상 모든 이데올로기의 때를 벗겨 내고 성상의 굴레를 벗어나 인간의 일상으로 복귀하는 일은 가능한가. 그녀는 평화를 찾았을까. 자신을 부인한 아들과 화해를 했을까. 아니, 아들의 존재로부터 자유로워졌을까. 늙어가는 여인으로서 평범한 삶을 새롭게 시작하는 그녀의 마지막 말에는 아들을 빼앗긴 어머니의 슬픔과 '세상을 구하러 어머니가 준 목숨을 내던진 남자들'에 대한 날카로운 책망이 섞여들며 깊은 울림을 일으킨다. "세상을 구한다고? 아니야, 그게 사람 목숨을 내놓을 만한 가치가 있는 일이 아니야. 아니고말고." 이 마지막 순간에 성모도 어머니도

° 김기덕 감독의 <피에타>를 보았는가. 인간을 인간답게 하는 가장 근본적인 인간성이라 일컬어져온 모성도 한갓 관념적 허구에 지나지 않는다고 말하는. 그러고 보면 김기덕 감독이 이 시대의 우상파괴자로 유럽에서 인정받는 이유가 있다.

아닌 마리아, 여인이자 인간인 마리아를 느낀 것은 그녀가 고된 몸을 씻고 빠져나온 물웅덩이에서 무성한 잎을 단 작은 나무가, 생명의 나무가 솟아올랐기 때문이다. 그것이 무대 배경의 거대한 흰 나무기둥에 대비되면서 수평과 수직, 싱그러운 녹색과 메마른 백색, 생명과 죽음, 여성과 남성, 작은 이야기와 거대 담론을 무대 위에 교차시키고 있었다.

°°° 광대와   인간
                    °
                    °

극장 앞거리가 고요하다. 마리아의 '증언'이 끝난 후 거리에 흐
르는 침묵 속에서 오늘 만난 광대와 인간을 떠올린다. 모바일 기기
로 무장하고 맨해튼을 활보하는 자와 세상 끝으로 떠밀려가 공원
벤치에 몸을 뉜 자가 있었다. 권력과 부를 좇아 이전투구를 벌이는
광대들과 광대놀음을 통해 즐겁고 고통스럽고 덧없는 인생을 서글
픈 미소로 용납하는 인간들이 있었다. 저무는 인생 가운데서도 여
전히 기차/고도를 기다리는 사람들과 무대에서 퇴장할 큐를 기다
리는 광대들이 있었다. 또 델라 로비아 블루의 '광대의상'을 벗어던
지고 인간으로 거듭나는 한 여인을 만났고, 광대모자를 쓰고 싶어
오늘도 극장가를 헤매는 한 남자를 만났다. 세찬 바람에 연을 접는
자와 뜨지 않는 연을 붙들고 바람과 씨름하는 자를 보았다. 마지막
으로 에드윈 허들의 시집에서 만난 자폐아와 자유인을 생각한다.
그래, 우리 모두 진정한 인간으로 살아가길 원하지만 어쩌면 우리
의 삶은 증언할지 모른다, 우린 모두 바보광대라고.

공연 후 바라본 월터 커 극장 앞

축제의
메이데이

〈구식 매춘부들〉
〈메이데이, 메이데이〉

○○○ 기
찻
길
의

추억
○
○

황혼녘의 해케츠타운역

금요일 저녁, 해케츠타운역에 나와 뉴욕 가는 막차가 떠나가는 걸 바라본다. 작은 간이역이라 토요일과 일요일에는 뉴욕 행 열차가 운행되지 않아 내일 여행은 버스로 해야 하지만, 길 떠나는 마음을 조용히 다듬고자 석양이 잘 보이는 이곳에 일부러 왔다. 조금 전 키 큰 나무 머리끝에 와 닿은 황혼 빛에 안녕을 고한 참이다. 지금은 황혼도 스러지고 어둠이 깔리기 시작하는 시간.

버스 터미널보다 기차역에 유독 정감이 가는 것은 어린 시절 철로 주변에서 많이 뛰어놀았기 때문일까. 기찻길 옆 언덕 아래에는 쓰러져가는 오두막집이 있었다. 심한 곱사등을 가진 학교 친구의 집이었다. 미지의 세계로 달려가는 기차를 보는 재미 때문에, 사실 달리는 기차를 향해 돌을 던지고 차창 밖으로 손을 흔드는 승객들을 향해 '쑥떡'을 먹이던 재미 때문에 그 집에 종종 드나들곤 했는데, 정작 그 애는 늘 피곤해하며 친구들이 노는 걸 지켜보기만 했다. 그리고 초등학교 5학년을 채 마치지 못하고 세상을 떠났다.

부모님은 무슨 생각으로 그랬는지, 바로 집 부근 철로를 내려다보는 낮은 언덕에 무덤을 썼다. 아주 작고 나지막한 무덤이었다. 이듬해 나는 도시로 전학을 갔고 기찻길 옆에 묻힌 곱사등 친구를 까맣게 잊었다. 6년 후 대학생이 되어 경부선 열차를 자주 타게 되어서야 그 친구 생각이 다시 났다. 기차가 그 마을을 지나칠 때면 낮은 언덕 위의 작은 무덤을 찾아 고개를 이리저리 돌리곤 했었는데, 한두 번은 본 듯도 하고 못 본 듯도 하고 기억이 희미하다. 기차역을 좋아하는 게 그저 구닥다리 취향 탓이라 생각했었는데 감춰진 기억 속에 어린 시절 그 친구가 있었기 때문인가 보다.

구닥다리 취향은 내일 볼 공연을 위해 필요할지 모르겠다. 퍼블릭 시어터의 낮 공연 제목이 〈구식 매춘부들〉이니까. 극작·연출은 리처드 포어먼, 1960년대 미국 전위연극의 선구자요 마지막 생존자다. 여러 지면에 나타난 홍보 문구는 '미국 전위연극의 대부가 돌아왔다!'. 어렸을 적 곱사등 친구 생각이 난 건 저녁 공연 때문일까. 덤보의 세인트 앤즈 웨어하우스 극장에서 상연되는 〈메이데이, 메이데이〉는 '추락한 남자의 실화,' '전신마비로부터 재활 또는 부활'한 이야기라고 소개되어 있다. 재활도 부활도 하지 못한, 아니 내 기억 속에 이제야 부활한 내 어린 곱사등 친구. 자, 구닥다리 매춘부들과 추락한 남자를 만날 내일의 여정을 위해 이만 돌아가서 쉬자. 잘 자거라, 정다운 시골역아.

빈티지 가구점과 헌책방 카페

토요일 아침, 맨해튼 행 버스를 탄다. 지난밤 뒤숭숭한 꿈의 조각들이 떠오른다. 어린 시절 친구들과—곱사등 친구는 등장하지 않았다—현재의 지인들이 뒤섞여 폐허가 된 건물들을 헤매고 있었다. 문이 온전한 한 방에 들어서자 많은 사람들이 데스크 건너편을 바라보며 뭔가를 기다리고 있다. '뭘 기다리지?' 의아해하는데 어라, 내 이름이 불린다. 서기 같은 인물이 종이를 내민다. 받아 보니 사망증명서다. '어, 난 살아 있는데. 아니 혹시 죽었나? 곧 죽을 건가? 여기는 카프카의 〈심판〉의 법정인가?' 나의 당혹스런 반응에 서기가 "아, 동명이인인가 봐요."라며 종이를 다시 가져간다. 잠결에서 깨어나니 벌써 링컨 터널 입구다. 어젯밤 꿈을 다시 꾼 것이다.

첫 목적지는 소호 지역의 한 헌책방, 몇 년 전 거길 찾았던 친구가 꼭 가보라고 권한 곳이다. 퍼블릭 시어터에서 가까우니 공연 전까지 책방에 앉아 가져간 책이라도 읽을 생각이다. 다운타운 라파예트역에서 내리니 작은 골목 안으로 찾는 곳이 보인다, '하우징 워크스 헌책방 카페'. 책방 문손잡이를 잡았다 슬그머니 놓는다. 들어가면 금연은 불 보듯 뻔한 일, 어디 적당한 곳이 없나 둘러보니 바로 맞은편 거리 길가에 의자를 내놓은 카페가 있다.

막상 건너가 보니 카페가 아니라 '20세기 공예품' 골동품 가구점이다. 상품인 의자에 앉기를 주저하고 있는데 문간을 나서던 주인양반이 앉아도 된단다. 담배를 피워도 된단다. 아니, 뉴욕에 이런 인정이! 그런데 앉으려던 의자에 제품 설명과 가격표가 붙어 있다. '프랑스에서 제작된 1930년대 테이블과 의자 세트 750달러.' 이런 값비싼 의자에 앉기가 부담스럽다고 하니 주인은 웃지도 않고 짤막하게 답한다. "앉는다고 부서지지 않아요."

감사한 마음으로 한 대 피우고 나서 가게로 들어가 본다. 고풍스럽지만 그리 낡지 않은 가구들이다. '앤티크' 가구점이냐는 질문에 책을 읽고 있던 주인이 빳빳한 어조로 '빈티지' 가구점이란다. 주로 20세기 전반에 제작된 물건들이라고. 여행자의 번거로운 질문에 관대하고도 무뚝뚝한 60대 초반의 백인 남성 밥 로튼 씨는 읽던 책을—흘긋 보니 발작Balzac!—내려놓고 3년 전 가게를 오픈했고 그 전에는 매사추세츠에서 동종 업소를 운영했다고 한다. 매사추세츠 중소도시면 몰라도 뉴욕같이 건물세가 높은 곳에서 장사하기가 괜찮으냐고 물었더니 손님이 제법 든단다. 어떤 사람들이 빈티지 가구를 찾느냐는 질문에 역시 짤막한 답이 기막히다. "다른 시간 다른 인생을 살고 싶은 사람이죠People who wanna live another life in another time, I suppose." 프랑스 고전소설을 읽는 이 중후하고 지적인 분위기의 남자에게서 여행자가 내심 기대하고 있었던 '잃어버린 시간을 찾는 사람들'이라는 답변의 뉴욕식 표현이랄까.

로튼 씨에게 작별을 고하고 책방 카페로 건너간다. 겉보기와는 달리 웬 중고 책방이 이렇게 큰지, 아래층의 넓은 공간과 ㄷ자 모양의 이층 발코니를 따라 상당한 양의 도서가 전문적인 분류 체계를 따라 진열되어 있다. 아래층에는 카페도 있어 인근 뉴욕대학교 학생들과 교수들이 담소와 토론을 즐기고 있다. 벽면에 새겨진 서점의 설립 목적이 눈길을 끈다. '하우징 워크스 서점은 에이즈로 고통받는 사람들의 치유공동체로서 노숙 생활과 에이즈의 이중적 위기를 종식시키기 위한 소규모 사업을 활성화하는 데 사명을 두고 있습니다.'

위. 하우징 워크스 헌책방 카페
아래. "20세기 공예품" 빈티지 가구점

○○○　　퍼블릭 시어터:

라이브러리와
셰익스피어
머신

○
○

퍼블릭 시어터 로비의 멀티미디어 조각 "셰익스피어 머신"

퍼블릭 시어터에 도착하니 건물 외벽에는 매년 여름 센트럴 파크에서 열리는 '공원의 셰익스피어' 깃발이 벌써 내걸려 있다. '조 아저씨네 주점'Joe's Pub이라는 깃발도 있는데 오해하지 마시라, 그냥 주점이 아니라 극장 창립자 조셉 팹의 이름을 딴 소규모 콘서트 공연장 이름이다. 또 하나 오해를 불러 일으키기 쉬운 것은 극장 내 '도서관'.

퍼블릭 시어터의 '주점' 라이브러리

연극 관련 도서들의 천국이겠거니 생각하면 낭패를 본다. 이 '도서관'이야말로 전문 주점이니. 극장의 예술적 상상력과 도서관의 음식과 술을 한데 어울리게 하는, 어느 한쪽이 빠지면 인간적인 삶이 불가능한 영적 양식과 육적 양식을 함께 제공하기 위한 배려라고나 할까. 그러고 보면 학문과 예술은 물론 온갖 정치사회적 담론의 교류가 이루어지던 장을 심포지엄(향연)이라 부르고, 실제로 마음껏 먹고 마신 후에 비로소 진지한 토론을 펼쳤던 고대 그리스 사람들의 지혜가 놀랍다.

극장 로비 천장에 매달린 독특한 조명 구조물이 눈길을 사로잡는다. 브로슈어를 읽어 보니 로비의 샹들리에 역할을 하는 이 구조물의 이름은 '셰익스피어 머신'. 미디어 아티스트 벤 루빈의 멀티미디어 조각으로서, 37개의 LED 스크린으로 된 이 작품은 셰익스피어의 대사들이 명멸하면서 그 대사들의 임의적 조합을 만들어내는 장치다. 루빈에 의하면 '움직이는 언어의 거대 충돌기'로서, 마치 입자들이 충돌하여 에너지를 생성하듯이 이 언어들의 충돌이 극작가의 창조적 모멘트를 이루었음을 상기시키고, 또 이렇게 임의적 조합들을 지켜보는 가운데 새로운 예술적 창조의 영감이 발생하기를 염원하는 취지에서 만들었다고 한다. 그래, 어디 한번 지켜볼까? 10여 분을 골똘히 지켜보지만 영감은 찾아오지 않는다.

'하긴 10분을 가지고 뭘 하겠어', 피식 실소와 함께, 예술적 창조의 출발점은 언어 자체가 아니라 언어 이전의 정신적 트라우마라는 점을 생각하게 된다. 현존하는 가장 뛰어난 셰익스피어 학자인 예일대 교수 스티븐 그린블라트가 있다. 그가 추리소설 형식으로 펴낸 셰익스피어의 전기 〈세상의 의지Will in the World〉('세속적 의지' 또는 '세상 속의 윌-리엄 셰익스피어')의 햄릿 챕터를 보면, 셰익스피어 이전에는 존재하지 않던 새로운 어휘가 수백 개나 쏟아져 나온 〈햄릿〉은 집필 1년 전인 1599년, 고향에 버려두고 온 어린 아들의 죽음과 잇단 부친의 죽음으로 인한 정신적 충격의 파장에서 비롯되었다고 하지 않는가. 자신의 출세 또는 예술적 추구를 위해 버린, 그리하여 아버지의 사랑을 아예 모르고 죽은 아들의 이름이 햄넷Hamnet이었음은 학자들 사이에선 잘 알려진 사실이다.

미국 전위연극의 대부는 구식 매춘부

셰익스피어 '영감' 생각을 뒤로하고
〈구식 매춘부〉 공연장 마틴슨 홀로 들어
서니 또 다른 영감님이 객석 뒤편에서
얼쩡거린다. 벗겨진 앞머리에 흰 뒷머리
를 길게 늘이고 알이 굵은 안경을 쓴 추
리닝 차림의 노인이 조연출로 보이는 젊
은 흑인 여성에게 뭐라 지시를 하고 있
다. 혹시 했는데 역시 리처드 포어먼, 이
전설적 인물을 내 눈으로 보다니! 냉큼

"미국 전위연극의 대부"
리처드 포어먼

일어서 인사를 나누고 싶은 마음을 개막 직전 경황없는 노익장의
모습에 뒤로 미룬다. 무대를 바라본다. 벽면 장치들을 통해 객석 깊
이 침투해 들어와 있는 무대는 한눈에도 '매춘' 업소이지만, 구성
요소들 각각은 의미 부여를 요청하는 오브제들이다.

눈에 띄는 건 무대는 물론 객석에까지 설치된 좌우 벽면을 연
결하는 실선 또는 점선으로 된 줄들이다. 관객의 조망권을 침해
하자는 건가? 분명 관객의 시선·시야에 관련된 장치인 듯. 무대
앞 천장에 나열된 알파벳 'OP EN AL LN…HT'가 'OPEN ALL
NIGHT'에서 'IG'가 떨어져 나간 것임을, 그래서 '밤새 영업 중'이
라는 뜻임을 알아차린다면 시선, 곧 지각과 의미의 비연속성을 제

시하는 것일 수도 있겠다. 무대 측면에서부터 객석 벽면 깊은 곳까지 초상화와 인물 사진들이 걸려 있다. 모두 흑백인 사진과 금박 프레임의 초상화들은 분명 19세기풍이다. '앤티크'냐 '빈티지'냐, 그것이 문제로다. 군데군데 색종이를 늘어뜨린 부케들과 각양각색의 부채들이 걸려 있고, 이런 종류의 업소답게 거울과 촛불들이 즐비하다. 화려한 색상의 쿠션들이 놓인 긴 소파와 무대 전면을 가로지르는 레드카펫이 곧 이어 등장할 매춘부들의 재즈 시대풍의 의상과 함께, 여기가 '구식'이지만 한껏 세련된 매춘업소임을 말해준다.

그런데 업스테이지 벽면 하단의 알파벳 보드와 상단의 갸우뚱 기울어진 신문철들과 같이 '업소'에 전혀 어울리지 않는 오브제들이 이곳의 정체를 모호하게 만든다. 레드카펫을 따라 설치된 선착장 난간 같은 가드레일도 의문을 더한다. 극은 그런 의문을 풀어주기보다 더해가기만 한다. 조명이 낮아지면서 극의 시작을 알리나 했더니 다시 확하고 켜지면서 무대에 등장한 것은 흰색 타이츠 하의에 둥실둥실한 오리털 파커 같은 재킷을 입고, 모자 아래로는 긴 머리를 늘어뜨리고 알 굵은 안경을 낀, 그리고 큰 북을 치며 행진하는 캐리커처 같은 인물이다. 프로그램은 그를 '미셰린 맨'이라 이름 붙이고 있다. 세계적 브랜드의 자동차 타이어 미셰린 말이다. 재킷의 등 부분이 유달리 불룩해서인지 곱사등처럼 보이기도 한다. 맙소사, 내 어린 곱사등 친구처럼. 그가 북을 두드리며 무대를 가로질러 퇴장하자 조명이 아웃되면서 스피커 음향이 울린다. "넘버 1, 공연 끝". 이 황당한 시추에이션에 객석에서는 웃음이 터진다.

다시 조명이 들어오면 해군 선원복을 입은 초로의 사내 사무엘이 등장한다. 외눈박이 안경과 검은 베레모를 쓴 그의 가슴에는 수많은 명찰이 달려 있고 두꺼운 책이 목에 걸려 있다. 아까 만났던 로튼 씨와 비슷한 용모의 배우라서 그런가, 그 책이 여행자에겐 마르셀 프루스트의 〈잃어버린 시간을 찾아서〉인 것처럼 느껴진다. 울긋불긋한 양말과 골프화 같은 구두가 〈십이야〉의 어처구니없는 집사 말볼리오를 연상시키며 코믹 터치를 더한다. 그가 중후하고 몽롱한 어조로 과거를 회고한다.

> "어느 팔월, 거리를 내려다보는 호텔 베란다에 하얀 냅킨이 펼쳐진 테이블에 앉아 칵테일을 마실 때, 길 건너 베란다에서는 아름다운 매춘부들이 가벼운 알코올음료를 한 모금씩 빨며 멀리서 들려오는 자동차 소리에 귀를 기울이고 있다."

그 몽롱한 기억은 고혹적이면서도 값싼 느낌이 나는 매춘부 수지와 가브리엘라가 등장하면서 현실화되는 듯하다. 하지만 사무엘의 기억을 확인해주거나 때로는 유발시키는 듯 보이는 두 여자는 오히려 많은 경우 그 기억이 부정확하거나 실제로 일어난 일을 윤색·왜곡한 것이거나 아예 존재하지도 않았던 일로 폭로한다. 대사와 동작으로 서로를 보완하는 두 여자는 개별적인 인물이라기보다 사무엘의 기억 속에 존재하는 모든 여성의 중첩된 이미지에 가깝다. 사무엘 자신이 중첩된 존재일지 모른다. 색상만 다를 뿐 같은 제복, 같은 외눈박이 안경을 쓴 청년 알프레도는 사무엘의 '친구'로 불리지만, 젊은 시절의 그의 행위를 기억을 따라, 때로는 기억에 역행해 수행하는 분신이다.

그런데 매춘부들과 분신에 의해 확인되거나 부인되는 기억들은 일관된 내러티브 없이 단속적인 상념들로 존재할 뿐이다. 기억과 망각 사이에 방황하는 '사무엘' 베케트의 인물들처럼 포어먼의 '사무엘'은 범상한 경험과 지적인 인식을 넘나들며 기억을 통해 자신의 존재를 입증하려 한다. 그리고 베케트적 사촌들과 마찬가지로 파편화된 기억으로 인해 오히려 존재의 소멸에 이르고 마는 듯 보인다. 연극적 표현의 차이는 있다. 베케트의 자기중단—그 수많은 '사이'pause들—과 달리 포어먼의 세계에서는 기억에의 의지가 강압적으로 중단된다. 첫 장면의 음향 "넘버 1, 공연 끝"을 필두로 "연극 끝," "침묵," "중지" 등과 같이 스피커를 통해 들려오는 외부의 목소리가 사무엘의 기억을 단절시키는가 하면, 매춘부들과 분신은 그렇게 중단된 기억의 편린들이 담긴 상자, 사전, 전화번호부책 등을 번번이 선착장 난간 아래로 떨어뜨린다. 마치 기억을 수장(水葬)하듯. 또 사무엘의 내러티브에 어떤 연속성이 주어지려고만 하면 미셰린 맨이 북과 나팔을 울리며 총을 쏘고 거울로 빛을 쏘아대며 장면을 끊곤 한다. 미셰린 맨의 알 굵은 안경은 왠지 포어먼의 분신이라는 느낌이 들게 한다.

구식 매춘부들

1. ⟨구식 매춘부들⟩ 무대
2-3. "미셸린 맨"과 사무엘, 그리고 "구식 매춘부"

베케트와의 더 큰 차이는 기억의, 그리고 존재의, 관능성이다. 모든 관념이 말라빠진 육신처럼 제시되는 베케트의 세계와는 달리, 사무엘이 되살리려 애쓰는 기억들의 이면에는 매춘부들에 대한 끌림과 망설임, 매혹과 두려움이 함께 자리 잡고 있다. 싸구려 매춘부와 고매한 여신의 이미지를 동시적으로 구현하는 두 여인은 사무엘이 자신의 존재를 인정받고자 하는 타자이자 성적 욕망의 대상으로 제시된다. 그러고 보니 공연의 부제가 '진짜 로맨스'다. 그의 종잡을 수 없는 독백들이 그 내용과는 무관하게 그녀들의 관심을 끌고 자극하기 위한 언어적 전희foreplay라는 생각, 즉 그들이 그의 뮤즈라는 생각이 든 것은 외눈박이 안경 너머로 던지는 은밀한 추파 때문이기도 하지만, 독백에 대한 그들의 반응에 따라 사무엘의 기억이 활발해지거나 위축되어버리기 때문이다.

관능적 욕망 또한 기억과 마찬가지로 늘 충족되지 못한 채 안타까움의 여운 속에 사라지고 만다. 회상하다가 중단 당한 기억의 편린들을 사무엘은 공연 막바지에 몇 마디씩으로 다시 제기해보지만 매춘부들과 스피커 음향에 의해 주어지는 것은 연속적인 부정이다. 기억과 존재의 부정에 대한 그의 마지막 반응이 묘하다. 당혹과 좌절이 아니라 거의 긍정에 가까운 서글픈 어조로 그가 말한다. "내 그럴 줄 알았어, 그럴 줄 알았다니까." 버나드 쇼의 묘비명이 그렇다지 않은가, "우물쭈물하다가, 내 이럴 줄 알았다."고.

노장의 진짜 로맨스

65분, 길지도 않은 공연이 끝나자 관객들은 안도의 한숨을 내쉬는 분위기다. 한 리뷰의 정의를 받아들이자면 '지적 속물들인 전위연극의 관객들'마저 머리에 쥐가 나는가 보다. 더 이상 공연의 의미를 생각하기보다 관극의 스트레스를 씻어줄 '향연'을 위해 주점 '도서관'을 향해 서둘러 떠나는 그들의 등을 지켜보며 그들보다 한 수 위의 속물인 여행자는 객석에 남아 무대를 뜯어본다. 극장이 비었다고 생각했는데 말소리가 들려 돌아보니 '대부'와 조연출이 말을 나누고 있다. '적당한 틈에 인사를 건네야지'라는 생각으로 무대를 더 들여다보고 있는데 대화가 멈춘다. 뒤돌아보니 대부께서는 이미 공연장 뒤 스태프용 출구를 빠져나가고 있다. 서둘러 일어나 계단을 올라가보지만 노인답지 않게 잰 걸음으로 사라지고 만다. 문턱을 넘어 비상계단을 내려가는 그의 허술한 뒷모습이 묘한 여운을 남긴다.

60년대 전위연극인들 대부분은 종적 없이 사라지고 몇몇은 주류 연극계로 건너가 명장(名匠)이 되어 있는 지금, 저 영감님은 아직도 여기서 뭘 하고 계신 건지. 어쩌면 그의 분신 같은 인물이 등장하고 40년을 고집스럽게 지속해온 그의 난해한 스타일이 고스란히 녹아 있는 이 공연은 바로 자신의 예술과 삶에 대한 기억이 아닐까. 아니, 그 기억을 긍정하지도 부정하지도 않는다는 점에서 기억을 넘어선 존재의 가능성을 말하는 것일까. 그게 대체 가능한가? 아니면 기억도 존재도 모두 환상이라는 걸까. '진정한 로맨스'라는 부제. 그의 평생 작업이 결코 이루어질 수 없는 로맨스라는 걸까. 아니면 로맨스 없이, 타자의 인정 없이, 오직 자유롭게 존재하는 예술, 그것이 바로 전위예술이라는 걸까.

그렇다면 구식 매춘부의 품에 안기고 싶으면서도 끝끝내 망설이고 있는 사무엘은 세상의 품을 향해 달려간 주류화된 예술가들의 반면교사인가. 또한 포어먼의 분신이 사무엘보다는 미셰린 맨에 가까운 것은 매춘부 곧 타자의 유혹을 예술의 조건 그리고 존재의 조건으로 제시하되, 그 유혹에 끊임없이 북을 치고, 총을 쏘고, 거울을 들이밀며, 경종을 울리는 것이 진정한 예술이라 말하는 것인가. 그럴지도 모른다. 진짜 로맨스는 '밀당'에 있지 그 팽팽한 긴장을 놓아버리고 타자의 품에 안겨버리면 그건 로맨스의 끝인 게다. 진짜 로맨스가 계속되는 한 전위연극은, 그리고 삶의 첨단을 타협 없이 살려는 의지는 살아 있는 게다.

∘∘∘   브루클린
브리지의

자살
소동

∘
∘
∘

맨해튼 브리지에서 내려다본 이스트 강

저녁 공연은 덤보의 세인트 앤즈 웨어하우스 극장. 다운타운에서 걸을 만한 거리다. 바우어리 대로를 따라 내려가다가 차이나타운을 만난다. 여하튼 대국이다, 세상의 중심 맨해튼에도 엄청난 땅을 차지하고 있으니. 차이나타운이 끝나는 지점에 덤보로 이어지는 맨해튼 브리지가 있지만, 이왕이면 뉴욕만을 굽어보는 브루클린 브리지로 건너보자. 좀 더 내려가니 뉴욕시청과 미국연방법원이 높이 솟아 있다. 영화에서 법정에 선 주인공의 '최후 승리'를 곧잘 보여주는 단골 촬영지지만 여행자에게는 왠지 카프카의 〈심판〉을 떠올리게 한다. 아, 지난밤 꿈!

법원 광장을 지나 브루클린 브리지로 향한다. 그런데 다리 입구가 인파로 막혀 있다. 비집고 나아가 보니 노란색 경찰선이 쳐져 있고 경관들이 다리 저편을 주시하고 있다. 누군가 다리 위에서 자살소동을 벌이고 있단다. 경관들이 무전기를 들고 바삐 오간다. 한참을 기다려보지만 상황은 그대로. 러시티켓을 사고 저녁도 먹으려면 마냥 기다리고 있을 수만은 없는 노릇이다. 맨해튼 브리지 쪽으로 도로 가야 하나 망설이는데 다리 쪽에서 대여섯 명의 경찰이 건너온다. 연두색 재킷에는 인질협상팀이라 적혀 있다. 어이쿠, 영화에서나 보던! 그중 40대 여성 요원이 사람들을 향해 자랑스럽게 외친다. "끌어내렸어요, 끌어내렸어!" 곁을 지나는 그녀에게 봉쇄는 언제 풀리냐고 물어보니 '상황 종료'이긴 하지만 다리가 개통되려면 30분 이상은 걸린다고. 할 수 없다. 맨해튼 브리지로 가자.

끝이 아닌 새로운 시작

맨해튼 브리지를 건너 여유 있게 덤보에 도착한다. 3월에 왔을
때 공원에서 술 마시는 법을 전수해준 델리 가게에서 샌드위치와
맥주를 산다. 맥주를 숨겨 마실 종이컵은 물론 따로 챙겼다. 적절한
곳을 찾다 보니 폐쇄된 선착장이 눈에 띈다. 맨해튼과 브루클린 브
리지가 한눈에 들어오는 명당이다. 입구를 막아놓은 철망을 우회
하여 제방 위로 올라가 앉는다. 강물 바로 위에 발끝을 흔들거리며
먹고 마신다. 혼자만의 심포지엄이다. 심포지엄의 어원은 '함께 마
신다'지만.

철망을 돌아 나오니 10여
명의 젊은이들이 빈 생수병을
엄청나게 쌓아놓고 뭔가 작
업 중이다. 한 청년에게 물어
보니 '구름 속에 머리를 둔 정
자'라는 환경 프로젝트라면서
불쑥 한국인이냐 묻는다. 그
렇다고 하니 뒤돌아 누군가를

환경 프로젝트 "구름 속에 머리를 둔 정자"

부른다. 20대 중후반의 한국인이 서글서글한 미소를 지으며 다가온
다. 브루클린 어느 대학의 건축학과 유학생 김호철 씨가 상세한 설
명을 해준다. 뉴욕 시민이 1초당 내버리는 생수병의 수가 1갤런 병

13,100개와 24온스와 16온스 병 40,680개인데(믿기지 않는다. 1분당이 아니고?) 같은 수의 생수병으로 플라스틱 정자를 만들어 전시하는 프로젝트란다. 연극을 보러 왔다고 하니 자신은 건축 전공이지만 무대미술에도 관심이 있어 따로 공부하고 있다고, 다음에 기회가 되면 함께 연극을 봤으면 좋겠다며 싱긋 웃는다. 참 괜찮은 청년이다. 연락처를 교환하고 작별하는데 그를 불러줬던 청년이 밝게 웃으며 던지는 말. "다들 환경 재앙으로 인한 종말을 말하고 있지만 작은 실천이 새로운 시작을 만들 수 있어요."

저녁 공연이 바로 그것이었다. 끝이 아닌 새로운 시작, 조난신호 〈메이데이, 메이데이〉. 트리스탄 스터록이라는 영국 배우가 자신이 겪은 사고를 재구성한 실화극으로 '자서전적 솔로 퍼포먼스'라는 부제를 달고 있다. 극장에 들어선다. 이 붉은 벽돌 창고가 여행자를 부른다. 포스터가 즐비한, 지난 공연들의 환영이 춤추며 떠도는 꿈결 같은 복도가 나를 끌어당긴다. '극장'이라고 적힌 저 회색 문을 열면 제발 카프카의 우울한 법정 대신 찬란한 꿈의 세계가 열렸으면! 아직은 시간이 일러 한가한 로비에 졸고 선 스태프의 머리 위를 연극의 유령들이 감돌고 있다. 로비와 공연장을 가르는 검은 커튼 앞에 여행자는 지고 온 배낭과 쓰고 온 모자를 벗어놓고 환영의 세계로 들어갈 준비를 한다.

〈메이데이, 메이데이〉: 조난 이후

공연장에 들어서자 고요한 기타 음악이 흐르고 있고 객석의 소곤소곤 말소리가 화음처럼 섞여든다. 아무런 세트 없이 검은 고무 바닥만 펼쳐진 무대에는 군데군데 소품들이 무리를 지어 놓여 있다. 한쪽에는 미니어처 전신 골격 표본을 중심으로 장난감들이 쌓여 있는가 하면, 다른 쪽에는 실제 사이즈의 두개골과 형형색색의 술병들이, 한쪽에는 의료기기들과 꽃다발이, 또 다른 쪽에는 각도 조절이 가능한 입식 거울이 서 있다. 소품 무리들은 총총한 촛불을 받아 마치 마술적 동화 세계처럼 반짝이고 있다. 고요한 기타 음률이 은은한 피아노 선율로 바뀌면서 극이 시작된다.

흐르는 피아노를 타고 희미한 빛이 들어오면, 무대 깊은 안쪽 허공에 한 남자가 추락하고 있다. 하얀 플란넬 셔츠와 바지를 입고 붉은 손수건을 목에 질끈 동여맨 그 남자는 마치 꿈을 꾸는 듯 멍하고도 경악에 찬 표정으로, '내게 어떻게 이런 일이 일어날 수 있지'라고 말하듯 충격과 공포에 사로잡혀 두 팔과 두 다리를 허공에 날개처럼 휘저으며 서서히, 서서히 떨어진다. 조금 더 밝아진 빛에 공중에 매달린 건 앞으로 45도 기울인 거울이요, 추락하는 남자는 무대 바닥에 누워 팔다리를 젓고 있는 배우임을 알아차려도 이 충격적인, 그리고 피아노 음률에 실려 말할 수 없이 서정적인 추락의 이미지는 관객의 상상력을 타고 비상한다. 누군가의 추락이, 파멸이, 죽음이 이토록 아름다울 수 있단 말인가. 객석은 숨을 죽이고 이 시적 모멘트에 깊이 빠져든다. 평소 같으면 이카루스를 떠올리며 극의 신화적 층위를 생각했을 여행자도 그 순간 그 추락을 몸과 마음으로 함께 경험하고만 있었다. 그도 잠시, 빛과 소리가 스러지면서 추락하는 남자는 어둠 속으로 아스라이 사라진다.

암전은 겨우 몇 초, 환하게 무대가 밝아지면 추락한 남자가 사지 멀쩡하다 못해 씩씩하고 명랑한 모습으로 객석 앞에 서 있다. 2004년 전신마비가 되었다가 기적적으로 재활한 배우 트리스탄 스터록이다. 활기찬 어조와 경쾌한 몸짓으로 그는 생과 사를 넘나들었던 자신의 경험을 전한다. 추락이 일어난 상황이 어처구니없으면서도, 인생이란 걸 생각해보면, 참으로 실감이 난다. 영국 콘월 지방 작은 어촌에 머물던 그는 임신 중인 아내를 집에 두고 여름의 시작을 알리는, 생명의 약동을 예고하는 메이데이—그러고 보니 조난신호일 뿐 아니라 계절축제—마을축제 후 술을 마시고 귀가하던 중 집으로 올라가는 비탈길에서 굴러떨어진다. 주점에 들어갈 때의 다짐이 '취할 만큼 마시진 말아야지'였는데 말이다.

목뼈가 부러질 만큼 심한 추락이었는데 우스우면서도 웃을 수 없는 것은 추락 지점이 계단 축대와 이웃집 헛간 사이의 비좁은 틈새였다는 것이다. 추락의 신체적 충격과 고통은 물론 척추신경의 파손으로 온몸을 움직이지 못하는 상태에서도 의식은 살아 있었던 그는 생각한다, '이 무슨 멍청한 꼴이람, 축대와 헛간 사이에 끼여

죽게 되다니. 죽는 방식치곤 너무 우스꽝스럽잖아.' 그렇게 유머러스한 그의 화법은 이어지는 재연에서는 차마 쳐다볼 수 없는 참혹한 이미지로 변한다. 목 아래 부분은 꼼짝달싹 못하는 상태에서 두 눈만 살아 멀뚱거리며 공포와 절망을 발하는 모습은 사지가 잘려나간 무기력한 짐승의 모습 바로 그것이었다. 추락하는 것은, 날개가 있든 없든, 아름답다. 그러나 추락한 것은 끔찍하다. 타락의 과정은 아름답다. 그러나 타락의 결과는 참혹하다. 타락 전 사탄의 이름은 루시퍼, '빛나는 새벽별'이 아니었던가. 그 참혹한 모습이 남의 일이 아닌 것은 우리 모두 온몸을 조여드는 수렁에 빠져본 경험이 있어서일 게다. 마음은 늪을 벗어나기 위해 사력을 다해 버둥거리지만 몸은 전혀 말을 듣지 않는 경험. 처절한 무기력의 경험.

추락한 남자는 다행히 아내와 이웃에 의해 발견되어 병원으로 옮겨진다. 이송 과정의 재연이 재밌다. 이 극의 구성 형식은 심각함과 우스꽝스러움, 바로 비극성과 희극성의 교차에 있다. 어떻게 이송되냐고? 장난감 앰뷸런스와 헬리콥터를 타고 간다! 소품 더미에서 집어든 유치한 장난감들이 위기 상황의 절박함과 회상의 여유로움을 동시에 가능하게 하는 것은 배우의 역량과 관객의 상상력의 어울림이다. 어린아이의 놀이적 상상력을 천진한 눈빛과 민첩한 몸놀림으로 빚어내는 배우를 따라 관객도 까르르 하는 웃음과 함께 기꺼이 유아적 상상의 세계 속에 뛰어든다. 그럴 때 만신창이가 된 몸은 장난감처럼 가벼워지고 생과 사를 넘나드는 심각한 현실은

트리스탄
스터록
주연

메이데이, 메이데이

1. 추락한 배우 또는 인간
2. '광대' 의사의 등장

그 경계를 여유롭게 바라보는 즐거운 유희가 된다.

삶과 죽음에 대한 그러한 조망이 비단 상상의 세계에서만 이루어지는 것은 아니다. 배우가 추락한 남자의 몸을 벗어나 앰뷸런스의 구조요원, 헬기 조종사, 그리고 외과 의사의 역할을 번갈아 수행할 때, 꺼져가는 생명을 다루는 최전선의 전문인들이 보여주는 인식과 태도는 죽음마저도 막다른 길이 아니라 또 하나의 우회로임을 말해주는 듯하다. 서둘러 응급조치를 수행하면서도 걸쭉한 억양과 거친 유머를 침 튀기며 퍼붓는 구조요원은 사경을 헤매는 환자와 가족들에게 평정심을 되찾게 해주고, 사고로 인한 응급환자에게 주어지는 사회보장의 혜택을 나열하며 목이 부러진 환자를 되레 부러워하는 헬기 조종사는 환자의 생명이 개인의 것일 뿐 아니라 가족과 사회공동체의 것임을 상기시킴으로써 죽음의 실존적 고독을 인간사회의 공동체적 관심으로 전환시킨다.

삶과 죽음에 대한 희비극적 전망과 그로 인한 초연함을 희극적 숭고미―그런 게 가능하다면―로 고양시켜 보여주는 것은 척추신경외과 의사다. 뽐내는 광대의 모습으로 한 손에는 엑스레이 사진을 들고 다른 손으로는 모형 전신 해골을 주물럭거리면서, 척추신경 손상과 복구에 관한 전문적 의학지식을 쏟아내는 이 의사가 환자에게 제시하는 두 가능성은 머리에서부터 복부에 이르는 상반신 전체를 덮는 교정기를 착용하고 언제 가능할지 모르는 자연복구를 기다리든지 아니면 확률이 반반인 수술을 받든지이다. '반반'

이란 회복 아니면 죽음이라는 뜻이다. 당신이라면 어느 쪽을 택하겠느냐는 환자의 물음에 "집도의가 수십 번의 경험을 가진 나니까."라며 광대의 자부심을 보이다가 마지막으로 덧붙이는 말. "하지만 우리 모두 영원한 휴가를 받는 날이 오지요. 자, 고민하지 말고 이제 그만 좀 쉬어요." 다시 피아노 선율이 흐른다. 추락한 남자는 꿈을 꾼다. 우주복같이 생긴 교정기를 끼고 끝 모를 어둠 속에 또 다시 추락하는 꿈을. 배경막 영상에는 흥겨운 메이데이 축제가 삶의 활기와 희열을 분출하며 명멸하는 가운데, 남자의 추락은 바닥도 없이 끝도 없이 이어진다. 남자는 결심한다. 이 기한 없는 유예, 영원한 유배지에 전신마비의 몸으로 살아가기보다 '삶 아니면 죽음'To be or not to be, 그 칼날 같은 질문 끝을 걷기로 한다.

무대를 뒤덮는 짙은 안개 속에 광대 의사의 재등장. 수술용 마스크와 헤드랜턴을 착용하고 입식 거울을 휘익 돌려 수술대로 만든 그가 모형 해골을 상대로 수술에 착수하면 웅장한 오페라 음악이 울려 퍼진다. 수술용 장갑을 끼고, 소독을 하고 또 하고, 메스를 건네받고, 절개를 하고, 완력으로 절개 부분을 벌리고, 큰 망치를 들고 손상된 신경부위 척골 사이에 인공 지지대를 힘껏 처박는다. 쿠궁, 쿠궁, 쿠궁! 안개로 뒤덮인 무대 측면과 천장에서 수평·수직으로 떨어지는 조명이 흰색 의상의 배우에게 집중적으로 쏟아지고 오페라 음악이 최대로 고조되면, 팔과 상체를 혼신을 다해 뒤흔드는 수술의는 음악의 순수 시간을 짜내는 교향악단 지휘자가 된다. 그 혼신의 몸짓은 결단코 살겠다는 생명의 의지 그 자체가 된다. 아, 멀고 먼 브루클린 창고 극장에서 〈하얀 거탑〉과 〈베토벤 바이러스〉의 배우 김명민이 생각날 줄이야!

수술 후 가족들의 면회와 재활치료 과정은 좀 뻔했다. 하지만 결정적인 순간은 종종 진부함 속에 찾아오는 법이다. 처음으로 침대에서 일어나 앉는 순간, 처음으로 두 발을 딛고 일어서는 순간, 처음으로 발을 떼고 걷는 순간들이 손에 땀을 쥐게 하면서도 마냥 훈훈한 마음으로 지켜보는 장면들이라면, 처음으로 혼자서 목욕을 하는 순간은 느닷없는 전율로 다가온다. 긴 타원형 스포트라이트가 무대 위에 욕조의 형상을 만든다. 관객은 오랫동안 침대에 묶여 땀으로 찌든 몸을 물에 담그는 행위에서 짓물러 터진 욕창을 씻어내는 듯한 정화의 느낌을 기대한다. 오랜 마비에서 막 풀려나기 시작한 몸을 배우가 온 신경을 곤두세워 지탱하며 욕조에 다가설 때, 떨리는 발끝을 물/빛 속에 들여놓을 때, 관객은 이미 시원한 목욕을 대리 체험하고 있었다. 그러나 화들짝 발끝을 욕조에서 빼내며 '악!' 하는 숨죽인 비명을 내지르는 배우. 그건 묵은 때를 벗겨내는 시원함도 따스한 물에 안기는 안온함도 아닌 날카로운 고통이었다. "뭐랄까요, 마치 새 발이 생긴 것 같은 느낌, 처음으로 느끼는 감각이었어요." 여행자가 작가였다면 부연했으리라. '새 발과 새 팔과 새 몸이 헌 살을 찢고 돋아나는 통증 같은 것이었지요.'

무대가 어둠에 잠기고 다시 피아노 선율이 흐른다. 희미한 조명이 업스테이지 허공의 기울어진 거울을 비추면 이번엔 아스라이 사라져가는 길고 긴 길을 만들어낸다. 남자는 자신이 입원해 있던 동안 태어난 아기를—부서진 몸이었던 미니어처 전신 해골이 이번엔 새 생명이 된다—안고 그 길에 들어선다. 신생과 재생, 두 겹의 새로운 생명이 미래를 향해 나아간다. 깊은 나락 속 추락의 공간이 다시 날아오르는 한없는 비상의 공간이 되는 것이다. 커튼콜 조명이 들어오면 배우는 꽃다발을 들고 객석으로 다가온다. 쏟아지는 객석의 갈채 속에서 무대 맨 앞에 놓인 화병에 꽃을 한 송이씩 꽂으며 그는 죽음으로부터 삶에 이르는 그의 여정에 함께했던 사람들의 이름을 실명으로 부른다. 아내와 이웃, 구조요원과 헬기 조종사, 신경 전문의와 간호사들, 재활치료사들과 부모님과 형제들, 그리고 태어난 자신의 아기. 그의 헌화에 가슴 뭉클해진 관객은 기립박수로 함께한다. 그의 회복을 축하하고 그를 구한 모든 이들에게 감사를 전한다. 무엇보다 다들 목청 높이 외치는 듯하다. '이 세상 모든 반신불수, 전신마비의 인간들아, 일어나 걸어라!'

○○○ 　일그러진 몸과 영혼의 꿈,
　　　　　　축제의 　　　메이데이

○
○
○

　어둠이 깔린 극장 앞 벽면에 구조신호 '메이데이, 메이데이'를 위급하게 외치며 추락하는 남자가 있다. 동시에 삶의 활기와 충만을 기원하는 축제 '메이데이, 메이데이'를 열렬히 부르고 또 부르며 비상하는 남자가 있다. 문득, 10년 전 예술의 전당에서 공연한 한태숙 선생 연출의 〈꼽추 리처드〉가 생각난다. 나는 번역/드라마투르기로 참여하고 있었다. 리허설이 막바지로 치닫던 어느 날 주연 배우에게서 전화가 왔다. 곱사등을 만들기 위해 상반신을 계속 뒤튼 상태에서 연기하다 보니 마비 증상이 왔고, 지금 물리치료를 받고 있는데 치료받는 동안 와서 작품 이야기를 좀 해줄 수 있으시냐고. 배우의 열성에 한달음에 달려갔었다. 개막 며칠 전, 커튼콜을 짜고 있던 중에 주연배우의 마지막 단독 인사가 다소 밋밋하다는 생각이 들었다. 그래서 무대 앞으로 달려 나올 때는 곱사등을 유지하고 절을 한 후 온몸을 펴보라고 했다. 개막일, 첫 공연이 끝나고 배우가 객석 앞으로 다가서자 갈채가 쏟아졌다. 고개를 깊이 숙이자 한결 높아지는 박수소리. 그리고 고개를 들면서 뒤틀린 몸을 풀고 곱사등을 펴는 순간, 걷잡을 수 없는 환호가 터져 나왔다. 은연중에 알고 있었나 보다. 나 또한 일그러진 몸과 영혼을 타고 났음을. 그리고 온전한 몸과 영혼으로 다시 태어나기를 우리 모두가 꿈꾼다는 걸.

강바람이 세차게 불어온다. 브루클린 다리 위에서 몸을 던지려 했던 사람은 어떻게 됐을까. 강바람 속에 폴 발레리의 시구가 함께 불어온다. '바람이 분다. 살아야겠다.' 오늘 내가 본 것은 무엇이었던가. 두 예술가, 두 인간의 뒷모습. 40여 년 비타협의 예술을 외길로 살아온 노장이 마치 무덤 속으로 들어가듯 비상계단 아래로 사라져가던 모습. 그리고 장래가 촉망되는 나이에 목숨을 잃어버릴 뻔했던 배우가 사투를 통해 새로운 생명을 품고 미래로 나아가던 모습. 살아온 생에 대한 강렬하고도 희미한 기억, 그리고 살아갈 생에 대한 막연하고도 생생한 기대. 둘 모두에게 갈채를 보낸다. 노인에게든 중년에게든, 그리고 지구의 재앙을 끝이 아니라 새로운 시작으로 만드는 청년에게든, 살아 있는 모든 날이 축제의 메이데이가 되기를 기원해본다. 내 어린 곱사등 친구도 이번 생의 막다른 길을 우회하여 다음 생의 메이데이를 누리고 있으리라 믿는다.

극장 앞 전광 포스터: 어둠 속의 외침 "메이데이"

뉴욕의
장인들

〈장인 건축사〉
〈아마겟돈의 늑대 여자객〉

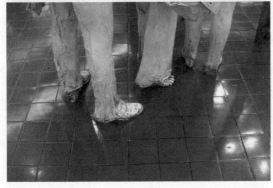

<통근자들> 1980년 조지 시걸 작

우중충한 날씨에 기온도 낮다. 등산 재킷을 걸치고 배낭에는 작업 중인 〈햄릿〉 번역 원고를 챙겨 넣고 길을 나선다. 버스는 미 대륙을 동서로 횡단하는 하이웨이 80번을 달려 뉴욕으로 향한다. 고속도로가 끝나는 뉴욕까지는 한 시간 남짓이지만 반대 방향을 타면 그 끝은 캘리포니아다. 마주 달려오는 차들 가운데 거기까지 가는 차가 있을까, 열어젖힌 차창으로는 추억의 팝송 〈캘리포니아의 꿈〉이 빵빵 울려나오는. 그럼 버스에서 뛰어내려 히치하이크라도 해보련만. 뉴욕 가는 일이 좀 지치나 보다. 매일 두 편의 공연을 소화하고 거리를 헤매 다니는 일이 힘에 겨운 것도 사실이다. 하지만 멈출 순 없다. 사무엘 베케트가 말하지 않았던가, '평생 어디를 향해 간다고 생각해본 적은 없다. 그저 길이 있기에 갔을 뿐이다.'

포트오소리티에 내린다. 터미널 몰에서 〈통근자들〉을 다시 만난다. 오늘 아침 그들의 모습이 왠지 낯설다. 처음 봤을 때 꽤 세심히 들여다봤다고 생각했는데 지금 보니 세 사람 다 눈을 감고 있다. 그 눈이 고단한 하루를 마치고 집으로 돌아가는 졸린 눈이기보다 길고 험난한 인생을 마치고 '자연으로 되돌아가고 영겁 속으로 사라지는'(《햄릿》) 인간의 영원히 잠든 눈으로 느껴지는 것은 그들의 행색 때문이다. 헤진 바지의 밑단과 닳아빠진 신발은 그들의 행로가 심히 길고도 험난했음을, 이제 그만 쉼의 축복을 받아야 마땅함을, 그 어떤 미련과 집착도 다 내려놓고, 햄릿 왈 '아무도 본 적 없는 죽음의 영토, 한번 발을 디디면 다시는 돌아올 수 없는 미지의 세계'로 떠나야 할 때임을 말해주고 있다.

그러고 보니 세 통근자는 만인(萬人)이다. 줄지어 영면의 문을 들어서는 노파와 젊은 여인과 중년 남자는 우리 자신의 미래요 과거요 현재의 모습이다. 나이에 관계없이, 상황과 무관하게, 운명적으로, 우리는 '터미널'의 문을 나서야 하는 것이다. 노파의 허름한 짐 꾸러미가 궁금해졌다. 들여다보니 가지런히 놓인 벽돌 네 조각. 생·로·병·사, 그렇게 읽힌다.

웨스트 빌리지의 장인 재봉사

낮 공연은 브루클린 뮤직 아카데미BAM에서 상연하는 입센의 〈장인 건축사〉. 곧장 지하철을 타는 대신 4번가의 워싱턴스퀘어까지 걷기로 한다. 첼시 지역에 들어서 조금 더 내려가니 23번가에서 첼시 호텔 간판이 눈에 들어온다. 미국의 내로라하는 보헤미안 예술가들의 장기 투숙지로 유명했던 곳인데 바로 여기였구나. 대학 시절 흠뻑 빠져 있었던 레너드 코헨의 〈첼시 호텔〉이라는 노래가 있다. 사반세기 전 서울의 대학촌에서 듣던 그 음울한 음조가 금방이라도 비를 쏟을 듯 잔뜩 찌푸린 뉴욕 하늘을 배경으로 서 있는 칙칙한 붉은 벽돌 건물과 너무나 닮아 있다.

13번가에서 웨스트 빌리지로 들어선다. 첼시 쪽보다 좀 더 한

적한 느낌의 거리와 카페들이 참 예쁘다. 재미난 구두 가게 간판이 눈길을 끈다. 슈가즘Shoegasm이라. 신으면 오르가즘을 느끼는 신발?

가는 비가 뿌리기 시작하는 거리를 걷노라니 동네가 좀 허름해진다. 또 다른 간판이 눈에 들어온다. '그리니치 애비뉴 세탁소' 아래 '드라이클리닝 기술과 재봉술의 완벽을 추구한다'라는 문구. 그래, 기술이든 예술이든 완벽을 추구해야지. 그런데 가게 창문 너머에 앉아 재봉틀을 돌리는 사람이 어째 한국인 같다. 카운터에도 중국·일본과는 확연히 다른 관상을 가진 아시아인이 서 있다.

들어가 인사를 건네니 역시 한인들이다. 관광객인데 간판 문구에 끌려 들어왔다고, 재봉술이야 사람의 손으로 빚는 예술일 수도 있겠지만 기계가 돌리는 드라이클리닝에 무슨 예술이 있냐고 다소 짓궂게 묻자, 카운터를 맡고 있는 가게 주인 유정남 씨는 기계가 아니라 수작업으로 드라이클리닝을 한다며 최근에 와서 기계 세탁은 도심에서 밀려나는 추세라고 설명을 한다. 1985년에 이민을 왔다는 유 사장님은 서글서글한 웃음을 띠고 친절하게 말을 이어간다. 특히 지역 주민 상당수가 게이들이며 바로 앞 크리스토퍼 스트리트는 게이 축제 퍼레이드로 유명한 곳이라고, 업소 고객도 90퍼센트가 게이들이라고 말할 땐 그런 진기한 환경에서 사업을 하고 있다는 은근한 자부심을 내비치기도 한다. 동성애에 대한 평균 한국인의 호기심/혐오감을 생각해, 불쑥 가게로 침입한 촌스런 관광객을 겁주려고 하는 말같이도 들린다.

그리니치 애비뉴 세탁소와 장인 재봉사 김홍렬 씨

유정남 씨와 이야기를 나누는 동안 창문 앞의 연로한 재봉사는 가끔 사장의 말에 엷은 미소로 장단을 맞출 뿐 작업에 몰두해 있다. 여쭤 보니 성함은 김홍렬 씨. "중학교 때 친했던 여자친구 이름인데."라는 말에 씩 웃으며 "남자 이름인데." 하신다. 첫 이민 온 시카고에서 일을 시작한 경력 30년의 재봉사다. 호, 그렇다면 정녕 예술가의 경지에 오른 장인 재봉사! 오늘 볼 공연이 〈장인 건축사〉가 아니던가. 일하는 모습을 사진에 담고 싶다고 조심스레 여쭈었더니 의외로 선뜻 허락하신다. 자신의 예술뿐 아니라 인생에도 달인이 되신 듯한 무심한 태도가 참 인상적이다.

작별인사를 하고 가게를 나서는데 친절한 정남 씨가 근처에 하이레인 공원이 유명하니 가보라고 한다. 옛 고가철도를 공원으로 꾸미며 관광객이 많이 찾는 명소라고, 지금쯤이면 꽃도 많이 피어 있을 거라고.

첼시의 쇼윈도와 하이라인 공원

비를 맞으며 온 길을 얼마간 되돌아간다. 웨스트 빌리지와 첼시의 경계쯤 되는 14번가를 따라 공원을 향하는데, 9~10번 애비뉴 사이는 고급 패션가인가 보다. 평소에는 눈길도 주지 않던 여성 의류인데 눈길을 사로잡는 옷이 있어 쇼윈도 앞에 멈춰 선다. 붉은 드레스가 너무도 강렬하다. 가까이 보니 옷 전체가 꽃송이 문양들로 덮여 있다. 더 자세히 들여다보니 그냥 문양이 아니다. 드레스 원단 위에 꽃 장식을 부가적으로 단 게 아니라 원단 자체를 일일이 꼬아서 무수한 꽃송이 형상을 빚어놓은 것이다. 여성 의류에 난생 처음 매혹 당한다. 나도 모르게 가게에 들어선다. 점원이 다가와서 무얼 찾느냐고 하기에 당황한 나머지 여행 작가를 사칭한다. 붉은 드레스에 대해 묻자 브라질의 유명 디자이너 카를로스 미엘레Carlos Miele의 작품이란다. 흠, 그야말로 브라질 장인이 한 땀 한 땀 손으로 빚어낸 작품이라는 얘긴가. 그래, 진짜 장인이라 이거지. 우리의 김홍렬 씨도 때와 운을 만났더라면. 가격은? 5,550달러!

또 다른 쇼윈도 앞을 지나다가 화들짝 놀란다. 마네킹 하나가 꿈틀 움직인 것이다! 요가 동작을 하고 있는 마네킹이 사람이라는 사실을 알아차리고는 놀란 자신이 한심스러워진다. 체육복 전문 업체 '룰루레몬'Lululemon. 안으로 들어가 내친 김에 다시 여행 작가를 사칭, 모델과 인터뷰를 한다. 요가 경력 9년째의 노라 개릿 양은 모델링 외에 요가 스튜디오 조교도 겸업하고 있다고. 진짜 직업은 뭐냐고 물으니 뉴욕대학교 연기 전공 졸업반! 모델링도 연기 수업이라며 행인의 시선을 끌어당기고 연기에 집중하는 훈련을 하는 셈이라고 자부심을 담아 말한다. 나도 드라마 선생이라고 정체를 밝히자 반가워하며 학교 근처에 좋은 극장이 많으니 놀러오라고 한다. BAM의 〈장인 건축사〉를 보러 간다고 하니 "(주인공 역의 배우인)

위. 카를로스 미엘레 디자이너 부티크
아래. 하이라인 공원 조각상: 루비 네리 작 <프레임 앞에서>

존 터토로 씨에게 안부 전해주세요."라며 능청을 떤다. 터토로가 그렇게 유명한 배우냐 물으니 '몇 해 전 뉴욕대에서 마스터클래스를 열었을 정도로 최고의 배우'라고 목청을 높인다. "너도 훌륭한 배우가 될 거야."라는 덕담으로 배우 지망생에게 작별을 고한다.

하이라인 공원에 도착한다. 우리의 친절한 정남 씨는 '하이레인'이라고 잘못 알고 있고. 옛 고가철도가 공원으로 변한 곳. 길게 뻗은 낡은 철로가 풀숲에 가려 드문드문 보이고, 정남 씨 말대로 비바람 속에도 꽃들이 많이 피어 있다.

꽃, '플라워'라는 영어의 감미롭게 감겨드는 어감 대신 '꽃' 하며 짧게 끊어지는 여운이 얼마나 아름다운가. 한 음절로 순간의 강렬함과 덧없음을 느끼게 하는 우리말 '꽃.' 녹슨 철로 위로 이름 모를 보랏빛 꽃들이 흐드러지게 피어 있다. 문득 오필리아에게 던지는 레어티즈의 대사가 떠오른다.

'햄릿 왕자의 호의에 대해서는, 젊은 날 한때 기분, 충동적인 감정이라 생각해야 해. 보랏빛 제비꽃처럼 봄이 되면 가장 빨리 피지만 가장 일찍 시들고, 아름답지만 오래가지 못해. 그 향기와 즐거움도 한 순간. 그뿐이야.'

비에 젖은 민들레 홀씨

누이동생의 데이트에 간섭하는 주제넘은 오빠의 잔소리지만 젊음에 대해, 인생에 대해, 우리네 삶의 가장 아름다웠던 순간에 대해, 이토록 진부하면서도 이토록 간결하고 적확한 표현이 또 있을까.

공원길을 따라 걷다보면 예술 작품들도 만나게 된다. '프레임 앞에서'Before a Frame라는 황동조각상은 거울의 틀 앞에 선 여인을 보여주고 있다. 거울이 있다면 자신의 반영을, 없다면 틀을 통해 보이는 또는 틀 안에 갇힌 세상을 바라보고 있을 저 여인은 이도저도 모두가 허상임을 알고 있을까.

공원 바깥 건물의 외벽을 덮고 있는 작품은 녹슨 철판들이 떨어져 나가면서 은빛 금속판이 출현해 하늘빛을 반사하는 설치미술이다. 마치 낡은 살이 벗겨지면서 새살이 돋아나는, 죽은 손톱을 밀어내고 새 손톱이 자라나는 형상. 아, 〈메이데이, 메이데이〉의 목욕 장면에서 마비되었던 감각이 되살아나는 느낌! 죽었던 생명이 부활하는, 옛일은 가고 새날이 오는, 한 세대가 가고 다음 세대가 오는 모습.

허드슨 강을 내려다보며 길게 뻗은 하이라인은 34번가까지 이어진다. 공원을 떠나는 길, 흠칫 발걸음을 멈추게 하는 것은 민들레 홀씨다. 바람을 타고 하늘하늘 날아가는 대신 봄비에 젖어 흘러내리는 홀씨의 모습이 애처롭기 그지없다.

○○○　　　브루클린의

장인 건축사를

찾
아
서
○
○

BAM 전광판의 <장인 건축사>

브루클린의 라파예트 애비뉴 BAM 전광판의 '장인 건축사' 존 터토로가 봄비에 젖은 여행자를 맞이해준다. BAM은 오페라하우스와 예술영화관, 연극 전용 극장과 스튜디오 공연장 등으로 이루어져 있다. 19세기 중반에 설립된 이 유서 깊은 공연예술센터는 1960년대 이래 국제적 명성의 유럽 공연들이 미국 시장으로 진입하는 교두보가 되어왔다. 오늘 공연도 루마니아 연출가의 작품이다.

주인공들의 초상이 관객을 맞이하고 있는 하비 극장에 들어선다. 이 극장은 거장 연출가 피터 브룩이 '마술적 환상의 공간'이라며 즐겨 작업하던 곳. 겉에서 보기에는 평범한 건물이지만 안으로 들어서면 별안간 광활한 문명의 폐허 속에 서 있는 느낌을 받게 된다. 습기로 부풀어 오른 것 같이 울퉁불퉁한 천장과 벽면들을 낡고 녹슨 관들이 이리저리 교차하고 있는 로비를 지나 계단을 오르면, 비잔틴풍의 색 바랜 벽화들과 금방이라도 허물어져 내릴 것 같은 기둥들로 둘러싸인 거대한 홀에 들어선다. 회반죽이 떨어져 나간 벽면은 그 속의 옛 벽돌들을 드러내 보이고 로비에서 이어진 배관이 천장과 벽을 따라 얽혀 있는 모습은 이곳이 중세와 현대가 중첩된, 시간을 초월한 공간임을 말해주는 듯하다. 현실과 비현실, 꿈과 실재가 뒤섞인 그야말로 마술적 환영의 장소.

가파른 계단을 올라 발코니 객석에 앉으니 무대가 한눈에 들어온다. 건물의 철골이 위태로운 각도로 기울어져 서 있고, 간소하지만 품위 있는 응접실, 화초와 등나무 의자가 있는 정원, 설계용 책상들이 놓인 사무실이 철골 구조 안팎으로 펼쳐진다. 철골 내부의 큼지막한 화로 연통이 지붕 밖으로 돌출된 것이 눈길을 끈다. 철골 외곽의 마룻바닥에 파인 원형의 홈이 회전무대 장치가 있음을 짐작케 한다. 실제로 극이 진행됨에 따라 무대가 회전하여 장소를 변화시킨다. 무대 후면에는 엄청난 크기의 목조 벽면이 역시 가파른 경사를 이루고 서 있다. 골조와 벽을 큰 틀로 세운 무대라. 건축사의 드라마에 당연한 세팅이 아닌가. 객석 조명이 내려가면서 회전무대가 돌기 시작한다.

헨릭 입센의 〈장인 건축사〉: 이카로스의 추락

건축가 솔네스는 혁신적인 주택 설계로 크게 성공한 사람이다. 정규교육을 받지 못했기에 건축가라는 호칭을 사양하고 건축사임을 자처하지만 '장인'이라는 호칭에는 대단한 자부심을 느낀다. 최근에 와서 그는 자신의 저택을 짓는 데 몰두하고 있다. 그것도 교회에나 어울릴 높다란 첨탑을 가진 저택을. 내일이 완공식이다. 그에게 시골처녀 힐데가 찾아온다. 10년 전 산골 마을의 교회 건축 때 알았던 마을 유지의 딸인 이 아가씨는 교회 완공식에서 일어났던 일을 회상한다. 설계자가 건물 첨탑에 화환을 거는 관례대로 솔네스가 교회 첨탑에 올랐을 때, 공중에서 신비한 노랫소리를 들렸다는 것이다. 또 어린 소녀였던 그녀를 '나의 공주'라 부르고 10년 후 다시 와서 '공중의 성castle in the air을 지어주겠다'는 약속을 했다는 것이다. 황당한 이야기에 웃음을 터뜨리는 솔네스. 그러나 기억이 가물거리며 되살아나기 시작한다.

다음 날 이어지는 대화는 솔네스로 하여금 장인으로서의 위대함은 '현기증을 일으키는 첨탑 위에서 자유로운 공중으로 날아오르는' 데 있음을 일깨운다. 또 그만이 '창조주에 버금가는 장인 건축사'임을 확신시킨다. 그렇게 힐데는 뮤즈가 되고 솔네스는 젊은 시절의 영감을 재발견한다. 하지만 창조적 영감의 재발견은 죄의식의 재발견이기도 하다. 그의 성공은 참담한 희생 위에 세워졌다. 10년 전, 아내가 유산으로 물려받은 집에 일어난 화재로 어린 아들을 잃었던 것이다. 하지만 화재는 솔네스에게 역설적인 행운이 된다. 불타버린 대지에 혁신적인 주택을 세움으로써 성공가도에 들어섰던 것이다. 산골 마을에 교회를 세운 것은 바로 화재와 성공 사이에 있었던 일이다. 신앙심 깊었던 그는 일찍이 교회 건축에 헌신했다. 하지만 자식을 잃고 아내마저 폐인이 되자 신앙은 증오로 변한다. 교회 첨탑에 화환을 걸었을 때 힐데가 들었다는 노래는 행복을 앗아간 신에게 '이제부터 신이 아니라 인간을 위한 집을 짓겠다'는 솔네스의 반항의 외침이었던 것이다.

그를 괴롭히는 것은 자신의 성공이 속수무책의 희생 위에 세워졌다는 사실만이 아니다. 그는 집의 굴뚝에 균열이 있음을 알고 있었다. 굳이 손보지 않은 것은 그 균열을 통해 자신의 꿈이 아내의 집이 표상하는 현실의 구속을 뚫고 하늘을 향해 뻗어나가리라는 예감에 사로잡혔기 때문이다. 실제로는 굴뚝의 균열이 화재의 원인이 아님이 밝혀졌지만, 죄스런 상상은 영원한 가책으로 남게 된다. 하지만 누구라서 죄의 무게, 존재의 무게로부터 벗어나고 싶지 않겠는가. 그리하여 선악의 세계를 넘어선 곳을 지향하게 된다. 뮤즈의 역할은 초월적 지향을 도와주는 일, 범인(凡人)에게 영웅의 옷을 입히는 일이다. 선악을 넘어서 광야에서 외치는 니체의 초인을 솔네스는 꿈꾼다. 그는 힐데에게서 '자유롭게 하늘을 나는 맹금류'를 본다. 그녀의 젊은 날개를 빌어 날아오르려 한다.

저택의 완공식에서 솔네스는 현기증 나는 높이의 첨탑에 오른다. "자유로운 창공을 날리라. 신에게 어떤 형벌을 받더라도 가장 높고 가장 아름다운 것을 짓고 말리라!" 새삼 경이로움에 찬 그의 뮤즈에게 던지는 물음. "힐데, 대체 넌 누구지?" "난 당신이 만든 존재예요." 오, 피그말리온! 한 발 한 발 오를 때마다 '더 높이, 더 높이'라는 힐데의 숨죽인 목소리가 들려오고, 첨탑 꼭대기에 화환을 걸었을 때 터져 나오는 세상의 환호. 위대함과 자유로움의 황홀경에 빠진 힐데의 연호. "장인 건축사 만세! 나의 장인 건축사 만세!" 그 외침의 파장에 흔들린 걸까, 더 이상 오를 곳이 없어 뒤돌아 내려다본 순간의 현기증 때문이었을까, 유일한 '건축가'인 신에 대항한 일개 '건축사'의 운명이었을까. 실족하고 마는 솔네스. 기겁하는 사람들. 충격에 빠진 힐데. 그도 잠시, 다시 살아나는 요정의 눈빛, 치명적인 뮤즈의 아스라한 속삭임, "나의, 나의 장인 건축사."

존 터토로의 〈장인 건축사〉: 에로스의 간계

이렇게 줄거리만 장황하게 늘어놓는 이유는 공연에 실망했기 때문이다. 감각적이고 영리한 연출이기는 했다. 요컨대 통찰보다는 감각이, 지성보다는 영리함이 돋보였다. 연출 안드레이 벨그라데 Andrei Belgrader는 '고전의 동시대적 재해석'에 역점을 두겠다고 밝히고 있지만, 재해석은 원작에 잠재된 에로틱한 뉘앙스의 노골화에만 주어진다. 솔네스와 힐데의 관계는 뮤즈의 영감보다는 육체적 교감이 훨씬 더 강조된다.

힐데의 도발적 몸짓과 농염한 어조는 한 평론의 말대로 그녀가 '공중의 성을 짓는 것보다 남자를 침대로 유혹하는 데 더 많은 관심을 가진 성탐닉증 환자'로 보이게 한다. 신비한 영감에 사로잡힌 시골 처녀 또는 초인을 부르는 숲의 요정이 아니라 정욕에 사로잡힌 남자를 희생물로 삼는 팜므 파탈로 전락하는 것이다. 터토로의 솔네스에게 야망과 죄의식, 구속과 자유의 틈바구니에서 고뇌하는 영혼이 부재한 건 아니지만, 그의 성적 적극성은 장인의 정신을 압도하고 만다. 파멸의 추동력을 영혼의 추구보다 육체의 정욕으로 범속화하고 마는 것이다. 입센의 극은 수수께끼들로 가득하다. 힐데가 말하는 과거의 일이 사실인지 어린 소녀의 트라우마적 판타지인지, 솔네스가 그 일을 정말 기억하는 것인지 무의식적 소망인지, 그들의 대화는 실제로 일어나는 것인지 솔네스 내면의 독백인지, 깊이 읽으면 분명한 게 하나도 없다. 그렇게 입센은 환상과 실재의 경계를 의도적으로 흐리고 있는 것이다. 이 공연은 원작의 의도적 모호함을 말끔히 제거한다. 현실과 환상의 애매한 경계, 영혼과 관능의 미묘한 접점을 보여주는 대신 인간을 지배하는 것은 현실이며 관능이라고 섣부르게 선언하고 만다.

그 선언에 햄릿은 반론을 제기할지 모른다. '인간이란 무엇인가? 일생을 먹고 자는 데 (그리고 섹스에만) 허비한다면, 인간이 짐승보다 나을 게 뭐란 말이냐. 인간을 빚어내고 앞과 뒤를 (현실과 꿈을) 함께 돌아볼 줄 아는 놀라운 능력을 준 (장인 건축가인) 신은 그 재능과 이성 (그리고 날개 단 상상력)을 곰팡이 슬도록 묵혀두라고 준 것은 아니다. 그런데 나는 짐승처럼 그것을 잊고 만 것인가.' 그것을 잊고 만 것은 햄릿이 아니라 브루클린의 장인 건축사였다. 모호함 대신 명징함, 신비감 대신 현실감, 영혼 대신 관능을 미덕으로 삼는 오늘날의 범속한 감수성이었다.

헨릭
입센
작품

장인 건축사

1. 〈장인 건축사〉 무대 세트
2-3. 에로티시즘의 전경화: 솔네스와 힐데

°°° 이스트
빌리지의

극장
골목

°
°

"많이 생각하고 적게 말하고 아무것도 쓰지 마라."

브루클린을 떠나 이스트 빌리지로 향한다. 공연은 〈아마겟돈의 늑대 여자객〉. 제목이 유치하게 들리긴 하지만 오프-오프-브로드웨이의 본산 라마마 극장을 찾는다는 데 의의를 두고 골랐다. 지하철에서 한 승객이 들고 있는 캔버스 가방의 잠언이 눈길을 사로잡는다. 카메라를 꺼내더니 아예 포즈를 잡아주는 센스 있는 여성! '팡스 물트, 파흘르 풰, 에크리 리엥'. 많이 생각하고 적게 말하고 아무것도 쓰지 마라. 두 번째까지는 좋은데 마지막 문구에 찔끔한다. 글로 먹고사는 사람한테 아무것도 쓰지 말라니.

거리엔 추적추적 비가 내리고 있다. 오전에 걸었던 웨스트 빌리지와 대칭되는 지역에 있는 이스트 빌리지. 거리 정경도 대조적이다. 깔끔하고 예쁘장한 웨스트 빌

이스트 빌리지 극장 골목

리지와 달리 웬지 정돈이 덜 된, 다소 번잡하고 허름한 느낌을 준다. 그럼에도 정감이 느껴지는 건 왜일까. 이스트 4번가에 들어서는 순간 이유를 알게 된다. 골목으로 들어서자마자 눈에 들어오는 수많은 공연장들! 이스트빌 코미디클럽, 크레인 극장, 레드룸 극장이 줄지어 있는가 하면, 라마마와 함께 오프-오프-브로드웨이의 흐름을 주도하는 뉴욕연극워크숍이 자리 잡고 있다.

라마마 극장 본관

오프-오프-브로드웨이 연극의 본산, 라마마 극장

라마마의 정식 명칭은 '라마마 실험연극 클럽'. 1961년 흑인 여성 패션디자이너 엘렌 스튜어트가 자신의 가게를 젊은 극작가들에게 연극 공간으로 제공하면서 시작되었는데, 이곳 첫 세대 극작가인 샘 셰퍼드, 장-클로드 반 이탈리, 랜포드 윌슨 등이 오프-오프-브로드웨이 운동의 기수가 되었고 1970년대에 들어서면서 미국을 대표하는 작가들로 성장함으로써 세계적 명성을 얻게 되었다. 1960년대 이래 브로드웨이가 미국 연극의 예술적 산실로서의 위상을 잃게 되고 오프-브로드웨이도 브로드웨이 진출을 위한 예비 무대의 기능만 수행하게 되었을 때, 예술로서의 연극을 지향하는 실험정신을 다시 불러일으켜 미국 연극을 상업성의 늪에서 벗어나게 하는 데 지대한 공헌을 한 것이 오프-오프-브로드웨이 극단들이며 그중에서도 가장 왕성하고 지속적인 활동을 한 것이 라마마이다.

정말 감동적인 스토리는 창립자 엘렌 스튜어트의 이야기다. '라 마마'라는 이름 자체가 '어린' 극작가들에게 어머니 노릇을 한 그녀를 지칭한다. 연극에는 문외한이나 다름없었지만 젊은 작가들의 열정과 재능에 대한 믿음으로 그녀는 그들의 보호자, 청소부, 펀드레이저, 공연기획자의 역할을 수행했으며, 자신의 디자인과 재봉사로서의 수입 전부를 들여 가난한 연극인들을 먹이고 재우기까지 했다. 오전에 만난 장인 재봉사 김홍렬 씨에 이어 만나는 또 하나의 재봉사/디자이너가 여기 있었다. 그러나 그녀는 장인으로 서의 꿈을 버리고 장인들의 양육자가 되었다. 그녀의 양육을 받아 자라난 극작가 반 이탈리가 말한다. '우리는 그녀의 새끼 극작가 들이었고 그녀는 알을 품고 앉은 어미닭처럼 우리를 품고 부화할 날을 기다리고 있었다.' 그런 그녀가 '장인 엄마'의 역할을 훌륭하 게 수행하고 작고한 것이 2년 전. 놀라운 것은 그 뒤를 이어 라마 마의 예술감독이 된 사람이 한국인 유미아 씨라는 것이다. 빅마마 를 잇는 리틀마마랄까. 그리고 그녀는 바로 극작가 유치진 선생의 손녀다!

박스오피스에서 티켓을 끊고 직원에게 유미아 감독을 뵐 수 있 냐고 물으니 주말엔 나오지 않으신다고. 한국에서 온 연극학자라 하니 전화를 연결해보겠다고 친절을 보인다. 로비에는 라마마의 족 적을 보여주는 공연 사진들이 즐비하다. 명성에 걸맞게 대부분이 전위연극의 풍모가 돋보이는 이미지들이다. 건물 내부는 세계적 명 성에 비해 초라하기 짝이 없지만, 어디 번듯한 극장에서 혁명적인 연극이 나오는 적이 있던가. 본관은 소극장 둘과 갤러리 하나를 수 용하고 있고, 부속건물에 있는 엘렌 스튜어트 극장이 주공연장이 다. 직원이 전화를 연결해준다. 세련된 도시풍의 어조인데 묘하게도 거친 결이 묻어나는 음성, 이를테면 모던한 신기(神氣)가 느껴지는 목소리다. 2주 후쯤 일정을 잡기로 하고 통화를 끝낸다. 호기심에

찬 직원이 묻는다. "유 감독님이 한국의 유진 오닐의 손녀라는 게 사실인가요?" 누가 유치진 선생을 그렇게 소개했나 보다, 아주 적절하게.

이스트 4번가의 장인 피혁공

공연까지는 한 시간 반 남짓. 4번가를 따라 걸으니 또 만나게 되는 공연장 듀오 다문화 예술센터의 포스터가 눈길을 끈다. 전라의 남성이 조각상 포즈를 잡고 있는 이미지 위로 '쿠바 출신 성중독자의 고백'이라는 제목이 있고, '전직 남창이자 예술가이자 성적 무법자인 작가의 꾸밈없는 이야기'라는 설명이 더해져 있다. 왠지 허접한 느낌이지만, 그러나 어찌 알랴, 이것이 내일의 예술적 혁명의 도화선이 될지. 발걸음을 떼자마자 눈길을 사로잡는 쇼윈도. 앗, 오이디푸스다! 고대 그리스풍으로 느껴지는 샌들을 신은 발이 눈에 쑥 들어온 것이다. 〈오이디푸스 왕〉을 읽은 이후로 사람의 발에 눈길이 가곤 했었다. 무용수 강수진의 발에 매혹당한 것은 물론이고. 가만 보니 주인공은 발이 아니라 샌들, 정확하게는 가죽이었다. 가게 이름은 바바라 숌 수제가죽 전문점. 〈햄릿〉의 무덤지기 광대가 말했지, '보통 시체는 썩는 데 8년 걸리지만 피혁공은 9년은 족히 걸린다'고. 왜? '짐승 가죽을 주무르다 보니 제 살가죽이 짐승처럼

바바라 숍 수제가죽 전문점

두꺼워져서.' 창을 통해 피혁공들이 보인다. 할머니와 두 젊은 여성이다. 일에 몰두해 있는 모습에 들어가 말을 거는 대신 창을 통해 그들을 지켜본다. 아, 노파 장인과 처녀 도제들이로구나. 재봉사 셋과 건축사 하나, 그리고 피혁공에 이르기까지 오늘 만나는 장인이 다섯에 이르렀다. 배낭에는 장인 극작가 셰익스피어의 번역 원고까지 있으니 도합 여섯인가.

〈아마겟돈의 늑대 여자객〉: 몸의 액션과 언어의 액션

엘렌 스튜어트 극장에 들어서니 아시아계 관객들이 적지 않다.

극장 내부는 덤보의 세인트 앤즈 웨어하우스와 무척 닮았다. 계단형 객석이 깊은 무대 공간을 내려다보고 있다. 무대 측면의 밴드가 모던 재즈와 동양적 운치를 함께 담은 음악을 연주하면서 공연이 시작된다. 조명이 들어오면 족자에 붓으로 흘러내리듯 쓴 것 같은 붉은 서예체 한자들이 무대 바닥을 대각선으로 가로지른다. 극이 진행되면서 칼날에 새겨진 각인임을 알아차린다. 같은 붉은색 밧줄들이 공중을 이리저리 교차하며 가로지르고 있다. 조명 변화에 따라 움직이는 것 같은 착시를 유발하는 이 줄들은 휘두르는 칼날의 궤적이 된다.

극은 미국인들에게도 익숙한 사무라이 만화영화의 전형적인 이야기다. 실제로 미국에서 1970년대부터 애독되고 있는 만화 〈외로운 늑대와 새끼〉가 출전이라고 프로그램에 소개되어 있다. 에도 시대의 쇼군은 자신의 살인 지령에 불복하고 충성 서약을 저버린 '외로운 늑대'라는 별명의 자객을 제거하기 위해 책사 이아고(셰익스피어의 '이아고'를 변형)에게 임무를 맡긴다. 숱한 자객들이 동원되지만 어린 아들을 한 팔에 끼고 싸우는 외로운 늑대의 뛰어난 검술에 모두 실패하는 장면들이 현란한 검술로 펼쳐진다. 이아고는 비밀 병기를 꺼내든다. 이름 하여 '늑대 여자객.' 그녀의 정체에 극의 플롯, 최소한의 휴먼 스토리가 있다. 각각 책사와 자객의 길을 걷기 이전, 이아고와 외로운 늑대는 친구였다. 이아고의 아내는 외로운 늑대와 사랑에 빠져 그의 자식을 잉태한다. 친구의 배신을 알게 된

라마마
극장

아 마 겟 돈 의 늑 대 여 자 객

1. 무대 세트. 피와 칼날의 궤적들
2. 내레이터 역의 마리나 셀린더

이아고는 아내를 베어버리고 태어난 여아를 자객으로 키우게 된다. 여자객의 등장이 다른 자객들과의 대결을 통해 하이라이트된다. 정통 검술이 아니라 부채와 붉은 천을 무기로 삼은 미학적 살인의 고수인 그녀의 몸놀림은 올림픽 리듬체조 선수 뺨칠 정도.

그녀가 외로운 늑대를 그림자처럼 추적하며 기회를 노리는 동안, 쇼군은 거금을 들여 자객 군단을 고용한다. '아마겟돈 그룹', 국제적 킬러들의 집합체다. 세 명의 대표선수가 파견되어온다. 소림사를 중퇴한 살생 스님, 개척시대 미국의 인종 청소기 커스터 장군을 닮은 미군 대령, 아프리카 최고의 격투 노예. 세 명의 전사들이 각각 다른 살인 스타일을 뽐내며 등장한다. 그러나 이들도 외로운 늑대를 이기지 못한다. 하지만 그도 적지 않은 부상을 입게 된다. 그러는 동안 이 유혈 낭자한 국제적 전쟁의 배후에서는 이아고의 음모에 의해 쇼군의 암살이 이루어지고 그 결과 전면적인 내전이 발발한다. 그야말로 아마겟돈이 시작된 것이다.

최후의 전쟁이 어떤 미래를 가져올지는 늑대 자객과 여자객, 부녀의 격돌에 의해 결정될 것이다. 여자객은 외로운 늑대가 친부임을 알게 된다. 그래서 부상당한 몸으로 아프리카 격투사와 힘겨운 대결을 벌이고 있는 그를 돕는다. 그러나 그녀에게는 그를 죽이고 자신도 죽어야 피의 시대가 가고 새로운 시대가 오리라는 믿음이 있다. 아버지를 죽이고 그녀는 어린 의붓동생이 든 칼에 몸을 던진다. 그러나 홀로 남는 동생이 다시는 칼부림을 하지 않을 거라는 전망은 피로 각인된 칼날의 길이 열려 있고 핏빛 밧줄이 여전히 허공을 거머쥔 무대 위에서는 찾아볼 길 없다.

공연 내내 현란한 무술의 스펙터클과 자극적인 음악은 압도적이었지만 정작 여행자의 관심을 더 강하게 끈 것은 따로 있었다. 폭발적인 몸짓으로 무대를 장악한 늑대들에게는 기합 소리 외의 대사가 없다. 대신, 10여명 인물의 목소리를 한 명의 여성 내레이터가 도맡는다. 전지적 시점에서 스토리를 들려줄 뿐 아니라 각 인물의 캐릭터와 감정선을 고스란히 음성화하는 그녀는 내레이터가 아니라 무성영화의 변사에 가깝다. 대사뿐 아니라 인물의 동작선까지 함께한다는 점에서 그들의 분신이기도 하다. 이 아시아계 여배우는 내레이터로서의 단아하면서도 깊은 울림을 가진 음성, 외로운 늑대의 돌같이 단단한 음성, '이아고'다운 간교하고 교활한 뱀의 마찰음, 철선 같으면서도 풍부한 정감을 가진 여자객의 미묘한 음색과 어린 아들의 청아한 목소리는 물론, 쇼군과 아마겟돈 전사들의 코믹한 특성을 일일이 색다른 음조로 표현해낸다. 직접 무술을 하지 않는다 뿐이지 공연 내내 퇴장 한 번 없이 무대를 누비는 것이 그녀다. 커튼콜의 가장 열렬한 박수갈채가 그녀에게 주어진 것은 당연한 일이다. 몸의 액션보다 더 강력한 언어의 액션!

기립박수를 보내는 관객들. '서양' 관객의 생각이 궁금하다. 옆자리에서 기립박수를 치는 두 여성에게 순진하게 물어본다, "저 내레이터가 주인공인가요?" 70대의 은퇴 교사이며 영화와 연극광이라는 조이와 크리스티가 날리는 멘트는 자신만 전문가라 생각했던 여행자를 깜짝 놀라게 한다. 조이 왈. "어떤 면에선 그렇지요. 극적 행동과 인물들 안팎을 넘나든다는 점에서 분명히 브레히트적인 설화자이지요." 브레히트! 조이의 전문 용어를 이 동양인 남자가 이해하지 못했을 거라는 생각에 크리스티가 친절하게 덧붙인다. "인물을 연기할 때는 몰입하고 우스운 코멘트를 던질 때면 거리감을 갖는다는 말이에요." 오, 이런 할머니들이 한국 연극의 관객이 될 날은 언제 오려는가!

포트오소리티 버스 터미널 건너편 주점 '비어 오소리티' 바에 앉아 오늘의 여정을 끄적이려고 수첩을 펼친다. 옆자리의 40대 백인 남자가 묻는다, "어디서 오셨는지?" 한국이라고 하니 대뜸 리듬을 넣어 "강남 스타일!"을 외친다. 몇 년 전 서울을 방문했었다고, 소공동, 홍대, 소주를 연발한다.

훨씬 점잖아 보이는 동행자가 친구의 너스레를 끊으며 인사를 건넨다, 애틀랜타에서 온 변호사 잭이라고. 악수를 하며 말을 잇는다, 한국 사람에 대한 인상이 참 좋은데 자신의 고객 한 사람 때문이라고. 인품이 정말 훌륭한 그 사람은 '태권도 마스터'라고. 아, 마지막까지 쫓아온 장인이여!

비어 오소리티

광인과
천재의
날개를
타고

〈맥베스〉
〈손택, 다시 태어나다〉

°°°　　1인극의　　　　　　　날
°
°

타임스 광장을 내려다보는 거대한 눈

오늘 볼 공연은 〈맥베스〉와 〈손택, 다시 태어나다〉. 브로드웨이의 〈맥베스〉는 스코틀랜드 출신 유명 배우 앨런 커밍이 등장인물 전부를 연기한다고 해서 화제가 된 1인극이고, 오프-오프-브로드웨이 뉴욕연기워크숍의 〈손택, 다시 태어나다〉는 미국의 대표적 문필가 수잔 손택의 일대기를 그녀의 일기를 바탕으로 재구성한 역시 1인극이다. 고로, 남성 배우 1인극과 여성 배우 1인극을 하루에 만나게 된다. 왜 1인극인가. 이 여행이 시작된 이래 본 1인극이 오늘 두 편을 합치면 다섯 편에 이른다. 나름의 답은 '내 속에 내가 너무 많다는 우리 가요 〈가시나무새〉가 일찍이 예견한 포스트모더니즘, 그 미명하에 제작 경비를 절감하고 수익을 최대화하려는 잔꾀.'

TKTS의 장난꾸러기, 또는 안전담당 부국장

〈맥베스〉는 최근 브로드웨이 관객상, 주연상을 포함한 몇 부문을 수상해 관객몰이를 하고 있으니 표가 일찍 동날 수도 있다. 버스 터미널에 내리자마자 TKTS를 향해 뛰기 시작한다. 관광객들로 넘쳐나는 일요일의 타임스 광장을 가로질러 매표소 앞에 도착한다. TKTS 부스 건너편 건물의 광고판이 눈길을 끈다. 저 거대한 눈은 광장을 가득 메운 인파를 감시하는 빅 브라더인가.

평소에는 뮤지컬 티켓 라인에 비해 훨씬 한적한 연극 전용 티켓 라인이 오늘은 많이 붐빈다. 서둘러 줄에 합류하려는데 안내원이 차단봉 벨트를 걸며 가로막는다. "마티네 티켓 판매는 종료되었습니다." 언제까지냐는 다급한 반문에 무심한 어조로, "1시 30분인데 현재 1분 남았습니다." '지금이라도'라고 호소하려다 차단선 안쪽의 10여 명이 넘는 대기자들을 보고 포기한다. 한숨 소리가 유난히 크게 들린 걸까. 안내원이 종지부를 찍듯 덧붙인다. "51초 남았어요." 그런데, 그러면서 차단선을 열어주는 게 아닌가! 순간 어리둥절해졌지만 일단 줄에 들어서고 본다. 빙그레 웃는 안내원. "마티네 티켓 판매는 3시까진데, 당신이 하도 간절히 표를 원하는 것 같아 장난 좀 쳤어요."

악수를 하고 짧게 내 소개를 하니 명함을 건네온다. "연극발전기금/ 대릴 러브/ TKTS 안전담당 부국장." '연극발전기금'은 브로드웨이 극장주들과 뉴욕시가 기금을 출연하여 운영되는 기관이다. 안전담당 부국장님 덕택에, 아니 방해에도 불구하고, 〈맥베스〉 티켓을 구했다. 대릴 러브, 검은 테디 베어 같은 이 친구를 사진에 담으려고 뒷걸음치다 보니 도로에 들어선 모양이다. 또 농담이다. "저런, 그러다 차에 치이진 마세요. 내가 명색이 여기 안전요원인데."

TKTS 안전담당 부국장
대릴 러브

맥베스, 또는 앨런 커밍

47번가 에델 배리모어 극장. 가슴에는 '맥베스,' 이마에는 자기 이름을 새긴 앨런 커밍이 사이코스러운 눈빛으로 길목을 들어서는 행인들을 주시하고 있다. 그 얼굴이 악령에 사로잡힌 해리 포터 같다. 극장 외벽에는 〈연합통신〉의 리뷰가 내걸려 있다. 보통은 최고 권위지인 〈뉴욕 타임스〉 자리인데 좀 짠 평가를 줬나 보다. 다른 벽면에는 여러 리뷰들의 찬사들이 공연 사진들 위에 보증수표 서명처럼 찍혀 있다. "완벽한 승리. 어두운, 내장을 쥐어짜는, 위풍당당한 연극이 뭔가를 보여주는 공연. 눈부신 앨런 커밍," "현란하고 현혹적인, 연기력이라는 용어 자체를 재정의해주는, 한 순간도 눈을 뗄 수 없는," "위대한 셰익스피어 비극의 철저한 재구성" 등등. 브로드웨이 연극평론의 흥분된 어조를 익히 아는 터라 액면 그대로 받아들일 순 없지만, 이 문구들을 눈으로 쫓다보면 덩달아 흥분되는 법. 근처 카페에서 샌드위치로 점심을 때우고 돌아오니 공연 30분 전, 극장 앞은 인산인해를 이루고 있다.

무대를 일별하니 영락없는 정신병동이다. 창백한 녹색과 청색이 섞인 조명이 타일로 덮인 벽면에 반사되어 객석에까지 병색을 짙게 드리운다. 광택 나는 타일 벽이 입원실보다는 수술실에 가까운 분위기를 자아낸다. 날카로운 수술용 집기들이 어딘가 감춰져 있을 것만 같은 느낌이 드는 것은 철제 침대와 휠체어를 비롯해 차가운

위. 에델 배리모어 극장의 <맥베스> 현판
아래. 극장 벽면의 리뷰 보드

스테인리스 재질이 무대 곳곳에 배치되어 있기 때문이다. 고문실, 바로 그 느낌이다. 무대 뒷벽 중앙에 있는 커튼이 처진 큰 감시창이 수술실 또는 경찰 조사실의 느낌을 더해준다. 우측 벽면에 설치된 계단은 병실에 지하의 느낌을 부여한다. 계단 위 반쯤 열린 문으로부터 조명이 병실 안으로 떨어진다. 무대 천장에 LCD 스크린이 세 개 나란히 걸려 있다. 좌, 우, 중앙 벽면 상단부에는 폐쇄회로 카메라 세 대가 설치되어 있다. 그러고 보니 침대도 셋, 출입문도 셋, 벽면 곳곳의 환기구도 셋. 오, 치명적 유혹의 마녀도 셋이렷다!

안내방송이 흐른다. "사진 찍지 마세요, 모든 전자기기는 끄세요." 이상하게도 늘 듣던 미국 억양이 아니라 또렷한 영국식 억양이다. 셰익스피어라고 그러나? 극장 운영까지도 스코틀랜드 공연 팀이 인수를 했나? 궁금증은 공연이 시작되고 배우가 맥베스의 대사를 읊조리기 시작할 때 풀렸다. 좋게 말하면 세련되고 나쁘게 말하면 얌체같이 매끈한 잉글리시 액센트와 달리 이 맥베스는 거칠고 야성적인 음감의 스코틀랜드 액센트로 말하는 것을 대비·강조하기 위한 장치였던 것. 무대와 객석 조명이 내려간다. 어둠 속 치직, 치직, 잡음 섞인 무전 음향이 들린다. 전투 상황의 무전 교신 같은데 사람 명단을 반복하고 있다. 맥베스의 스코틀랜드 군과 왕자 말콤이 몰고온 영국군 사이의 전투 사상자 명단? 맥베스의 블랙리스트에서 하나씩 지워져간 피살자들의 이름?

정신병동의 한 남자와 두 도우미

조명이 들어오면 수갑을 찬 흐트러진 양복 차림의 남자, 나이든 깡마른 여의사, 덩치 큰 남자 간호사가 서 있다. 넋 나간 표정의 남자의 하얀 셔츠에는 피가 묻어 있고 목에서도 피가 흐른다. 남자는 간호사의 도움으로 수갑을 풀고 옷을 벗는다. 왜소하고 홀쭉한 체구. 벗겨진 옷을 간호사는 '증거물'이라고 적힌 봉투 안에 넣는다. 환자복으로 갈아입은 남자에게 다가온 의사는 DNA 채취를 위해 솜 봉으로 그의 입안을 훑고 피 흐르는 목의 상처도 닦아준다. 갈고리같이 세 갈래로 찢어진 큼지막한 상처가 목과 가슴 위로 드러난다. 남자가 들고 있는 봉투도 있는데 간호사가 증거물 봉투와 함께 가져가려 하자 가슴에 품고 놓지 않는다. 간호사는 포기하고 남자를 침대 위에 누인다. 의사와 간호사는 입술만 움직일 뿐 말소리는 내지 않는다. 1인극이다, 이거지? 의사와 간호사가 출구 계단을 오를 때, 남자가 멍한 표정으로 말한다. "우리 셋 언제 다시 만날까?"

태아처럼 웅크린 채 잠 못 드는 환자. 무전 음향이 다시 병실을 가득 채운다. 벌떡 일어나 돌아다니는 환자. 세 침대에 번갈아 앉아보고, 휠체어를 굴려보고, 욕조를 들여다보고, 세면대 거울을 응시하고, 세 출구와 세 환기구를 확인해보고, 계단 아래 널브러진 인형을 만져보기도 한다. 천장에 설치된 감시카메라 셋의 존재를 알아차린다. 그러는 동안 뒷벽의 감시창 커튼이 걷히면 의사가 지켜보고 있다. 형광 조명이 아래에서 비추는 의사의 얼굴은 음산하기 짝이 없다. 맥키트릭 호텔에서 만났던 망루의 간호사를 닮았다! 환자가 의사의 지켜보는 눈길을 의식하고 침대로 돌아가 눕는다.

LCD 스크린 셋이 치직, 치직, 깨진 화면으로 뿌옇게 밝아온다. 화들짝 일어나 무대 중앙으로 치닫는 남자, 안개 낀 황야에 들어선 맥베스가 된다. 주머니에서 사과를 꺼내들어 던지고 받고 하면 동료 뱅코우가 되기도 한다. 그(들)에게 세 마녀가 나타난다. 아니, 세 대의 감시카메라가 작동하면서 무릎을 꿇고 "맥베스 만세!"를 외치는 남자를 각각 다른 각도에서 비추면 그것이 곧 마녀들이다. 뱀같이 쉭, 쉭 소리를 내며 각도를 바꾸는 카메라가 남자의 얼굴을 스크린에 띄울 때, 멍한 얼굴로 있던 그의 표정에 마녀의 신기(神氣)가 스며든다. 감시창을 통해 간호사가 지나갈 때 남자가 목소리를 바꿔 "코도 영주 맥베스"를 부르면 간호사는 자신도 모르는 새에 왕의 전령이 된다. 남자가 휠체어에 앉아 다리를 꼬고 코맹맹이 소리로 맥베스와 뱅코우를 맞이하면, 살짝 노망기가 느껴지는 덩컨 왕. 왕의 후계자 선포에 남자는 바닥에 나뒹굴던 인형을 집어 추켜세운다. 복화술사처럼 인형에 목소리를 입히면 왕자 말콤이다.

남자가 옷을 훌훌 벗고 전라의 뒷모습으로 사뿐사뿐 욕조로 들어간다. 욕조 머리맡에 놓인 편지를 집어들고 읽기 시작하면, 레이디 맥베스가 된다. 와인글라스를 들고 욕조 깊이 몸을 담근 그/녀는 나른해진 목소리로 남편의 "가장 빠른 길을 택하기에는 너무도 유약한 성격"을 걱정한다. 감시창으로 간호사가 다시 지나가면, 불쑥 스피커를 타고 울려 퍼지는 음성. "왕께서 오늘 밤 오십니다!" 그 한마디가 욕조 물에 전류가 되어 흐른 듯 벌떡 일어나 앉는 레이디 맥베스. 환기구를 통해 멀리서 들려오는 까마귀 소리. 감전의 충격이 서서히 온몸에 퍼지는 듯 다시 욕조로 몸을 누이며 "살인의 영"을 부르는 그녀. 그리곤 두 다리를 벌려 욕조 위에 걸치면서 내뱉는 희대의 명대사. "여자의 혼을 지워다오." 그/녀의 기막힌 자웅 동체적 에로티시즘!

배우의 자웅동체가 보다 코믹하게 드러나는 것은 맥베스가 당도하면서다. 욕조에서 뛰어나오면서 흰 타월을 수평으로 허리춤에 대고 말한다, "사랑하는 이여, 덩컨이 오늘 밤 여기 온다오." 타월을 수직으로 가슴께로 올리면서, "그리고 언제 떠나지요?" 다시 허리춤으로 내려가 하반신을 가리는 타월, "내일." 다시 가슴께로 올라가는 타월, "오, 태양은 내일을 다시 보지 못할 거예요!" 수직과 수평으로 움직이는 타월이 성을 창조하는 기막힌 장면에 객석은 폭소의 도가니! 아쉽게도 폭소 속에 실종되는 것은 이 환상의 커플이 한 걸음 한 걸음 지옥의 계단을 내려가는 발자국 소리.

기발한 발상에 의존하는 공연은 기발함이 조금이라도 둔해지면 지루해지는 법. 환상 중에 허공의 칼을 잡으려 하는 장면에는 스크린 이미지가 동원되고, 공포에 질린 남편에게 기를 불어넣으려는 성교 장면에는 배우 혼자 상위와 하위를 오가는 열심을 다했음에도 불구하고, 이 장면들은 평범한 스토리텔링에 그치고 만다. 다만 까마귀 울음소리가 멀리서가 아니라 환기구 바깥 입구에 와서 부딪힌 듯 퍼덕이는 날갯짓 소리에 섞여드는 것이 불길함을 자아낼 뿐, 어둠 속 적외선 망원경에 비치는 것 같은 스크린의 뿌연 이미지로 보이는 살해 장면도 익히 아는 분위기를 벗어나지 않는다. "맥베스는 잠을 죽였다. 맥베스는 다시 잠들지 못한다."라는 절규와 함께 조명이 들어왔을 때, 온통 피투성이인 배우의 손과 팔은 잔혹과 공포를 일깨우기보다 연출의 영리함을 말해줄 뿐이다

기발함의 부족과 함께 작품의 완결성에 의심을 품게 한 것은 그 피의 알 수 없는 출처는 물론, 무엇보다 이 남자와 맥베스의 관계를 알 수 없다는 것. 살인을 저지르고(?) 정신병원에 수감된 남자가 착란 상태 속에서 자신의 손목을 그은 것이라는 생각이 들면서 〈맥베스〉의 허구와 남자의 현실이 융합되는 감동이 발생할 뻔도 했지만, 비상벨이 울리고 의사와 간호사가 뛰어 들어와 환자에게 진정제 주사를 놓고 피를 닦아냈을 때 아무 이상 없는 그의 몸은 손에 묻었던 피가 연극적 소도구에 지나지 않았다는 깨달음만 휑하니 남겼을 뿐이다. 환자의 내막은 미궁에 빠지고 그의 망상 속에 존재하는 〈맥베스〉의 현실감은 희미해지고 만다. 더 아쉬운 것은 후속 장면들에서 그 미궁이 관객을 손짓해 부르고 셰익스피어가 창조한 어둠의 현실감이 깊어지기보다, 공연 전반부와 마찬가지로 매우 기발하거나 덜 기발하거나 때론 진부한 발상을 오직 배우의 화려

한 현존을 빌어 과시하고 있을 뿐이라는 점이다.

그러나 진부함과 참신함, 충격과 무덤덤함, 감동과 무미건조함의 경계를 뚫고 가슴을 찌르는 연극적 순간들이 있다. 뱅코우 살해 지시 후 맥베스의 고통에 찬 일성, "오, 내 마음은 독을 품은 전갈들로 가득해." 그 순간 내 가슴 속에 스멀거리는 전갈을 느꼈다. 전갈이 뿜어낸 독이 혈관을 타고 흐르는 것 같은 느낌. 왜 그랬을까? 맥베스에, 또는 맥베스의 망상에 사로잡힌 남자에 못지않은 영혼의 고통이 내게도 있단 말인가. 어쩌면 전갈은 한 관객의 주관적 경험만은 아닌 모양이다. 남자의 목에서 가슴으로 이어진 세 갈래로 찢어진 상처가 바로 전갈의 형상을 닮아 있다.

미래를 들여다보기 위해 마녀들을 다시 찾은 맥베스를 맞이하는 것은 이미 익숙해진 감시카메라와 스크린 세 쌍이다. 그런데 가마솥을 끓이는 마녀들의 주문을 스크린에 비친 남자가 외치는 동안 까마귀의 퍼덕거리는 세찬 날갯짓 소리가 부글부글 끓는 가마솥 소리를 대신한다. 주문을 소리 높이 외치며 환기구들을 벌컥벌컥 열어젖히는 남자는 포획한 까마귀의 배를 억센 손아귀로 찢어발기고 내장을 꺼내기 시작한다. 한 움큼 핏덩어리가 나오면, "여자에게서 난 자 맥베스를 결코 이기지 못하리라." 또 한 움큼, "버넘 숲이 움직이지 않는 한 맥베스는 패배하지 않는다." 마지막으로 창자처럼 길게 빠져나오는 핏줄에는 그만큼 길게 이어질 뱅코우의 후손들에 대한 예언이 주어진다.

맥베스

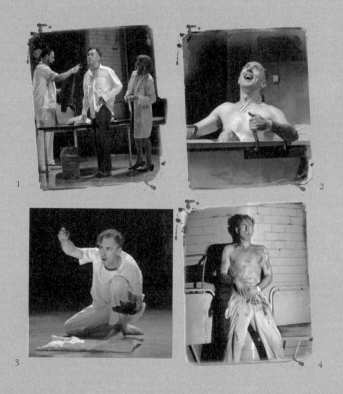

1. 정신병동에서
2. 욕조 속의 레이디 맥베스
3. 까마귀 내장에서 미래를 읽는 마녀
4. 레이디 맥베스의 몽유 장면

암울한 미래에 대한 절망이 맥더프 가족의 살해로 이어질 때, 또 한 번 이 남자의 내막이 표면에 떠오를 계기가 온다. 자객과 맥더프 부인의 역할 전환은 다시 자웅동체의 연기로 쉽게 수행되지만 어린 아들을 살해하는 장면은 다르다. 어린애를 재현하기 위해 남자가 집어 드는 것은 간호사에게 넘기길 거부했던 봉투에서 꺼내는 작디작은 스웨터. 스웨터를 욕조에 몇 번이고 처박으면서 익사시키는 남자의 눈에 아연 물빛이 감돈다. 숨을 거둔 것을 확인한 뒤 스웨터의 물을 짜며 울먹인다. 그는 아동 살해범이었나. 그것도 자신의 핏줄을 죽인?

침대에 누워 눈을 감는 남자의 모습이 스크린에 떠오르면 무대 위에는 아무도 없지만 영상은 정체불명의 사내가 침대 곁에서 남자를 내려다보고 있는 모습을 비춘다. 저건 누굴까? (그러니 이건 실시간 영상이 아니라 미리 녹화된 영상이다.) 그때 감시창에 의사와 간호사가 나타나고 남자의 녹음된 목소리가 전의와 시녀의 대화를 주고받으면, 그렇다, 맥베스 부인의 몽유 장면. 침대 위의 그가 그녀임을 깨닫는 순간, 영상의 내려다보는 남자는 살해된 덩컨 왕의 얼굴에 겹쳐진 그녀의 아버지가 된다. 침대에서 몸을 일으킨 그/녀는 욕조로 다가가 청소용 솔을 집어들고 온몸을 벅벅 문지른다. "지워져라, 빌어먹을 핏자국! 제발 지워져!" 그 거친 솔로 피 칠갑을 한다.

명대사 '내일, 내일, 또 내일' 독백은 스코틀랜드 억양 외에 다른 참신함은 없지만, 마지막 맥더프와의 대결은 흥미롭다. 욕조 안에서 이루어지는 '두' 전사의 싸움에는 미묘한 이중성이 있다. 물속에서 교살당한 아들에 대한 복수로서 맥더프가 맥베스의 얼굴을 눌러 익사시키는 것이지만, 또 한편으로는 맥더프가 곧 맥베스이므로 자살처럼 보이기도 한다. 욕조 밖으로 삐져나온 두 다리가 질식의 고통으로 경련하는 것과는 대조적으로, 동시에 스크린에 비친 얼굴은 고요히 물속에 잠겨 잠이 드는 것처럼 보이기 때문이다. 죽음을 통해서야 비로소 잠잘 수 있다는 듯이. '죽는다, 잠든다, 그뿐'이라고 속삭이는 햄릿의 목소리가 아스라이 들리는 것 같다. 잠의 평온이 〈맥베스〉의 망상에 사로잡힌 저 남자에게 깃들기를.

그 소망을 공연은 깨고 만다. 스크린의 물속에 잠긴 평온한 얼굴이 번쩍 눈을 뜬다. 다시 살아난 맥베스가 아니라 승자 맥더프다. 욕조에서 뛰어나온 그는 인형을 휠체어에 올려놓고 무릎을 꿇는다. "스코틀랜드 왕 말콤 만세!" 감시창에서 환자의 익사 시도를 발견하고 비상벨을 울리며 달려나갔던 의사와 간호사가 황급히 뛰어 들어온다. 휠체어 앞에 쓰러져 있는 남자를 침대에 눕힌다. 그들이 다시 출구 계단을 오를 때, 반쯤 몸을 일으킨 남자가 말한다. "우리 셋이 언제 다시 만날까?" 박수갈채. 더러 기립박수도. 두 번째 커튼콜 후 잦아드는 박수소리에도 불구하고 세 명의 배우는 세 번째 커튼콜을 감행한다. 그래, 끝까지 3이다! 극장을 빠져나오려는데 인파가 장난이 아니다. 겨우 몸을 빼서 거리로 나서니 벌써 공연 관계자 출입문 앞에는 스타의 사인을 받으려는 팬들로 장사진을 이루고 있다.

배우, 광인, 또는 에고매니아

타임스 광장에 도착했을 때 흘깃 본 광고판이 새삼 다시 눈에 들어온다. 여권 사진으로 모인 인간 군상이 스타 배우에 환호하는 브로드웨이 관객이라면, 거대한 눈은 감시하는 '빅 브라더'라기보다 팬들의 다중인격을 품고 하늘을 올려다보는 거대한 에고, 곧 과대망상에 사로잡힌 배우의 눈이다. 셰익스피어 최고의 과대망상 환자는 〈한여름밤의 꿈〉의 보텀일 것이다. 모든 역을 도맡아 하겠다는 그가 오늘날 환생했으니, 바로 배우 앨런 커밍이다.

커밍의 〈맥베스〉에는 극적 필연성이 없다. 다중인격 장애도 아니고, 수감된 남자의 사연은 미완의 상태로 남는다. 그것은 포스트모던 예술의 특징이라기보다 고전의 철저한 재구성을 성취하지 못한 예술적 실패로 읽힌다. 맥베스/남자의 야망과 죄의식을 보여주기보다 배우의 야망과 함량 미달 사이의 틈을 보여주기 때문이다. 한마디로 커밍의 〈맥베스〉는 진지한 예술가로서의 배우와 과시욕에 사로잡힌 쇼맨 사이의 갈등이다. 어서 저 거대한 눈에서 벗어나자. 브로드웨이에서 오프-오프-브로드웨이로 가보자. 남성 1인극의 자아도취에 대해 여성 1인극은 어떤 대안을 제시할까.

○○○　반문화운동의 고향
이스트 빌리지,

수잔 손택의

부
활

○
○

뉴욕연극워크숍 입구

라마마 바로 앞 뉴욕연극워크숍으로 간다. 공연은 〈손택, 다시 태어나다〉. 1950년대만 해도 오늘날 우리가 상상할 수 없을 정도로 보수적이던 미국사회가 1960년대에 접어들면서 사회적 패러다임 의 코페르니쿠스적 대전환이라 할 만한 반문화운동을 겪게 되었을 때, 새로운 세대를 대변하는 스타 문필가로 등장하여 20세기 후반 내내 미국의 대표적 지성으로 자리매김했던 수잔 손택의 일기 〈다시 태어나다〉를 모 안젤로스가 각색·출연한 작품이다. 지하철에서 내리자마자 열심히 뛰기 시작한다. 일요일 저녁 공연에는 한정된 수량의 20달러짜리 티켓이 있기 때문이다. 헉헉대며 극장에 들어서 니 차분한 인상의 아가씨가 박스오피스를 지키고 있다. 싼 티켓을 구하기 위해 죽자 사자 뛰어왔다는 장난 섞인 말에도 표정 변화 하나 없이 차분하다 못해 서늘하게 대꾸한다. "20달러, 현찰로만요." TKTS의 장난꾸러기 대릴 러브 씨가 그리워진다.

이스트 빌리지를 둘러보기 위해 거리로 나선다. 이스트 7번가 에는 비언어 퍼포먼스의 원조인 〈스톰프〉 전용 극장이 있다. 말하자 면 서울 정동의 〈난타〉 전용 극장 같은 곳. 전위연극의 대부 리처드 포어먼의 존재론적 히스테리 극단도 근처에 있다는데 주소라도 알아올 걸 그랬다. 이스트 빌리지는 1950년대에는 비트족들이, 1960년 대에는 히피족은 물론 대학생, 화가, 뮤지션, 연극인들이 들어와 반 문화운동의 본산이 된 곳이다. 1960년대 말에는 반전시위와 폭동이 끊이지 않던 이곳에서 오프-오프-브로드웨이 연극, 대안문학 운동,

저항적인 록밴드들이 탄생한 것은 어쩌면 당연한 일이다. 그러고 보면 1960년대 세대의 대변인이요 반문화운동의 기수였던 손택에 관한 작품을 이곳에서 상연한다는 것 자체가 특별한 의미가 있다.

이스트 8번가의 쿠퍼 광장에서 '빌리지 보이스' 사옥을 만난다. 진짜 뉴욕 문화를 알려면 〈뉴욕 타임스〉가 아니라 〈빌리지 보이스〉를 읽으라는 말이 있듯이, 1950년대 말에 설립된 이 지역신문은 반문화운동의 공식적 언로가 됨으로써 일약 전국적인 유력 언론으로 성장했다. 브로드웨이 최고의 연극상이 토니상이라면 오프와 오프-오프-브로드웨이 최고연극상인 오비상을 주관하는 기관이기도 하다.

질풍노도의 세대를 만나다

극장 로비는 이미 사람들로 넘쳐나고 있다. 관객 대부분이 연로한 분들인데 묘하게 단순한 교양미를 넘어서는 뭔가가 느껴진다. 미국 최고 지성으로 불린 손택의 생애를 그린 작품을 보러온 사람들이라는 선입견 때문인가. 손택에게 곧잘 따라붙는 미국사회의 '마지막 공공 지식인'이라는 호칭은 내게 개인적인 의미가 있다. 1990년대 중반 유학 시절, 한 교수로부터 '손택의 에세이가 중산층 가정의 거실 테이블 위에 흔히 발견되던 시절'에 대한 소회를 들은 적이 있다. 1960년대 말 대학생이었던 그의 회고에는 비평적 담론과 교양 계층 사이의 간극이 그리 넓지 않았고 인문학이 시민사회 전반에 정신적 양분을 제공하던 시절에 대한 향수가 배어 있었다. 그리고 자신이 가르치는 유럽 비평 이론이 1970년대에 미국에서 득세한 이후 그 전문적 난해함으로 인해 지식인 사회와 시민사회의 돌이킬 수 없는 분리를 초래했음에 대한 곤혹감이 그의 눈빛에 깃들어 있었다. 〈손택, 다시 태어나다〉를 상연하는 극장을 가득 메운 노령의 관객들에게서—이들이야말로 질풍노도의 1960년대를 청년으로 살았던 사람들이 아닌가—그 교수의 모습을 다시 보는 것 같다.

객석으로 들어선다. 프로그램을 들여다보고 있는 옆자리의 점잖고 세련되어 보이는 노부부에게 인사를 하며 말을 걸어본다. "한국에서 온 연극학자인데 손택에 관한 작품은 물론 관객들에게도 관심이 갑니다. 두 분은 어떻게 오신 겁니까?" 캐나다 밴쿠버에 사는 켄과 메리-엘렌 클론스키 부부는 1970년대 초 캐나다의 토론토 대학 영문과 대학원 재학 당시 만나 결혼했단다. 두 사람 다 손택의 열렬 독자였을 뿐 아니라 그녀의 강연을 들은 적도 있다고. 고교 영문학 교사였던 남편 클론스키 씨는 1960년대 세대답게 사회적 의식이 강하여, 살인 누명을 쓰고 오랜 수감생활 끝에 석방된 권투선수 허리케인 카터를 만나 그가 설립한 국제무죄수감자협회의 언론국장으로 일해왔단다. 카터의 이야기는 덴젤 워싱턴 주연의 〈허리케인〉으로 영화화되기도 했다. 카터의 회고록이자 무죄수감자 석방 운동 교본이기도 한 〈허리케인의 눈Eye of the Hurricane〉을 공저했는데, 책의 서문을 넬슨 만델라가 썼다고! 짧은 시간에 많은 이야기를 듣고 깊은 인상을 받는다. 손택의 글이 대변했던 세대의 삶이 내 옆에 생생하게 살아 있다.

〈손택, 다시 태어나다〉: 영재 소녀와 성숙한 지성 사이

무대에는 큰 책상이 길게 가로놓여 있다. 독서등 아래 책과 노트들. 영사막이 무대 배경을 이루고 있고 무대 전면에는 검은 망사막이 무대와 객석을 갈라놓고 있다. 검은 망사막 우측에 흑백 영상이 들어온다. 초로의 여인이 담배 연기를 길게 뿜는다. 연기는 어두운 배경을 휘감으며 위로 말려 올라간다. 풍성한 검은 머리숱 사이에 또렷하게 삐쳐 내린 한 줄기 흰 머릿결, 60대의 수잔 손택의 모습이다. 아니, 조금 달라 보이기도 하다. 그녀가 아니라 그녀를 연기하는 배우임을 곧 알아차린다. 얼굴도 좀 다르지만 노트 한 권을 들고 책갈피를 넘기는 모습이 다큐멘터리의 클립일 리가 없다. 지적 성취를 다소 권태로운 표정 뒤에 감춘 그녀의 눈길이 노트 한 페이지에서 멈춘다. 눈길이 간 구절을 읽는다. "어린 시절이란? 끔찍한 시간 낭비."

무대 위 책상에 조명이 들어온다. 일기를 쓰고 있는 젊은 여인이 고개를 들고 그 말을 반복한다. 배경 영사막에는 위에서 비춘 그녀의 모습, 그녀가 머리를 숙이고 있는 널찍한 책상과 펜을 쥔 손이 떠오른다. 말을 잇는 그녀. "십여 년을 유아기에 갇혀 살다가 돌연 삶의 고뇌와 절박함에 눈뜨게 된다는 것은?" 그 말을 노트에 적는다. 영상에 비친 일기장 위에 글자들이 아로새겨진다. 잠시 생각에 잠겼다가 다시 말하고 쓰면, "그건 정글 밖으로 뛰쳐나갔다가 심연 속으로 추락하는 것과 같다"라는 구절이 영상 위 일기장에 형광펜으로 쓴 것처럼 빛을 뿜으며 새겨진다. 글을 쓰고 있는 젊은 여인은 15세의 손택이다.

영민하다 못해 이미 삶의 권태로움에 빠진 듯한 냉소적 어조("인생은 서서히 진행되는 자살이다"), 무미건조한 현실을 탈피하여 미래로 날아가고픈 열망("미래를 향해 필사적으로 글을 쓴다"), 자기연민에 탐닉하면서도 엄격한 자기분석이 가능한 지적 능력("일기, 이 끝 모를 자기 애도를 나는 정녕 멈출 수 없단 말인가") 등이 나이를 훨씬 상회하는 지적 수준과 중산층의 안락한 삶에 대한 조숙한 회의를 품은 이 십대 소녀의 일기에 여실히 드러난다. 성미 급하고 당돌함이 지나쳐 때로는 오만해 보이고 지적 조숙과 정서적 미숙 사이의 불균형이 때로는 웃음을 자아내기도 하지만, 자기확신과 자기의심 사이의 치열한 고뇌에 사로잡힌 소녀가 문학적 천재로 자라나는 과정이 배우 안젤로스가 재구성한 손택의 젊은 시절이다.

그런 자신의 젊은 자아를 무대 전면 영상 한 컷에서 느긋하게 담배를 피며 바라보고 있는 것은 초로에 접어든 손택. 그녀는 영민하고 조숙하고 현실 초월의 열망에 목말라 하는 소녀가 미래에 다다를 성숙한 자아이다. 나이 든 손택은 소녀를 지켜보며 흥미롭게 열중하는가 하면 지루한 듯 무심해지기도 하고, 의외의 발견에 놀라는가 하면 한심스러워하거나 당혹해하기도 하고, 때때로 '지금의 나라면 저러지 않았을 텐데'라는 후회와 '지금이라도 똑같이 했을 거야'라는 추인을 던지기도 한다. 젊은 손택이 삶의 전기들을 맞이할 때면 일기장을 넘기며 첫 마디를 던져주는 것도 늙은 손택의 역할이다. 젊고 늙은 두 손택을 같은 배우가 연기한다.

빛나는 글의 물결을 타고

극은 15세의 소녀가 30대 초반 문예 비평가로 화려한 데뷔를 하기까지의 정신적 격동의 시기를 성장소설의 플롯을 따라 그린다. 출발점은 큰 바위 얼굴, 롤 모델을 찾는 데서 시작된다. 처음 펼쳐지는 일기의 내용은 15세의 그녀가 버클리대학을 찾은 토마스 만의 강연에 참석했던 일이다. 소녀는 위대한 작가와의 만남을 기념하려고 그가 피우던 담배를 간직하기 위해 재떨이에서 꽁초를 집어 들다가 손을 덴다! 앙드레 지드의 일기를 탐독한 것은 글쟁이로서의 손택을 형성하는 데 결정적인 일이었다. "손에 넣자마자 다음 날 새벽 2시 반까지 다 읽었다. 천천히 읽었어야 했는데. 경탄스럽게 빛

뉴욕
연극워크숍
공연

손택, 다시 태어나다

1. 15세 소녀와 60세 여인의 공존
2. 천재의 지적 편력

나는 글! 그걸 단숨에 읽어버리다니. 내 생각의 속도가 미치지도 못하면서, 내 성장의 속도는 더더욱 미치지 못하면서."

불확실한 미래, 위대한 작가들에 대한 선망, 자신의 재능에 대한 의구심이 그녀의 지적 추구에 속도를 더해준다. 만과 지드, 단테와 랭보, 톨스토이와 도스토예프스키, 카프카와 헨리 밀러, 수많은 작가들의 작품들을 먹어치울 듯 탐독하는 그녀의 모습이 책상 위에 산더미같이 쌓이는 책들과 함께, 전면과 후면 영사막에 겹겹이 떠올라 파도처럼 밀려드는 작가들의 이름과 작품들의 제목과 인용 구절들의 영상으로 형상화된다. 관극의 즐거움 하나는 이 빛나는 이름들이 남긴 명구들을 알아보고 그 글자들의 현란한 물결 속에 유영하는 쾌감이다. 마치 글자가 뿜어내는 빛 속에 내 몸이 하얗게 산화하는 것 같은, 밀려드는 글의 속도가 현기증을 일으키기도 하는. 그것이야말로 모든 글쟁이들의 지적 추구에 깃드는 체험일 것이다. 글을 통해 자아가 형성되기도 해체되기도 하는 구심력과 원심력의 변증법, 또는 영원히 그 종합에 이르지 못할 것 같은 고통스런 무한 반복.

급격한 지적 성장과 함께 영재로서의 이른 성취들이 일기 노트들을 따라 속도감 있게 전개된다. 15세에 버클리대학 입학, 이듬해 시카고대학 편입, 마르쿠제를 비롯한 유명 교수들에게 불러일으킨 경탄, 하버드 대학원 진학, 25세에 박사학위 취득, 옥스퍼드와 파리 대학교 수학 등, 수재로서의 화려한 경력과 지적 편력이 젊고 늙은 손택이 각자 읽고 쓰거나 때로는 주고받는 일기의 노트들은 물론, 두 겹의 영사막을 활용해 그녀의 넓은 지리적 이동과 확장되는 정신적 지평을 중첩시킴으로써 효과적으로 투사된다. 하지만 이 극이 전형적인 전기드라마를 뛰어넘는 것은 손택의 화려한 경력들이 아니라 그녀의 내적 갈등에 초점을 두기 때문이다. 삶의 중대한 계기마다 드러나는 것은 '천재'가 아니라 고뇌와 갈등에 휩싸인 '인간'이다.

사랑과 결혼, 혁명과 관습 사이

아마도 가장 쇼킹한 일은 대학에 진학한 16세의 그녀가 처음으로 성에 눈뜨게 되는 계기가 동성애였다는 것이다. 끝까지 익명으로 남는 H라는 인물과 첫 사랑을 나누고 난 뒤 그녀는 일기에 다음과 같이 적는다. "이 순간 나는 어떤 존재인가? 이전과는 전적으로 달라진 인격이다. 난생처음으로 나를 놓아버리는, 내 개별적 존재를 부정하는 체험이었다. 이제 나의 가능성을 조금은 알 것 같다. 이 삶을 통해 내가 뭘 하고 싶은지도 알 것 같다. 모든 것은 이제부터 시작이다." 관습의 틀을 깨는 리비도적 체험은 억압적 문명과 기존질서에 저항하여 자유와 해방의 기수가 될 그녀의 정신적 모태가 되었다. 하지만 체험과 인식이란 얼마나 변덕스러운 것인가. 정신적 안주를 불허하는 쉼 없는 추구와 캘리포니아적 삶에 대한 혐오로 시카고 대학으로 옮겨갔을 때, 손택은 불과 17세의 나이에 상당한 연상의 교수 필립 라이프와 결혼을 한다. 동성애는 이성애로, 편력의 의지는 안주의 유혹으로, 16세의 불확실성은 17세의 확실성이 된다. 아니, 그 어떤 확실성도 유동적인 시간 속에서는 실재이기보다는 환영이라는 사실을 결혼을 되돌아보는 늙은 손택은 알고 있다. 인간의 삶이란 확실성의 환영과 불확실성의 실재 사이를 끊임없이 오가는 줄타기임을, 우연과 필연의 교직임을 극은 힘주어 말하고 있다.

물론 젊은 손택의 정신적 독립성은 여전하다. 결혼을 결심하게 된 일을 다른 '열정'과 함께 일기에 이렇게 적는다. "어젯밤, 아니 오늘 이른 아침이었던가. 필립 라이프와 결혼을 하기로 하다. 조이스의 〈젊은 예술가의 초상〉을 다시 읽다. 오, 고독의 황홀함이여!" 그럼에도 그녀는 이성애에 처음 눈뜬 흥분에 사로잡힌다. 그 젊은 자아를 연민과 조소가 섞인 표정으로 지켜보고 있던 늙은 손택은 일기장을 몇 장 앞서 넘기더니 발견한 노트를 메마른 어조로 읽는다. "결혼을 창안한 사람은 뛰어난 고문 기술자다. 결혼이란 단연코 감정의 둔화를 위해 헌정된 제도다." 결혼은 아들 하나를 얻고 8년 만에 끝난다. 담담한 후회가 배어드는 늙은 손택의 시선 아래, 젊은 자아는 공부와 육아, 글쓰기의 고독한 공간과 타인과의 삶이 영위되는 공간을 오가던 끝에 무대를 뛰쳐나간다. 영상 위에 홀로 남은 늙은 손택은 담배 연기를 길게 뿜는다. 연기를 타고 타자와 일체가 되고 싶은 근원적 욕망과 그 결합으로 인해 자아를 상실할까 두려워하는 독립적 정신 사이의 처연한 갈등이 가득 피어오른다.

새로운 출발을 다짐하듯 의상을 갈아입은 젊은 손택이 재등장하면 박사학위를 취득하고, 이혼하고, 유럽을 주유하던 20대 중후반과 미국으로 돌아와 대학 강단에 서고, 첫 소설을 발표하고, 대학을 떠나 전업 작가가 되고, 마침내 문예비평가로서 화려한 등단을 하는 30대 전반의 일기들이 펼쳐진다. 이 공연 후반부의 전개는 보다 확장된 공간적 이동과 보다 현란한 지적 편력을 보여준다. 유럽으로 가는 뱃길에서 쓴 일기가 푸른 물결 영상 위에 새겨지는 장면은 제임스 조이스의 '젊은 예술가' 스티븐 디달러스가 '떠나자, 떠나!'라고 외치며 고국의 속박을 벗어던지고 자유를 찾아 유럽으로 건너가는 예술적 망명의 장면을 연상시킨다. 유럽 예술지성인들과의 교류는 밀려드는 이름과 명구들의 범람에 몸을 적시는 희열을 다시 한 번 맛보게 한다.

망명과 편력의 시기에 결정적인 사건은 또 다른 미국인 망명 예술가 아이린 포네스와의 만남이다. 그녀를 통해 손택은 동성애적 리비도를 재발견하고 그 원초적 에너지를 글쓰기에 쏟아붓게 된다. 실제로 손택이 문필가이자 논객으로 명성을 확립한 것은 포네스와의 동거 기간에 일어난 일이다. 정녕 동성애는, 나아가 모든 '변태'는, 예술적/학문적 창작의 에너지원 가운데 하나인 것인가. 포네스 또한 손택을 처음 만난 당시에는 주목을 받지 못하던 화가였으나

1960년대 중반 극작가로 변신하여 큰 성공을 이룬다. 하지만 15년에 걸친 둘의 관계는 손택에게 처음으로 사랑의 고통을 알게 했다. 손택보다 훨씬 분방했던 포네스에게는 끊임없이 다른 연인들이 있었고, 손택은 난생처음 질투라는 극히 인간적인 감정을 체험한다. 그 질투가 또한 창작열의 연료가 되었음은 물론이다.

비평과 창작 사이: 나는 글을 쓴다, 고로 존재한다

극의 종반부는 30대로 접어드는 시기에 사랑의 양가적 감정, 창작의 희열과 고통, 작가로서의 야망과 좌절, 그리고 창작과 비평의 불균형한 재능 사이에 고뇌하는 손택을 보여준다. 비평가로서 그녀의 영감은 세계문학의 고전들은 물론 영화에서 온다. 영화광이었던 그녀가 자신의 학문적 전문성인 '어려운' 철학을 영화비평에 들여와 '쉬운' 언어로 풀어낸 글들이 대중에게 열렬히 읽힌다. 고전문학과 동시대 대중문학을 아우르는, 요즘 말로 인터페이스라고 할 문학평론, 클래식과 팝을 오가는 넓은 스펙트럼의 음악평론, 무용, 연극, 사진에 대한 해박한 해설 등, 다양한 장르의 예술을 섭렵하는 비평 에세이들이 그녀를 문예 비평의 첨단에 서게 한다. 이 과정이 일기를 쓰고 읽는 배우와 영화와 음악을 입체적으로 편집한 영상을 통해 탁월하게 구현된다. 어떤 라디오 방송에 '이 세상의 모든 음악'이라는 프로그램이 있듯이 이 세상 모든 예술에 대한 드넓은 전망을 보여주는 느낌이랄까.

뛰어난 비평적 재능에도 불구하고 손택의 열망은 창작에 있었다. 빠르게 부상하는 비평가로서의 명성에도 불구하고 그녀의 소망은 소설가로서의 성공이었다. 첫 소설을 발표하고 초조하게 리뷰를 기다리고 있는 30세의 손택. 짤막한 〈뉴욕 타임스〉의 혹평은 그녀를 무너뜨리고 만다. 그때 공연 내내 책상머리에 앉아 일기를 쓰거나 그 주변을 배회하던 것이 전부였던 손택이 책상 위로 기어 올라간다. 무대 후면 영상은 그녀의 넋 나간 표정을 클로즈업한다. 화면이 다시 멀어져 전신을 비추면 온몸을 웅크리며 측면으로 돌아눕는 그녀. 태아의 자세! 그 순간, 세상 모든 예술과 그를 통찰하는 섬세한 지성이 함께 빚어내던 충만했던 협주곡은 무기력한 육신이 토하는 가녀린 신음 소리로 변하고 만다. 좌절이 절절하게 전해져 온다. 고독이 뼈아프게 다가온다. 끝이다. 동시에 끝이 아니다. 좌절이 아무리 치명적으로 다가온다 할지라도 끝이 아님은 미래의 내가 있기 때문이다. 무기력한 태아로 돌아간 젊은 손택과 오랜 시간의 항해 끝에 멀리서 되돌아보는 늙은 손택이 무대 위에 함께 있기 때문이다. 두 자아의 공존이 말해주는 것 같다, '나는 나의 미래다.'

그 미래가 상상하기에 너무 먼 존재라 할지라도 지금 이 순간에도 나를 버텨줄 존재는 고개 돌릴 힘만 있다면 거기 있을 것이다. 좌절한 젊은 예술가 손택에게 희열과 고통을 함께 안겨주는 연인 포네스가 그 순간 힘이 된다. 비평에서 창작으로의 비상을 꿈꾸는 자신과 다름없이, 화가에서 극작가로 변신하기 위한 산고를 겪고 있는 동료에 대한 사랑과 질투가 고개를 다시 들게 한다. 그녀의 몸과 맘에 대한 유보 없는 욕망이 다시 펜을 들게 한다. 질투는 나의 힘! 그렇다, 관능은 사유를 촉발하고 사유는 관능을 지향한다. 타인의 사유의 뿌리를 만지고 싶은 욕망, 그 힘으로 영재 손택은 성숙한 지성으로 '다시 태어난다.' 공연의 마지막은 활짝 열린 비평적 성공의 길에서도 여전히 창작의 꿈을 꾸는, 꽉 다문 손아귀에서 펜을 놓지 않고 있는 젊은 손택을 60대가 되어서야 비로소 주목받는 소설을 발표한 늙은 손택이 긍정과 연민이 교차하는 시선으로 지켜보며 담배 연기를 길게 뿜는 장면이다. 영상과 무대의 두 사람이 입을 모아 말하는 것 같다. '나는 글을 쓴다, 고로 존재한다.'

미결정성의 축복, 그리고 소멸의 필연성

무대 조명과 영상이 명멸하듯 스러진다. 그 빛과 어둠의 교차점에서 이 공연의 미학과 철학, 배우와 인간을 아스라이 느낀다. 놀랍게도 한 천재를 탄생시키는 삶의 모든 격동들은 줄곧 책상머리에서 이루어지지 않았는가. 그것은 액션의 부재라기보다 사유가 곧 액션이라는 주제적 울림을 깊이 반향한다. 사유를 역동적인 이미지로 번역한 영상 또한 두 겹의 영사막과 두 겹의 자아를 통해 사유와 존재의 변증법을 구현한다. 젊고 늙은 두 자아뿐 아니다. 책상 앞에서 글을 쓰는 자아와 그 자아를 위에서—카메라의 눈을 통해—지켜보는 자아가 빚어내는 이중적 의식은 글쓰기가 단순히 '자아의 표현이 아니라 자아의 창조'라는 손택의 믿음을 전한다. 글쓰기에 몰입한 자아와 '나는 글을 씀으로써 존재한다'고 선언하는 메타 자아가 따로 또 같이 있음이다.

글쓰기도 본질적으로 연기와 다름없는 것인지 모르겠다. 배우란 연기에 몰입하면서도 연기를 하는 자신을 지켜보는 존재이므로. 종종 '연기는 몸으로 글쓰기'라는 말을 해왔다. 그렇다면 글쓰기는 문자로 몸 짓기다. 일견 이 공연에서 배우의 존재는 축소된 듯 보일지 모른다. 공연 내내 책상에 '묶인' 젊은 손택의 액션이라곤 읽고 생각하고 쓰는 것일 뿐, 가끔 일어나 책상 주변을 걷거나 두어 명의 다른 인물들 역할을 짧게 수행하는 것이 전부다. 연기가 결코 연극적이지 않다. 지적 세련을 억지로 꾸미지도 않고, 치기와 지성의 모순을 과장하지도 않는다. 치열한 고뇌조차도 격정적으로 폭발시키기보다 작은 여성의 몸이 감당할 규모로 절제한다. 그런데 묘하게도, 숱한 변신을 자유자재로 과시하는 앨런 커밍의 연기술보다 훨씬 강한 설득력을 얻는 것은 왜일까. 화려한 연기와 진실한 연기의 차이랄까. 그 소박한 연기가 결코 단조롭지 않은 것은 영상으로 공존하는 늙은 손택의 '느긋한' 연기 덕분일지도 모르겠다. 시차를 둔 자아의 두 모습이 그 어떤 다양한 무대적 변신보다 훨씬 강한 실재를 창조하기 때문인지도.

이 작품의 미학과 철학이 만나는 접점이 그것이다. 무대의 육체적 현존과 영상의 환영이 서로를 되비춤으로서 육신과 의식이 따로 또 같이 존재하는 인간 존재를 축자적으로 구현하는 것. 젊은 자아가 지나온 과거와 늙은 자아가 앞서간 미래가 현재의 시점 속에 하나로 융합되는 초시간적인, 곧 불멸의 존재감을 가능하게 하는 것. 그래도 굳이 무대와 영상, 현존과 환영, 과거와 미래, 둘 중에 어느 쪽이 실재인가를 묻는다면, 둘 사이의 긴장, 그 미결정성 자체가 실재라고 답하는 것이 이 작품이다. 〈손택, 다시 태어나다〉는 미결정성의 축복을 우리에게 전한다. 그것을 축복으로 받아들이며 생의 한가운데로 자신을 던질 용기를 가진 이들에게 말이다. 물론 미결정성 자체마저 어둠 속으로 떠밀려 사라지는 순간이 언제고 올 것이다. 공연의 막과 같이 삶의 종말이 그럴 것이다. 따스한 파도처럼 온몸을 적시며 밀려오던 글자들도, 날아오르는 천재의 열망과 성취도, 미미한 인간적 고뇌와 희열도, 모두 소멸한다. '그렇게 명멸하는 것이, 빛처럼 왔다가는 것이 인간이리라.' 무대의 마지막 빛이 스러지며 젊고 늙은 손택이 함께 사라지는 순간, 퍼뜩 스쳐 지나는 생각이었다.

○○○　　　천재와 광인의　　　　날개를 타고

○
○

　　워싱턴스퀘어 공원에 들어서는데 산책로 한가운데 놓인 그랜
드 피아노! 흑인 청년이 피아노를 연주하고 백인 청년이 노래를 한
다. 10여 명의 구경꾼들 틈에 끼어 앉아 두 청년의 퍼포먼스를 지켜
본다. 제법이다. 귀에 익은 곡조라 옆자리 흑인 여성에게 물어본다,
무슨 뮤지컬 곡이냐고. 노래하는 청년 콜린 허긴스의 자작곡이란
다. 자신은 피아노 운송업체 직원인데 이제 마칠 시간이 되어 '물건'
을 픽업하러 와서 기다리고 있다고. 콜린은 오전 9시부터 밤 9시까
지 이곳에서 연주하고 있다고! 깊어가는 밤, 무대가 어디든 작품을
선뵈는 뮤지션의 멜랑콜리하면서도 경쾌한 음악이 가로등에 비친
분수처럼 아름답게 솟아오른다.

오늘 내가 본 것은 무엇이었던가. 맥베스와 수잔 손택, 앨런 커밍과 모 안젤로스. 그리고 객석에서 광인을 바라보는 정상인들과 천재를 바라보는 범인(凡人)들. 쏴아 솟구쳐 오르는 분수 소리에 맥베스의 절규가 들린다, '오, 이 마음은 독을 품은 전갈들로 가득해.' 피아노 선율을 타고 손택의 목소리가 들려온다, '글을 통해서만 나는 지각하고 고통 겪고 투쟁하는 존재가 된다.' 광인의 몸짓에 서린 무한 확장의 어두운 욕망은 천재의 날개에 깃든 빛나는 상승 열망과 얼마나 다른가. 광인의 몸으로 천재의 날개에 편승하는 일은 가능한가. 우리의 퇴화된 두 날갯죽지가 광기와 이성의 극단을 과연 감당할 수 있을까. 하지만 전갈의 독은 목숨이 붙어 있는 한 계속될 것이며 글로써 그 독을 해독하고자 하는 열망 또한 계속되리라. 그리고 언젠가는 광인과 천재의 날개에서 내려서야 할 때가 오리라. 그러니 사람들아, 치열하게 살려는 사람들아! 부디 날개에 올라타길, 추락을 두려워말고 날갯짓하길! 어떤 안전 그물망도 없이 날아오르길! 천재도 광인도 우리 같은 범인도 '주어진 시간을 무대 위에서 뽐내고 안달하다가 소리 없이 사라지는 서투른 배우'(《맥베스》)이기에.

센트럴 파크, 또는 유형지에서

⟨낸스⟩
⟨사랑의 헛수고⟩

○○○　　기차 여행,

　　　　　　카프카와
　　　　　　윌리 로먼

　　　　　　　　○
　　　　　　　　○

철로변 웨어하우스와 뉴아크 시가지 원경

잔뜩 찌푸린 하늘. 비 예보에 우산을 챙겨 나선다. 역에는 벌써 와 기다리고 있는 기차. 비가 온다니 걱정이다. 낮에는 브로드웨이 공연 〈낸스〉를 보기로 했지만 저녁 공연은 센트럴 파크 야외극장에서 하는 〈사랑의 헛수고〉를 볼 계획이기 때문이다. 야외극장인데 비가 오면 공연이 취소되나? 열차에 몸을 실으며 생각한다, '날 어디로 데려가는 거지?'

한 달 반 만에 길을 나선 탓인지 모든 것이 낯설다. 줄줄이 버텨 앉은 열차 좌석들이 사뭇 우울하다. 얼마 전부터 카프카에 다시 빠져 있어서일까, 고개를 빼고 들여다본 다음 칸 실내가 고등재판소의 풍경으로 다가온다. 이른 아침이라 몇 안 되는 머리, 내가 그중 하나다. 멍하니 살고 있다가 때 이른 열차에 실려 심판대로 끌려가는 느낌이랄까. 도버에서 갈아탄 열차가 출발하는 순간 차창을 스쳐 지나는 낯익은 모습. 허름한 양복, 서류가방을 들고 중절모와 안경을 쓴 백인 노인. 더스틴 호프만이 연기한 〈세일즈맨의 죽음〉의 윌리 로먼을 너무나 닮았다! 선로가 곡선을 그리면서 노인의 뒷모습은 시야에서 사라지고 만다. 도버, 종말의 역에서 내린 윌리 로먼이여, 카프카의 달리는 법정에서 이제야 해방되는가.

허드슨 강을 낀 산업 도시 뉴아크를 지난다. 철로를 따라 창고 건물들이 줄지어 달린다. 지붕들 위로 멀리 뉴아크 시가지가 보이고, 드넓은 하늘 막막하게 펼쳐진 비구름에 마음이 잔잔히 가라앉는다. 열차가 허드슨 강 지하 터널 철로로 미끄러지듯 들어간다. 빛도 소리도 없는 터널로 들어서면서 속도가 확하고 붙는다. 차창 밖으로 칠흑 같은 어둠이 전속력으로 달리고 있다. 그 어둠이 무서워질 만한 순간 강바닥 아래 터널을 뚫고 지상으로 솟구치는 열차. 갑자기 줄어드는 속도에 살갗이 경련한다. 펜스테이션 진입로 부근, 철도 노동자들이 작업 중이다. 문득 형언 못할 어떤 강렬한 느낌에 그들에게 카메라를 들이대는 순간, 마지막 스퍼트를 하듯 기차가 터널 같은 역 건물 속으로 순식간에 빨려 들어간다.

우천으로 취소되더라도 일단 〈사랑의 헛수고〉 티켓을 구해볼 작정이다. 퍼블릭 시어터가 주관하는 '프리 셰익스피어 인 더 파크'는 매 여름 두 편의 공연을 센트럴 파크의 델라코트 극장에서 올린다. 올해는 〈실수연발Comedy of Errors〉과 〈사랑의 헛수고〉. 무료 공연인데 티켓은 공연 당일 정오부터 배부를 시작하므로 아침 일찍부터 줄을 서서 기다려야 한다. 인기 있는 공연은 전날 밤부터 텐트를 치고 기다리기도 한단다. 서둘러 가도 11시가 넘을 텐데 티켓을 손에 넣을 수 있을지, 운에 맡기고 일단 간다.

센트럴 파크에서 셰익스피어를 기다리는 사람들

허드슨 강 건너편의 비구름이 아직 여기까진 몰려오지 않았나 보다. 연한 햇살이 센트럴 파크 숲의 무성한 나뭇잎들 위에 초록으로 빛나고 있다. 여유롭게 숲길을 걷고 있는 산책객들을 뒤로하고 바쁜 걸음으로 델라코트 극장을 찾는다. 작은 숲속에 아담하게 서 있는 스웨덴 오두막 인형극장이 눈길을 끈다.

오두막을 돌아 경사진 길을 올라가니 바로 델라코트 극장 뒤. 원형극장이라 벽면을 따라 놓인 벤치들에 사람들이 길지 않은 줄을 이루고 앉아 있다. 이 정도면 티켓을 구하는 데 문제는 없겠다. 행렬 앞쪽의 노신사에게 이 줄이 맞냐고 물어본다. 물끄러미 올려다보던 그는 "여긴 고령자를 위한 줄인데, 당신은 저쪽 줄에 가서 서야 할 것 같군요."라며 길 반대편을 가리킨다. 바라보니, 아뿔싸! 접이식 의자는 물론이요, 아예 담요를 깔고서 앉고 누운 사람들의 행렬이 끝없이 이어져 있다. "오전 6시부터 줄을 선 사람들이지요." 노신사가 안 됐다는 어조로 덧붙인다.

브로드웨이의 마티네 공연을 보려면 늦어도 1시까지는 TKTS로 가야 할 텐데, 보이지도 않는 줄 끝에 가서 서야 하나. 그냥 포기할까. 그래도 여기까지 왔으니 '셰익스피어/파크'를 위해 새벽부터 줄 서는 사람들이 어떤 사람들인지라도 보고 가자 싶어 이어지는 줄을 따라가 본다. 아예 잠든 사람도 있고, 드러누워 태블릿 PC를 들여다보는 연인들도 있고, 유모차의 아기를 어르고 있는 젊은 부부도 있다. 혼자건 둘이건, 앉거나 엎드리거나 드러누워 책을 읽는 사람들이 상당수다.

100여 미터 걸어가니 각자 전자기기를 들고 몰두해 있는 두 젊은이가 눈에 띄어 말을 걸어본다. 뉴욕 명소 가운데 하나인 뮤직홀 라디오시티에서 투어가이드 일을 한다는 앤과 휴가를 맞아 미시건에서 온 남자친구 브랜든, 두 사람은 8시에 왔는데 이미 100여 명이 줄을 섰더란다. 브랜든은 이곳이 처음이지만 앤은 뉴욕에서 일하기 시작한 3년 전부터 단골이라고. 재작년에 본 유리피데스의 〈디오니소스의 여신도들〉과 작년의 〈억척어멈과 그 자식들〉이 아주 좋았다고 자랑한다. 티켓을 구할 수 있을지 걱정이라고 하니 저 멀리 노란 티셔츠 입은 사람들이 보이냐고, 그들이 스태프니 물어보라고 한다.

기다리는 이들의 무료함을 달래주듯 거리의 악사가 색소폰을 연주하고 있다. 미국 민요풍 음악이 공원길을 따라 감미롭고도 쓸쓸하게 흐른다. 100여 미터를 더 가서 노란 티셔츠들을 만난다. 거기가 줄 끝이란다. 확언하긴 어렵지만 가능성이 높다고 한다. 아예 어렵다면 포기하고 타임스 광장으로 가겠는데 가능성이 높다니 이 긴 줄 끝에 머물러야 하나. 티켓을 구한다 해도 우천으로 취소되면? 그럴 가능성은 없단다. 폭풍우가 치지 않는 한 공연은 반드시 할 거라고! 망설이고 있는데 한 흑인 남자가 와서 뒷자리에 선다. 아니, 떡하니 앉는다. 이로써 줄 끝은 면한 셈. 에라, 나도 앉아서 기다려보자. 꼴찌를 면하게 해준 반바지 차림이지만 중후한 인상을 풍기는 뒷자리의 흑인 남자와 말을 섞어본다.

위. 델라코트 극장 앞과 산책로를 따라 끝없이 이어지는 티켓라인
아래. "모든 시민을 위한 연극" 티켓

루이스 산토스의 셰익스피어 인 더 파크

지난 20년 동안 간혹 빠질 때도 있었지만 줄곧 셰익스피어/파크를 찾아왔다는 루이스 산토스. 정감이 가는 인물이다. 비슷한 연배로 보이는 데다 나처럼 쓸쓸히 혼자서 이곳을 찾다니. 그런데 아니란다. 친구나 애인과 오곤 했는데 오늘은 생일을 맞이한 누이를 데려온다고. "나처럼 외로운 늑대인 줄 알았는데."라고 농을 던지니 윙크를 하며 "셰익스피어/파크는 축제인데 혼자 오다니 말이 되냐, 2장을 받을 수 있으니 여분의 티켓으로 멋진 숙녀를 찾지 못하면 아예 돌아올 생각을 하지 마라."고 농을 받는다. 간단히 내 소개를 했더니 상세한 자기소개로 응대해온다. 푸에르토리코 이민 2세대로 뉴욕 출신인 그는 산업 통계 전문가이자 경영 컨설턴트. 남미의 정부 기관과 기업을 고객으로 하고 있어 여행을 자주 한다며 산업 통계가 뭔지 상세히 설명해주기까지 한다. 내 전공을 묻기에 '셰익스피어'라고 답하니 장난스럽게 눈을 휘둥그레 치켜뜬다. 책을 추천해 달라기에 그린블라트의 〈세상의 의지〉를 언급했더니 스마트폰으로 찾아보고는 그 자리에서 아예 구매를 한다.

루이스 산토스와 함께

산토스 씨는 셰익스피어/파크의 베테랑답게 그 역사에 대해서도 줄줄 꿰고 있다. 이제는 뉴욕의 명소로 자리 잡고 있지만 공공극장의 개념이 낯설던 1962년 시민들을 위한 무료 공연을 처음으로 연 설립자 조셉 팹의 공익예술 정신에 대단한 존경을 표하는가 하면, 셰익스피어의 전 작품을 연출하는 게 그의 이루지 못한 꿈이었다는 처음 듣는 얘기도 한다. 한국에도 그런 현역 연출가 한 사람이 있다고 하니 의외라는 표정을 우스꽝스럽게 지으며 행운을 빈다고 전해달란다. 덧붙이길, "그 사람도 조셉 팹 못지않은 거대한 에고를 가진 사람이겠군."

자신이 본 최고 공연은 영국 배우 패트릭 스튜어트가 요정의 왕 오베론 역을 했던 10년 전쯤의 〈한여름밤의 꿈〉이었는데 티켓을 구하려는 줄이─손을 들어 멀리 가리키며─저 언덕 너머까지 이어졌다고. 주변 풍경도 매년 달라지는데 오늘은 색소폰 연주자가 있지만 그전에는 셰익스피어 소네트를 유창하게 낭송하는 사람이 줄지어 기다리는 사람들의 눈과 귀를 즐겁게 해주었다고. 내가 관심을 가질 법하다고 생각했는지 다른 셰익스피어 공연 축제까지 소개해준다. 이스트 빌리지 부근에서 열리는 '주차장의 셰익스피어'! '공원의 셰익스피어'에 딴죽을 거는 프린지 축제인가 보다.

대화가 한 시간 가까이 이어지는 동안 우리 뒤로도 줄이 길어졌다. 자원봉사자들이 다가오더니 한 젊은 여성이 나서서 체구에 비해 놀랍도록 큰 목소리로 외친다. "이제 곧 티켓 배부가 시작될

예정입니다. 좋은 소식은 현재 대기자가 230명이라는 사실입니다. 무지 짧은 줄이요, 올 시즌 가장 훌륭한 줄이지요." 유머러스한 그녀의 말에 사람들은 웃음과 함께 자리를 털고 일어난다.

12시 정각에 시작된 티켓 배부는 신속히 진행, 20분 만에 티켓을 손에 넣었다. 시즌 포스터를 배경으로 인증샷을 찍는데 '모든 시민이 연극을 필요로 하며 연극을 즐길 권리가 있음을 믿는다'는 표어가 가슴에 와 닿는다. 그저 입발림이 아니라 조셉 팹이라는 한 연극인의 필생의 신념이자 실천이었기 때문이다. 산토스 씨와 저녁에 보자는 인사를 나누고 타임스 광장으로 향한다.

루이스 산토스에게 셰익스피어/파크는 어떤 의미일까. 푸에르토리코에서 온 이민자의 아들에게 센트럴 파크와 셰익스피어는 단순한 여유와 문화의 일상적 체험이기를 넘어서서 세상의 지정학적 중심이요 문화적 자본으로, 곧 주류 사회의 상징적 진입로로 각인되었을지 모른다. 그래서 각고의 노력으로 이루어낸 중상위층 전문인으로서 자신의 새로운 정체성을 확인하는 축제의 장인지도 모른다. 한편 조셉 팹에게, 또 같은 꿈을 가진 한국 연출가에게, 셰익스피어 전작을 올린다는 것은 어떤 의미일까. 어떤 욕구, 어떤 궁핍이 걸작masterpieces을 마스터master하려는 욕망을 배태했을까. 그 모두를 '먹어치우려는' 인간 내면에 도사린 허기는 대체 어디서 온 걸까.

°°°　　라이시엄 극장과

바비 밴즈 버거

°
°
°

연중 내내 분주한 타임스 광장. 지난 3월 개막하여 성황리에 상연 중인 〈낸스〉 티켓을 구했다. 가는 비가 떨어지기 시작한다. 제대로 점심을 먹고 싶은데 음식 값이 세상에서 가장 비싼 곳 중 하나라는 타임스 광장 주변의 레스토랑들 사이에서 갈 곳을 찾지 못한다. 때마침 눈에 들어온 간판 바비 밴즈 버거. 건물과 건물 사이 제법 여유로운 옥외 공간을 카페풍으로 꾸며놓은 식당이다. 햄버거와 맥주로 점심을 때운다. '뉴욕식 치즈버거'가 정말 맛있다. 인간 내면의 허기까지는 몰라도 육신의 허기를 채우기에는 차고 넘친다.

45번가의 라이시엄 극장에 도착한다. 1903년에 건립된 이 극장은 오래된 브로드웨이 극장들 가운데서도 그 원형을 가장 잘 보존한 극장답게 로마식 외벽부터 위풍당당하다. 극장 로비와 계단의 고풍스런 인테리어가 인상적이다. 이층 객석에 앉으니 무대로부터 상당히 떨어진 거리임에도 불구하고, 20미터는 됨직한 엄청난 높이의 프로시니엄 아치가 바로 코끝에 닿을 듯 가깝게 느껴진다. 프로시니엄을 덮고 있는 진홍색 커튼이 마치 붉은 물결의 폭포수가 흘러내리는 것 같다. 아치 정점에는 아테네 여신 좌우로 뮤즈들이 비파를 타고 있는 거대한 고부조가 객석을 굽어보고 있다.

건물의 맨 위층은 이 극장의 건립자이였던 다니엘 프로먼의 아파트였는데, 여배우 마가렛 일링턴과 결혼한 뒤 그녀의 공연을 아파트에 앉아 지켜보기 위해 뚫은 거실 바닥의 구멍이 아직도 남아 있다고 한다. 관음증의 대상이 아내라니, 참 독특한 취향이다. 그리고 보니 〈낸스〉야말로 독특한 취향에 관한 이야기다!

약간 칙칙한, 관능과 불안감을 함께 품은 재즈풍 음악을 배경으로 막이 열린다.

동성애 남성 벌레스크 코미디언 낸스

무대를 수평으로 가로지르는 나지막한 벽면은 우편함 같은 박스들로 가득 차 있고 그 위에는 '혼 앤 하다트 오토마트'라는 간판이 걸려 있다. 세트가 드러나자 "와우!" 관객의 탄성이 터진다. 나중에 알았지만 경제대공황 시절 유행하던 자동 판매점이다. 몇 개의 탁자가 놓여 있고 고급스런 양복 차림의 신사가 신문을 읽고 있다. 그 등 뒤로 트렌치코트를 입은 남자가 자동 판매대에 동전을 넣고 포장된 음식을 꺼내면서 힐끗 신사의 모습을 훔쳐보더니 조심스레 다가온다. 남자의 접근을 알아차린 신사는 탁자 위에 두었던 모자를 단호한 동작으로 옆 의자 위로 옮겨놓는다. 관객의 웃음이 터진다. 앉지 말라는 신호인 셈이다. 흠칫 멈춘 남자는 순찰차 사이렌이 희미하게 들려오자 서둘러 다른 자리에 가 앉는다. 그쪽 구석에는 또 다른 남자가 등을 보인 채 커피를 마시고 있다. 젊고 잘생긴 청년이 입구에서 등장, 판매대 주변을 배회한다. 신사가 힐끗 보더니 모자를 슬쩍 탁자 위로 올려놓는다. 관객의 폭소, 접근해도 좋다는 신호다. 아니, 접근하고 싶다는 신호. 건장한 체구의 두 남자가 들어선다. 청년을 제외한 고객들은 잔뜩 긴장하는 분위기. 두 남자는 입구 쪽에 자리 잡고 앉는다.

그들의 등장으로 긴장된 분위기 속에서도 우리의 신사는 신문 뒤에 가린 눈길로 청년을 유심히 살피고 있다. 청년은 돈이 없는 눈치다. 신사가 판매대로 가는 척하면서 넌지시 말한다. "내 탁자 위의 샌드위치를 먹어도 좋아요. 하지만 입구 쪽을 조심하세요." 청년은 잠시 눈치를 보더니 탁자에 앉아 허겁지겁 먹기 시작한다. 신사는 탁자 주변을 맴돌며 슬쩍 슬쩍 말을 건넨다. 그것도 매우 세련된 어휘와 격조 높은 어조로. 입구 쪽 두 남자가 나가자 두 사람은 본격적인 대화를 시작한다. 시골에서 온 청년은 돈이 떨어져 이곳 그리니치빌리지를 배회하고 있다. 신사는 잠자리를 제공할 수 있지만 함께 나갈 수는 없다고, 원한다면 거리 저편에서 '랑데부'를 하자고 교양미 넘치는 어조로 슬며시 제안한다. 순찰차 사이렌이 가까이 들려온다. 저편의 남자들이 화들짝 놀라면서 자리를 떠난다. 호루라기 소리가 울리면서 들이닥친 건장한 두 남자가 입구를 나서려는 그들을 체포한다. 암전. 무슨 일이 일어나고 있냐고? 1930년대 그리니치빌리지의 자동 판매점은 외로운 동성애자들의 '낚시터'로 유명했단다. 당시 동성애는 변태요 불법이라 경찰의 체포는 물론 마구잡이 린치까지도 면할 수 없었고.

회전 무대가 반쯤 돌아가며 세트가 바뀌면, 아침을 맞이한 아파트의 거실. 욕조에서 어젯밤의 청년이 전라로 일어선다. 멋진 몸매에 할머니 관객들이 '오호' 탄성을 내지른다! 어젯밤의 신사가 요란한 취향의 나이트가운을 입고 청년에게 수건을 건넨다. 청년은 아내와의 애정 없는 결혼으로부터 도망쳐 나온 네드, 신사는 그리니치빌리지의 대중극장에서 활동하는 희극배우 촌시 마일즈이다. 순박한 네드는 촌시와의 하룻밤을 통해 자신의 성정체성을 발견하게 되고, 촌시는 여느 하룻밤 인연이라 내키지는 않지만 네드가 자기 아파트에 당분간 머무는 것에 동의한다. 하지만 자신의 모습을 솔직히 받아들이는 네드를 바라보면서, 성정체성의 혼란으로 오랫동안 자기혐오에 사로잡혀 있던, 그러면서도 어쩔 수 없는 외로움에 위험한 야행은 삼가지 않던 촌시는 희미하게 동터오는 낯선 감정에 가슴이 저려오기 시작한다. 아, 그것을 사랑이라 어찌 부르랴만.

다시 무대가 돌아가면, 촌시가 일하는 벌레스크 극장 어빙 플레이스(그리니치빌리지에 역사적으로 실재했던 극장)의 무대가 된다. 미국식 벌레스크는 19세기부터 20세기 전반에 걸쳐 인기 있는 성인 대중오락으로서, 춤과 노래를 곁들인 스트립쇼, 곡예, 스탠딩 코미디, 촌극 등을 섞어 놓은 버라이어티 오락 쇼다. 촌시의 전공은 벌레스크의 단골 캐릭터인 낸스Nance, 과장된 여성적 몸짓과 말투로 관객을 웃기는 동성애자 스테레오타입이다. 역사적으로 낸스 전문 배우들은 대부분 이성애자였다. 하지만 〈낸스〉의 낸스인 촌시는 실제로 동성애자라는 사실, 그것이 문제다. 아니, 문제가 아니라 문제

낸스

1. 벌레스크 쇼의 "낸스" 촌시 마일즈
2. 분장실의 촌시
3. 어빙 플레이스의 '해피 패밀리'

의 해결일지도. 역할이 요구하는 가면을 쓸 필요도 없이 원래 얼굴을 드러내기만 하면 되니까. 과연 그럴까?

실제로 무대에 등장한 촌시는 무대 밖의 삶에서 보여주던 세련된 교양미 이면의 불안한 그림자를 말끔히 떨치고 낸스의 역할을 완벽하게 수행하면서 기막힌 재치를 가진 코미디언의 면모를 아낌없이 선보인다. 활력에 넘치는 그의 모습은 물 만난 물고기가 따로 없다. 무대에 등장할 때면 다리와 손가락을 꼬고 코맹맹이 소리로 '안녕, 그냥 안녕', 퇴장할 때면 '안녕, 그저 안녕' 하며 던지는 인사말은 촌시의 트레이드마크다. 주특기는 짙은 성적 농담이 담긴 중언화법이다. "I'm usually more comfortable with a hymn.'(난 대체로 찬양이/남자[him]가 더 편해요) – What? What?(뭐? 뭐라고?) – I like to play with the organ.(오르간 치는 걸/생식기 주무르는 걸 좋아하지요) – What? What?(뭐? 뭐라고?) – I love, love, love, when the organ swells.(오르간 소리가 울려 퍼지면/생식기가 부풀어 오르면 정말, 정말, 정말 좋아요)!" 그리곤 잠시 멈추고 쫑긋한 표정으로 객석의 반응을 살핀다. 관객들이 그제야 알아들은 눈치를 보이면, "Oh, you brutes!"(이런 짐승들 같으니)라며 도리어 그들의 음탕한 귀와 마음을 조롱한다. 객석은 폭소의 도가니가 된다.

솔로 개그로 막을 연 촌시는 낸스의 전통적 짝인 톱 바나나(벌레스크 개그의 리드 배우로서 유태인 스테레오타입) 에프람을 불러들여 듀오 개그를 이어간다. 성적 농담은 더 짙어지고 객석의 폭소는 걷잡을 수 없어진다. 물론 벌레스크 쇼에서 스트리퍼들의 존재를 빼놓을 순 없다. 오해하진 마시라, 20세기 후반의 노골적 스트립쇼와는 달리 옛날 스트립쇼는 상당히 점잖으니까. 촌시의 극단에는 거구의 붉은 머리 중년, 한창 때를 넘긴 정열적 라틴 댄서, 신사들이 좋아한다는 젊은 금발 미인 등, 세 명의 스트리퍼들이 뛰어난 춤 솜씨와 함께 감칠 나는 각선미 쇼를 선보인다. 그들은 오프-스테이지 장면들에서는 에프람과 함께 촌시의 동료와 친구들로 고락을 같이 한다. 여기에 마침 공석이던 대사 없는 '어리버리' 역을 네드가 메우게 되자, 어빙 플레이스 극장의 모든 무대장치를 혼자서 작동시키는 대사 한 마디 없는 무대감독을 마지막 멤버로, 촌시의 극단은 '원 빅 해피 패밀리'가 된다.

광대를 연기하는 광대의 희비극

그렇다고 〈낸스〉가 속없는 코미디가 되는 건 아니다. 돌고 도는 회전 무대 위와 무대 밖, 허구와 현실이 교차하는 삶 속에 촌시가 겪는 갈등, 곧 동성애자 낸스를 연기하는 진짜 동성애자의 비극, 또는 광대 역할을 맡은 광대의 희비극이 바로 이 작품이다. 촌시의 상황은 커밍아웃한 동성애자가 우호까지는 아니더라도 적어도 관용의 시선을 빌어 한몫 하는 오늘날의 연예계와 상황이 다르다. 동성애자를 연기하는 것은 무방하지만 실제로 동성애자인 것은 용납되지 않던 시대에, 가면과 얼굴이 분리될 수 없는 '동성애자' 낸스 배우는 연기뿐 아니라 자신의 존재 자체를 웃음거리로 제공해야 하기 때문이다. 촌시가 말한다. "알코올중독자 역할을 전문으로 하던 알코올중독자 배우가 흑인 노예 역할을 전문으로 하던 흑인 배우에 대해 이렇게 말했지. 그는 내가 아는 가장 웃기는 배우였고 내가 아는 가장 슬픈 사람이었어." 〈낸스〉는 그 웃음과 슬픔 사이를 파고든다. 촌시는 뛰어난 재능과 극심한 고통 사이, 배우와 인간 사이를 표류하는 존재가 된다.

극심한 자기분열에도 불구하고 표면적으로 평온을 유지하던 촌시의 일상에 위협이 닥쳐온다. 첫 번째 위협은 희망의 얼굴을 하고 찾아온다. 바로 네드와의 관계다. 자신의 정체성을 부인하고 혐오하기까지 하던 촌시에게 네드와의 만남은 그 수치스런 정체성을 직면할 용기를 가져온다. 현실에서는 철저히 감춰야 하고 무대에서만, 그것도 가면을 빙자해야지만 드러낼 수 있는 자신의 얼굴을 되찾고자 하는 열망을 처음으로 품게 된다. 그리하여 무대 밖 점잖은 신사의 가면과 무대 위 앙증맞은 낸스의 가면 사이로, 말하자면 위선과 위악의 가면 사이로, 촌시의 진정한 얼굴이 내비치기 시작한다. 이렇게 열리는 자기긍정의 가능성이 역설적으로 두 번째 위협, 외부로부터의 위협을 초래한다. 공화당 소속 뉴욕 시장은 곧 다가올 세계 만국박람회를 위해 뉴욕의 거리뿐 아니라 도덕적 풍경의 청소를 명한다. 대중오락 극장가의 청소를 위해 그가 임명한 '음란퇴폐방지위원회' 위원장 폴 모스는 변태와 외설의 대명사인 벌레스크 극장의 낸스 쇼를 공적 1호로 지명하고 극장들을 순회하며 넘어서는 안 될 선을 넘는 낸스 배우들을 색출하는 데 혈안이 된다. 검열관 모스는 역사적 실제 인물로서 그 자신 배우 출신이며 평생 독신에다가 매우 '독특한' 제스처의 소유자였다고 한다. 오, 배교자!

그의 존재와 성격의 여러 모순, 그리고 소수자의 우매하고도 절박한 생존 전략의 하나이겠지만, 역설적이게도 촌시는 보수적인 공화당 지지자다. 그래서 처음에는 뉴욕시의 조치를 도덕적 명분을 위한 정치적 제스처로만 간주, 심각하게 받아들이지 않는다. 언제나처럼 현실을 외면하려 드는 것이다. 하지만 검열의 손길은 그를 피해가지 않는다. 그리고 그것이 목을 옥죄는 순간, 자라나던 자기긍정의 에너지는 영웅적으로, 동시에 자기파괴적으로 분출된다. 어느 저녁 폴 모스가 객석에 와 있는 걸 발견한 촌시는 더 두터운 가면을 쓰고 낸스 연기를 톤-다운하기보다 오히려 가면을 찢어발기고 자신의 '쌩얼'을 드러내며 검열관이 대변하는 사회의 '정상적' 규준에 대한 성토를 절규하듯 뱉어낸다. 결과는? 현장 구속! 관객의 우레와 같은 박수, 그리고 인터미션.

얼굴과 가면 틈새, 또는 카프카적 광대

2막이 열리면, 한동안의 구류 후 무대에 복귀한 촌시는 재판과 감옥에서의 경험을, 예컨대 법관의 판결봉을 무능한 생식기로 조롱하는 방식으로, 희화화한다. 원래 벌레스크 코미디에는 성적 농담 아래로 사회 풍자의 목소리와 우상·금기 파괴의 충동이 스며 있다. 하지만 풍자적 의도가 앞서게 되고 파괴적 충동이 강해지면 웃음은 줄어드는 법이다. 레퍼토리의 식상함과 검열의 가중되는 압력으로 관객이 줄어드는 가운데, 더 깊은 위기는 촌시 자신의 내면으로부터 온다. 재판을 통해 자신의 실상이 공공에 노출된 치욕적 체험은 한편으로는 사회적 편견에 항거하는 정치적 제스처를 가능하게 했지만 다른 한편으로는 그동안 혼란된 정체성에도 불구하고 어렵사리 유지해온 삶의 질서, 또는 그 아슬아슬한 정체성의 곡예, 곧 '무대 밖의 환영'과 '무대 위의 실재' 사이를 능숙하게 오가던 균형감을 상실하게 하고 만다. 촌시의 몰락이 시작된다.

1막에 비해 2막의 장면 전환은 눈에 띄게 잦고 빨라진다. 공과 사로 나눠진 촌시의 이중적 존재를 춤추듯 부드럽게 연결해주던 회전무대도 전환의 가속도가 붙으면서 벌어진 틈새를 급격히 넓혀간다. 몰락은 그렇게 오나 보다, 현기증을 일으키는 속도로. 먼저 동료들과의 관계가 소원해진다. 원래 극단 대표이기도 하지만 구금에서 풀려난 이후 레퍼토리에 대한 그의 독선적 지배가 강해진 데다, 정작 검열에 대한 전면적 저항으로 뉴욕시 전체의 벌레스크 극장 종사자들이 동참하는 파업 투쟁에 대해서는 그의 어쩔 수 없는 보수적 성향으로 인해 반대하고 나서기 때문이다.

치명적인 위기는 악화된 네드와의 관계이다. 극단 상황이 악화되면서 알코올에 깊이 빠져든 촌시는 종종 거리의 남자들을 찾는다. 네드가 따지고 들자 촌시는 네드의 일부일처제를 조롱하지만, 진실은 위험한 섹스의 유혹에 더 가까울 것 같다. 또는 감정적 헌신을 두려워하는 성격 때문일까. 촌시에게 내면화된 동성애자에 대한 사회적 편견이 '너는 사랑의 행복을 누릴 자격이 없다'는 초자아의 목소리로 사랑에 대한 근원적 욕구를 억압하기 때문일까. 어느 밤 자동판매점에서 '외로운 신사'를 연기하는 촌시와 그의 '외도 현장'을 덮친 네드의 언쟁은 촌시의 자기긍정의 가능성을 모두 무너뜨리는 인간적 몰락의 순간이 된다. 이 장면이 보는 이의 가슴을 찢는 것은 그동안 두 사람의 관계가 보여준 사랑의 가능성을 기억하기 때문이다. 잃어버린 가능성, 아니 스스로 저버린 가능성, 그만큼 가슴 아픈 일은 없다.

사랑의 가능성이 떠나면 예술의 가능성도 떠나는 것일까. 네드가 떠난 후, 관객도 들지 않는 극장에서 늙은 여장남자 매춘부를 연기하던 촌시는 한 순간 연기자로서의 그의 전 존재를 놓아버린 채 저버린 사랑에 대한 자기고백을 울먹이며 털어놓는다. 한때는 감칠맛 나는 언변과 앙증맞은 제스처로 웃음과 비판, 구속과 자유, 허구와 실재, 얼굴과 가면을 능수능란하게 뒤집어 보이던 촌시의 무대에 '현실'이 틈입한 것이다. 그 현실 앞에 촌시는 무너지고 만다. 그가 잃은 것은 관객만이 아니요, 동료 배우들과 네드와 무엇보다 자기 자신이었다. 인생과 예술 모두를 잃은 것이다. 물론 '쇼는 계속 되어야 한다'. 무너졌던 촌시가 다시 역할로 되돌아와 늙은 여장 남창의 신세 한탄을 관객에게 웃음거리로 던져준다. 관객은 얻을 것을, 그들 자신이 겪는 현실의 불안과 고통과 권태를 두어 시간 잊기 위한 웃음을, 얻고는 극장을 떠나간다. 무대에는 역할을 잃은 희비극적 광대, 벌레스크의 황혼기에 노을처럼 타오르다가 극장 폐쇄의 명령을 내리는 현실의 밤에 떠밀려 무대에서 내려서야 하는 낸스가 서 있다.

마지막 장면은 폐쇄된 어빙 플레이스 종사자들이 촌시와 따스한 악수와 서글픈 포옹을 하고 하나 둘 떠나는 백스테이지 장면. 다시 만나자는 말로, 더러는 영원히 안녕이라는 말로 인사를 대신하지만 모두 입을 모아 말한다, 함께해서 행복했다고. 쓸쓸한 미소로 답하는 촌시. 고락을 같이 했던 모든 이가 떠난 후 백스테이지를 서성이던 촌시의 발걸음이 무대를 향한다. 마지막으로 회전하는 빈 무대 위에 들어선 촌시. 작업등 하나만 켱한 극장을 희미하게 밝히고 있을 뿐이다. 거의 반사적으로 트레이드마크 인사를 조금은 풀죽은, 하지만 여전히 귀여운 제스처와 코맹맹이 소리로 던진다. "안녕, 그냥 안녕!" 그 소리가 텅 빈 극장에 낯설게 울려서일까, 흠칫 굳어지는 그의 표정. 현기증을 느낀 듯 주춤하는 몸짓.

　무대 작업등에 기대어 멍하게 객석을 바라보는 촌시. 이룰 수도 있었지만 결국 잃어버린 것들에 대한 상실감에 젖어드는 걸까. 가벼운 경련처럼 실룩이는 통통한, 그렇지만 이미 주름으로 처지기 시작한 뺨. 화려했던 지난날을, 무대 위에서 빛나던 자신의 모습을 돌이켜 보는 걸까. 여전히 재기 넘치는 도톰한 입술 위로 희미하게 번지는 엷은 미소. 또는 무대를 현실로 현실을 환영으로 착각했던 자신의 삶을 회한에 차 되돌아보는 것인가. 움푹 팬 슬픈 눈매에서 느껴지는 물기. 여전히 그렇게 묻고 있는 것인가. '무엇이 진실이고 무엇이 가장인가?' 하지만 동성애자 낸스 역할을 연기하는 동성애자 촌시에게 얼굴과 가면의 경계는 애당초 어떻게 가능한가. 무대에서도 현실에서도 그 경계의 틈새에서만 존재할 수 있는 그는 존재의 이중성이 아니라 존재의 불가능성을 대변하고 있는 것은 아닌가.

　이러한 상념도 닫아야 할 시간인가 보다. 촌시가 살랑살랑 객석 앞으로 다가온다. 초췌하고 어두웠던 표정이 일순 밝아지며 되살아난 활기로 트레이드마크 작별인사를 경쾌하게 던진다. 마치 '나는 연기한다, 고로 존재한다'는 명제를 되새김질하듯. "안녕, 그저……" 채 마치지 못한다. 그의 머리 바로 뒤편 무대천장에서 육중한 장치 하나가 곤두박질 무대 바닥에 떨어졌기 때문이다! 쿠궁! 얼어붙는 채 천장을 올려다보면 끊어진 줄이 올가미 모양의 그림자를 늘어뜨리며 천천히 좌우로 흔들리고 있다. 촌시의 몸에서 힘이 서서히 빠져나간다. 무대에서도 현실에서도 거짓의 삶밖에 허용되지 않는, 어쩌면 스스로 그런 삶을 선택했던 그에게 그래도 광대의 활기와 사랑의 섬광을 허락했던 무대와 현실 모두로부터 축출당한 지금, 남은 것은 오로지 자신의 목을 맬 올가미란 얘긴가. 망연자실 무대에 못 박힌 듯 서 있는 촌시의 머리 위로 끊어진 줄의 그림자가 불길하게 흔들리고 있는 가운데, 암전.

아, 카프카적 모멘트! 광대의 종말은 그렇게 온다. 추락에 추락을 거듭하다가 그 추락의 속도에 익숙해질 무렵, 털퍼덕 착지의 순간이 온다. 모두가 떠나간 무대에서조차 연기만이 내 존재이유라고 믿는 관성에 또 다시 몸을 싣는 순간, 영원할 것 같던 관성의 신기루는 사라지고 발 디딜 곳 없는 컴컴한 허공 속으로 굴러 떨어지고 만다. 그래도 마지막 대사만은 멋있게 끝내고 싶었는데, 종말은 결코 완성을 허락하지 않는다. 그리곤, 쾅! 추락하는 것들은 착지의 순간을 모른다, 그 순간이 오기까지.

다시 센트럴 파크로

브로드웨이를 따라 걷는데 어지럼증이 찾아온다. 희비극적 존재 촌시 마일즈의 자기분열에 감염되어서인가. 촌시의 얼굴/가면이 집요하게 눈앞에 떠오르는 가운데 공원 남서쪽 입구인 콜럼버스 회전로에 도착한다. 진입로를 따라 조금 걸어가니 미국 범죄물 드라마의 단골 로케이션인 터널을 통과하게 된다. 저길 지나다가 뒤에서 둔기로 얻어맞는 거지, 퍽! 불길하고도 장난스런 예감은 빗나가고 무사히 터널을 통과하니 거대한 바위가 길게 누워 있고 미드타운의 빌딩숲이 한눈에 들어온다. 바위 위에 걸터 앉아 물 한 모금 마신다. 바위는 딱딱하고 몸은 무거워 어디 풀밭이라도 찾아 몸을 뉘어야겠다.

공원 지도를 보니 가까운 곳에 풀밭이 있나 보다, 이름은 양떼를 위한 초장. 와! 환성이 들린다. 소프트볼 구장이다. 구장을 돌아 좁은 산책로를 따라가니 광활한 초지가 눈앞에 펼쳐진다. 어린애들을 데리고 나온 가족들, 연인들, 그룹을 지어 무슨 체조를 하고 있는 젊은이들, 풀잎에 카메라를 들이대고 있는 아마추어 사진사. 이들이 양떼로구나. 그래, 나도 한 마리 양이 되어 이 초원에 눕자꾸나. 배낭을 내려놓고 벌러덩 드러눕는데, 악! 비명을 지르며 상체를 일으킨다. 빳빳한 풀잎 끝이 얇은 상의를 뚫고 수백 개의 바늘처럼 등을 찌른 것이다. 한갓 풀잎에 불과한데 예상치 못한 충격이라 그런지 고통은 혹독했다. 배낭에서 점퍼를 꺼내 깔고 다시 몸을 눕힌다. 부지불식중에 떠오르는 말. '인간은 죄를 짓고 신은 용서한다.' 왜 이 말이 떠오른 걸까.

○○○　　유형지에서
○
○

　　하늘에는 먹구름이 잔뜩 몰려와 있다. 오전 내내 뉴아크 하늘
에 머물던 녀석들이 이제야 허드슨 강을 건너 왔나보다. 곧 비가 쏟
아질 것 같은데 공연은 이루어지려나. 풀잎에 찔려 움찔했던 등의
긴장이 풀리는지 찔렸던 자국들이 간질거린다. 그렇구나, 다시 카프
카구나. 판결문을 죄수의 등에 바늘로 서서히 각인시키는 형틀, 〈유
형지에서〉의 악몽적 체험이구나. 자신이 저지른, 또는 타고 난 죄의
정체도 모르는 채 형틀에 묶인 인간. 죄명이 바늘로 등에 새겨지는
동안에도 육신의 고통에만 붙들려 자신의 죄상에 대해 무지한 상
태로 있다가, 각인의 깊이가 점차 깊어져 고통조차 느낄 수 없는 단
계에 가서야 비로소 새겨지는 글자를 감지하기 시작하는 인간. 마
침내 죽음의 순간에야 자신의 죄를 온몸으로 깨닫는.

양떼를 위한 초장

비극이란 바로 그런 자기현현이라고 하이데거가 말했던가. 하지만 비극은 아리스토텔레스가 '24시간 안에'라고 단언했듯이 급속히 이루어지는 자기현현이다. 카프카의 유형지가 우리가 몸담은 세계요 그 형틀이 바로 우리네 삶이라면, 판결된 죄명은 서서히, 어쩌면 평생이 걸려 우리 몸에 각인될 가능성이 높다. 비극의 급전이 아니라 희비극의 반복과 지연을 통해 최후의 판결이 이루어지는 것이다. 삶은 비극과 희극 사이 그 어디쯤에 있기 때문이다. 촌시의 등에 새겨진 죄명은 무엇이었을까. '변태 새끼faggot'라는 판결이었을까. 유형지를 다스리는 신이 1930년대의 뉴욕 시장이었다면 그럴 수도. 카프카의 부재하는 신이라면 그나마, 의외의 관용과 연민으로, '호모homo'라 선고하지 않았을까, 동성애자보다는 '인간'의 의미에 방점을 찍으며. 내 등에는 어떤 각인이 새겨지고 있을까. 당신의 등에는?

타임스 광장과 덤보 사이

〈로미오와 줄리엣〉

〈줄리어스 시저〉

○○○　　타임스 광장의

　　　　　　　거리공연자들

　　　　　　　　　　　　　　○
　　　　　　　　　　　　　　○
　　　　　　　　　　　　　　○

'로미오'의 리처드 로저스 극장

TKTS 전광판의 할인 티켓 리스트를 보니 연극 공연은 기껏 네 편인데 관심을 끄는 게 없다. 올랜도 블룸의 브로드웨이 데뷔로 화제가 되고 있는 〈로미오와 줄리엣〉. 큰 기대 없이 티켓을 산다. 북적대는 인파 사이에 눈길을 끄는 것이 있다. 대낮 거리에 웬 나체가! 그것도 기타를 울러

타임스 광장의
벌거숭이 카우보이

메고 컨트리 송을 부르며. 하기야 엄격한 의미에서 나체는 아니다, 모자를 쓰고 부츠도 신었으니. 신작 영화 〈사이코Psycho〉에 나체가 등장하느냐는 1950년대 보수적인 미국 영화 검열관의 질문에 "나체는 없습니다. 여주인공은 샤워 캡을 쓰고 있으니까요."라고 답한 히치콕의 명언이 생각난다. 가만 보니 아래 속옷도 갖추었다. 뒤로 돌아서봐 달라는 요구에 선뜻 응하며 포즈를 취하는 그는 '벌거숭이 카우보이'! 타임스 광장의 단골 구경거리로서 관광객들에게 각종 업소의 전단을 뿌리기도 하고 함께 기념 촬영도 하는 마스코트들을 흔히 봐왔지만 이토록 과감한 의상은 처음이다.

올랜도 블룸의 로미오

브로드웨이에 첫 발을 디뎠을 때 〈뜨거운 양철지붕 위의 고양이〉를 보았던 리처드 로저스 극장. 그땐 스칼렛 조한슨이 저 높은 현판 속에 요염하게 드러누워 있었는데 오늘은 올랜도 블룸이 그에 못지않은 섹시한 모습으로 누워 있다. 극장 앞에는 수백 명의 관객이 줄지어 기다리고 있다. 브로드웨이 붙박이 관객인 노년층은 물론, 역시 작품이 작품인지라 젊은 층이 상당히 많다.

무대에는 큰 종이 하나 매달려 있고 푸른 빛 한 줄기가 그 위에 떨어진다. 종이라, 아마 캐퓰릿과 몬태규 집안의 하인들이 벌이는 거리의 소요, 머큐시오와 티볼트의 싸움과 죽음을 알리는 경종이겠지. 두 "빗나간 운명의 연인들"의 비밀스런 결혼을 축하하고 동시에 그들의 죽음이 가져오는 두 집안의 화해를 알리는 평화의 종이기도 할 테지. 두꺼운 파이프라인이 무대 바닥과 공중에 드리워져 있는데, 무슨 용도일까? 공연 10분 전, 2층 발코니 좌우에 첼로와 퍼커션 주자가 들어서더니 각각 악기를 조율한다. 파이프라인 군데군데 작은 불길들이 피어오른다. 아하, 연통 장치로구나. 저렇게 작게 피어난 불꽃이 점차 타오르겠지, 두 연인을 집어삼킬 때까지.

관객들이 종과 불꽃에 심취해 있는 잠시, 첼로의 현(絃)과 퍼커션의 타(打)가 급박한 충돌을 일으키며 파이프라인의 불꽃이 후욱 피어난다. 무대 옆 커튼으로부터 날아드는 하얀 비둘기! 깜짝 놀라는 객석. 비둘기가 종 위에 내려앉으면 새를 쫓아오는 듯 황급한 발걸음으로 뛰어 들어온 남자가 환한 표정으로 객석을 둘러본다. "두 고귀한 가문의 갈등이 우리의 무대가 되는 아름다운 베로나 시민들의 손을 피로 물들이고, 두 원수의 허리춤에서 난 자식들은 운명을 거스른 사랑으로 목숨을 잃게 된다." 코러스임을 알아챈 관객들, 놀란 가슴을 쓸어내리며 웃음과 박수로 이 불후의 사랑의 비극의 개막을 축하한다.

숨 돌릴 틈이 없다. 코러스가 끝나자마자 요란한 퍼커션 음향이 터지면서 불꽃을 실은 수평 연통은 무대 천장으로 사라지고 그것과 교차하며 공중에 나타난 거대한 세 개의 벽면들이 이리저리 움직이며 관객의 감각을 동요시킨다. 그때 성큼성큼 무대를 가로지르는 건장한 두 백인 남자. 공중에서 요동치던 벽면들 가운데 가장 큰 벽이 무대 중앙에 쿵 하고 내려앉으면, 쇠사슬을 휘두르며 달려온 세 흑인 남자가 벽면의 디딤쇠를 밟고 뛰어오르며 백인 남자들에게 욕설을 퍼붓는다. 역동적인 무대의 움직임에 다시 터져 나오는 객석의 환호와 갈채. 흰 피부의 몬태규네와 검은 피부의 캐퓰릿네의 싸움이 벤볼리오와 티볼트의 싸움으로 비화되면서 경종이 울리고 두 패밀리의 수장들까지 합세한 싸움이 된다. 피부색을 제외하면 캐스팅은 전형적이다. 온순한 벤볼리오와 난폭한 티볼트, 소박한 노인들인 몬태규 부부, 뚱뚱한 다혈질의 장년 캐퓰릿과 남편보다 훨씬 젊은 캐퓰릿 부인 등. 이어 등장한 검은 피부의 영주가 중립적인 태도로 두 집안에 경고를 내린다.

소요의 주인공들이 퇴장하면 모두가 기대하는 로미오의 등장 순서다. 그런데 무대 뒤에서 부릉부릉 모터사이클 소리가 요란하다. 등장할 로미오의 모습을 앞당겨 상상한 관객들이 웃음을 터뜨리는 순간 정말로 바이크를 몰고 무대에 등장하여 만인의 눈앞에 나타난 로미오, 아니 올랜도, 〈반지의 제왕〉의 레골라스, 〈카리브해의 해적〉의 윌 터너! 오, 스타의 힘! 스칼렛 조한슨도 이 정도는 아니었는데 그치지 않는 환호에 우리의 로미오는 첫 대사를 하기 위해 한참을 기다려야 했다.

무릎 헤진 청바지에 후드 티, 광택 나는 바이크 헬멧과 빨간 운동화로 액센트를 준 스타 로미오는 매력적인 허스키한 목소리로— 아직은 줄리엣이 아니라 로잘라인에 대한—사랑의 열병에 지친 권태감을 제법 능숙하게 셰익스피어의 시에 실어 토해낸다. 하지만 장면을 거듭할수록 살아나야 할 대사의 운율감은 상실되고 사라져야 할 권태감은 오히려 강화된다. 무슨 말이냐고? 요컨대 이 로미오의 가장 큰 약점은 훈련이 덜 된 셰익스피어 대사 화법은 차치하고서라도 오호라, 줄리엣에 대한 열정이 전혀 느껴지지 않는다는 말이다. '그래서 무대에 불을 도입했나, 배우의 불꽃의 결핍을 메워주기 위해?'라는 생각이 들 정도로. 캐퓰릿 가의 가장무도회에서 줄리엣을 처음 보고 매혹당한 순간, "오 그녀는 횃불에게 더 환하게 타라고 가르치고 있어! 내가 지금까지 사랑에 빠져 있었다고? 내 눈아,

부인해라! 오늘 밤 이전에는 진정한 아름다움을 본 적이 없으니."라고 외치는 순간, 그의 목소리에는 횃불의 이글거림이 없다. 두 사람이 최초로 조우할 때는 그들을 세상으로부터 떼어내 사랑의 이데아의 경지로 데려가는 첼로 연주의 기막히게 섬세한 떨림의 도움에도 불구하고, 로미오가 말하는 "순례자의 키스"에는 입술을 바짝 마르게 하는 가슴 떨림이 없다.

결정적으로, 발코니 장면에서 줄리엣의 사랑을 확인한 순간에조차 "오, 축복, 축복의 밤이다! 이 모두가 꿈에 불과한 걸까? 현실이라기엔 너무나 달콤해."라는 외침에는 가슴 터질 듯한 환희도 꿈에서 깨어날까 가슴 조리는 두려움도 느낄 수 없다. 내일을 기약하며 떠나는 발걸음에는 한 순간의 이별에도 눈물을 글썽이는, 상대적으로 탄탄한 연기와 풋사랑의 열정을 제대로 뿜어낸 줄리엣 배우의 "이별은 이토록 달콤한 슬픔"이라는 명대사가 달콤함도 슬픔도 함께 나눌 이를 찾지 못한 채 허공을 치고 만다. 줄리엣 역의 콘돌라 라샤드는 2년 연속 토니상 조연상 후보에 오른 실력파 배우요 정말 아름다운 줄리엣이지만, 어쩌랴, 사랑은 혼자서 하는 게 아니다.

불꽃, 장벽, 풍선: 뛰어난 디자인 연출

무대의 디자인적 요소들은 거의 완벽했다. 종과 비둘기, 불꽃

연통들은 물론 세 조각 벽면의 합체와 해체를 통해 장벽을 쌓고 무너뜨림으로써 사랑과 증오, 순간과 영원, 구속과 자유의 이미지들을 장면마다 절묘하게 구현해낸다. 또 첼로와 퍼커션의 대립과 조화를 통해 그 이미지들을 청각적으로 증폭시킨다. 캐퓰릿과 몬태규가의 갈등을 흑백의 인종 갈등으로 번안하는 데 있어서는 무대에 뿌려놓은 모래로 해변을 암시하면서 카리브 해의 국가, 곧 흑인 정권하의 다인종 사회를 환기시킴으로써 현실감을 획득한다.

디자인 연출의 세부도 인상적이다. 세 벽면 전체가 합체되면 상부에는 모래바람에 퇴색된 비잔틴풍의 벽화가, 하부에는 그라피티와 무수한 하트 낙서들이 새겨져 있어 고전과 현대, 예술과 현실을 결합한다. 하인들의 싸움이 벌어지는 첫 장면에 두 집안 사이의 장벽으로 제시되는 하부 벽면은 로미오가 줄리엣의 발코니로 접근할 때는 뛰어넘어야 하는 사랑의 장벽이 되고, 두 연인의 결별을 결정짓는 머큐시오와 티볼트의 싸움 장면에서는 상부 벽면이 합체됨으로써 뛰어넘을 수 없는 운명의 장벽으로 우뚝 선다. 증오의 불꽃을 뿜으면서 공중으로 솟아올랐던 수평 연통은 무도회 장면에서 수직 연통들과 어울려 해변의 댄스파티를 밝히는 흥겨운 횃불을 만들어내고, 두 연인의 비밀 결혼이 이루어지는 사제관에서는 바닥에 내려앉아 혼인의 신성한 불꽃이 되었다가 다시 공중으로 솟아 사라짐으로써 치열하고도 덧없는 사랑의 불꽃을 아로새기기도 한다.

해변의 댄스파티에는 풍선들이 둥둥 떠다니며 파티의 설렘을

로미오와 줄리엣

1. 극의 시작을 알리는 코러스
2. 스타 등장. 오, 올랜도!
3. '풍선' 무도회!
4. 줄리엣 역의 콘돌라 라샤드

조성하는데, 풍선의 도입은 무도회로 가는 몬태규네 패거리를 통해서 이루어진다. 적의 소굴로 들어가면서 변장의 일부로 가면은 물론 풍선을 손목이며 어깨에 달고 등장하는 것이다. 친구들에 뒤이어 등장하는 로미오의 풍선은 빨간 운동화에 묶여 있고 친구들이 장난으로 그 운동화를 벗겨 던지고 받으며 사랑에 빠져 풍선 달린 발로 허공을 걷고 있는 듯 바람이 잔뜩 든 로미오를 놀려댄다. 로미오의 신발에 달린 작은 풍선이 해변파티의 큰 풍선으로 부풀어 올랐을 때 줄리엣과 만나게 된다. 풍선 모티프는 발코니 장면에서 어떻게 높은 담을 넘어왔냐는 줄리엣의 물음에 "사랑의 가벼운 날개를 타고 높은 벽을 넘었어."라고 답하는 로미오의 대사에 착안한 것일 게다.

이처럼 디자인적 요소들을 섬세하게 빚어낸 연출에도 불구하고 풍선을 달고서도 '사랑의 날개를 타고' 날아오르지 못한 로미오는 역시 배우의 탓이다. 이 비극의 회전축 역할인 머큐시오의 평면적인 성격도 문제다. 꿈에 관한 셰익스피어의 수많은 명대사들 가운데서도 백미로 꼽히는 머큐시오의 '요정의 여왕 맵' 독백은 이 캐릭터의 불가사의한 음영을 제대로 살려내지 못한다. 비극적 사랑의 탄생을 전조하는 불안하고 신비한 분위기를 창출하는 데 기여하지 못한다. 꿈 이야기를 하다가 꿈과 같은 광기에 실려 정신마저 잃는 강렬한 시적 상상력 대신 이 머큐시오가 구현한 것은 약이 약간 부족한 마약쟁이의 혼미한 정신이다. 그러니 그의 죽음에 사랑의 서

약마저 내던져버리고 복수를 해줄 친구를 기대하기란 어렵다. 비극의 치명적 전환점이 되는 티볼트와의 싸움에서 그가 쓰러졌을 때 로미오의 격분은 미미하다. 요컨대 사랑의 환희를 향해 치닫던 액션이 비극적 운명으로 돌아서 역주행하기 시작하는 비극적 엔진의 그르렁대는 소리를 들을 수 없었다.

대학 연극반 시절의 공연이 생각난다. 아마추어 배우들의 충만한 에너지는 물론, 특전사 출신의 복학생이자 연극반 고참인 티볼트와 연극반 밖에서 섭외된 미남 로미오 사이의 알력까지 더해져 이 싸움 장면의 리허설은 언제나 과열되곤 했다. 철공소에서 제작한 묵직한 무쇠 검 때문에 두 배우의 손에는 늘 붕대가 감겨져 있었다. 어느 날 공연에서 티볼트의 강공에 밀리던 로미오가 뿔이 났다. 어디서 그런 힘이 났는지 안무를 벗어나 거세게 반격하는 로미오. 의외의 저항에 놀란 티볼트가 뒷걸음치다가 발을 헛디뎌 무대에서 떨어졌다. 칼을 든 장정이 우당탕 객석 앞줄에 처박혔을 때 관객들의 혼비백산. 그 티볼트가 단숨에 몸을 일으켜 무대에 뛰어오르며 다시 로미오와 칼을 겨누었을 때 터져 나온 우레 같은 박수갈채. 그때부터는 글자 그대로 각본 없는 드라마였다. 부딪치는 무쇠 검에서는 불꽃이 튀었다. 관객들은 환호를 지르며 열광했다. 공연이 끝나고 로미오와 티볼트를 호되게 꾸짖었지만 마음속으로 그렇게 생각했다. '무대의 가상이 객석의 현실을 뚫고 초현실이 되었던 순간.'

줄리엣의 비상, 치솟음의 미학

줄리엣의 연기는 일품이었다. 특히 첫날밤을 기다리는 줄리엣을 그네에 태워 다시 한 번 공중으로 치솟게 한 연출은 블룸의 로미오에게서는 받지 못한 보답을 라샤드의 줄리엣에게서 충분히 받는다. "너희 불길에 싸인 발을 가진 말들아, 태양신의 침소를 향해 힘차게 달려라. 태양신의 채찍이 서쪽으로 가자고 내리치고 있으니, 어서 달려가서 캄캄한 밤을 대신 보내다오."라고 시작하는 이 역동적인 독백은 힘차게 그네를 타는 라샤드를 통해 그야말로 날개를 단다.

무대장치의 날개를 달지 않고도 이 독백 장면은 날아오를 수 있다. 유학 시절 공연. 줄리엣 배우가 대사의 시적 운율을 소화하지 못해 애를 먹고 있었다. 특히 혼자서 감당해야 하는 이 긴 독백을 가장 어려워했다. 무척 열심이었던 그녀는 밤에도 혼자 남아 연습하곤 했는데 가끔 모니터링을 해주었다. 시간이 가도 크게 나아지진 않아 애가 탔었다. 그러다 공연을 이틀 앞두고 마침내 돌파를 했다! 아무런 장치 없이 무대 바닥에 앉아 하는 독백이었는데 애타는 마음으로 듣고 있던 내 귀에 그야말로 비상의 날갯짓이 들려왔다. 단어들이 깃털이 되고 구절들이 날개의 근육이 되고 독백 전체의 요동치는 흐름은 솟구치는 비상의 몸짓이 되었다. 본인도 그 비상의 흥분을 느끼고 있었고 지켜보는 이들 모두가 '와우!' 하는 표정이었다. 그때부터 입에 붙어 다니게 된 말. '셰익스피어의 시적 대사는 제대로 읽기만 해도 배우를 날개에 태워 날게 한다.'

공연의 종반에도 치솟음의 미학은 계속되었다. 로렌스 신부가 건넨 약을 먹은 뒤 숨을 멈춘 줄리엣은 침대에 실려 공중으로 부양한다. 그 아래로 걸어오는 것은 추방된 로미오. 그러나 그의 희망에 찬 꿈 이야기도 그리 희망차지 않으며 연인의 죽음 소식에도 그의 절망은 그리 절망적이지 않은지 "운명아 너를 거부한다!"라는 피맺힌 절규가 밋밋하게만 들리는 걸 어쩌랴. 연통이 내뿜는 무덤의 불꽃은 빗나간 운명의 두 연인의 시신을 밝히며 처연하게 타오르지만 영주의 권고에 선뜻 응하는 두 집안의 화해 또한 싱겁기만 한 걸 어쩌랴. 비둘기도 훈련이 덜 되었는지 로렌스 신부가 마지막 평화의 종을 혼자서 울려대고 있다. 화려했지만 실속 없는 공연임을 배우들 자신도 아는지 단 한 번의 커튼콜. 스타에 대한 예우인지 기립박수는 쳤지만 두 번째 커튼콜은 굳이 바라지 않는 관객들.

그렇게 욕할 거 왜 봤어? 하고 묻는다면 이유는 아마도 이 작품과의 질긴 인연 때문. 공연을 통한 셰익스피어와의 첫 만남이 〈로미오와 줄리엣〉이었다. 1980년대 말 후배가 이 작품을 연출하겠다며 상의해왔다. 내 반응은 "무슨 놈의 〈로미오와 줄리엣〉?" 표면적인 민주화는 이루어졌지만 5공의 억압을 살아왔던 세대에게 사랑의 비극은 상상하지 못했던 레퍼토리였다. 하지만 막역한 후배의 선택이라 작업을 도왔다. 그리고 곧 깨달았다, 셰익스피어 연극의 힘을,

그 무한한 시적·연극적 자유를. 학교 공연을 대학 셰익스피어 연극제에 가져간 후배에게 한 극단 대표가 연출을 제의했고, 후배는 다시 내 도움을 청해 프로 연극계에 첫 발을 내딛게 되었다. 로미오에는 청춘스타의 이미지와 특권을 내던지고 뉴욕에서의 방랑 생활을 마치고 막 귀국한 송승환, 줄리엣에는 당시 청춘스타로 떠오른 약관 20세의 하희라. 행복한 작업이었다. 무엇보다 디자이너 김효선 씨와의 작업에서 많은 것을 배웠고 그녀의 기가 막히게 단순한 디자인은 막의 구분이나 암전 한 번 없이 물처럼 흐르는 셰익스피어극의 자유로운 움직임을 마음껏 구사할 수 있는 토대를 제공해주었다. 그래서 당시 '이런 셰익스피어는 한국 무대에서 처음 본다'는 평을 얻기도 했다.

발랄하고 당찬, 거의 선머슴애에 가까운, 하희라의 줄리엣은 소위 청순가련형의 기존 줄리엣에 비하면 가히 혁명적이었고, 이미 머리가 벗겨지기 시작한 송승환 형은 나이와 관록을 넘어서는 열의로 성심을 다했다. 공연은 대성공이었다. 지금은 서울시 의회가 되어 있지만 당시 세종문화회관 별관이라는 명칭의 공연장이었던 대극장 객석은 전회 만석을 이루었고 관객의 반응은 열광적이었다. 디자이너와의 협업에서 소중한 배움을 얻었던 탓에 그녀가 공부한 학교로 유학을 간 것도 인연이라면 인연이다. 하지만 그 학교에서 또다시 〈로미오와 줄리엣〉을 만날 줄은 몰랐다. 셰익스피어 언어의 힘을 다시 한 번 절실히 깨달을 줄은 더욱 몰랐다.

○ ○ ○   타임스
광장에서

덤보까지
○
○
○

9·11 메모리얼 앞에서

지하철을 타고 종착역인 사우스페리South Ferry로 간다. 저녁 공연까지 남는 시간 동안 맨해튼 남단 지역을 둘러보기로 한 것이다. 가는 길에 9·11 메모리얼이 있다. 거기서 사우스페리까지는 걸어가면 되겠다는 생각에 중간에서 내린다. 지상으로 올라오니 아뿔싸, 9·11 메모리얼 마지막 입장 시간인 5시가 막 지났다. 같은 처지인 늦은 방문객들 사이에서 전광판의 영상 자료를 멀뚱멀뚱 바라볼 뿐이다.

문득 〈로미오와 줄리엣〉 공연장에 들어서기 전 품었던 희미한 기대가 생각이 났다. 줄리엣 배우의 이름, 콘돌라 라샤드. 중동인의 피가 느껴지는 이름이었다. 한국에도 소개가 되었지만 중동을 배경으로 한 〈햄릿〉이 세간의 관심을 끈 적이 있다. '라샤드'라는 이름에서 서구와 중동의 대립을 기대했었나 보다. 그렇다, 오늘 본 〈로미오와 줄리엣〉에서 결정적으로 부재한 것은 사랑의 핏빛 토양인 증오였구나. 고전의 동시대적 의미는 참혹한 현실을 냉정히 돌아볼 때 찾아지는 것이겠구나. 3,000여 명의 목숨을 앗아간 테러리즘의 기념비 앞에 서 있자니 미국 군대가 진주한 중동 지역의 인명 피해는 얼마나 될까 궁금해진다. 이런 불온한 질문을 제기하는 사람이니 9·11 메모리얼에의 입장을 거부당했나 보다.

뉴욕만으로 나가는 부두인 사우스페리에 도착하니 스태튼 아일랜드로 가는 페리 터미널이 있다. 스태튼 아일랜드는 맨해튼, 브루클린, 퀸즈, 브롱크스와 함께 뉴욕의 다섯 자치행정구 가운데 하나다. 맨해튼과 스태튼 아일랜드를 오가는 이 페리를 영화에서 종종 봤다. 주로 범죄자들이나 불륜의 연인들이 비밀 접선 장소로 활용하는 장면들이었다. 한번 타볼까 했는데 벌써 오후 5시 40분. 터미널을 나서니 멀지 않은 곳에 브루클린 브리지가 보인다. 뉴욕만 입구로 흘러드는 이스트 강을 따라 걷는다. 어느덧 저녁 빛이 창백하게 가라앉고 있다. 강변을 따라 걷노라니 쓸쓸하고도 아름다운 정취가 여행자의 발길을 흠뻑 적셔준다. 오래된 선창가 같은 거리가 열린다. 동네 이름도 올드 시포트Old Seaport. 카페 앞 연주자들이 들려주는 피들에 실린 아일랜드풍 음악이 줄리엣이 말하는 '달콤한 슬픔'으로 다가온다.

선창가 마을 끄트머리에 브루클린 브리지로 올라가는 후미진 계단이 있다. 다리로 올라선다. 뒤돌아보니 월스트리트 빌딩숲의 불빛이 금융 산업의 탐욕을 애잔한 감상으로 감추고 있다. 세상 현실과는 따로 노는 여행자의 감상이 다리 위로 부는 세찬 바람에 나부낀다. 그 바람에 실려 맨해튼에서 브루클린으로 건너가는 동안 어둠이 이스트 강을 완전히 뒤덮는다.

덤보로 내려가는 계단이 사뭇 으슥하다. 가로등이 덤보 특유의 벽돌길을 비추고 있지만 거리 곳곳에 어둠이 웅크리고 있다. 걸음을 재촉해 길모퉁이를 돌아서는데 어두운 구석에서 뭔가 갑자기 튀어나온다! 간 떨어지는 줄 알았다. 도망치듯 몇 걸음 뛰어간 후 돌아보니 노숙인 행색의 늙은 흑인 남자다. 뭐라고 소리를 질러대는데

위. 올드 시포트 카페 앞 연주자들
아래. 브루클린 브리지 위에서 바라본 맨해튼 남단

알아들은 건 어이없는 한마디. "이보게, 자넨 아름다워. 오, 자넨 정말 세상에서 가장 아름다운 존재야!" 맙소사!

세인트 앤즈 웨어하우스에 도착한다. 영국극단 돈마 웨어하우스의 전원 여성 캐스팅 〈줄리어스 시저〉. 공연 포스터에는 포효하는 브루터스의 모습. 여인이라 그런가, 포효보다는 절규의 느낌이 더 강하다. 눈매에는 약간의 물기도 느껴지고. 극장 출입문이 닫혀 있다. 커피하우스 브루클린 로스팅 컴퍼니에서 시간을 보내다가 다시 와봐야지 하며 들어서는데, 임시 박스오피스가 커피 가게 안에 열려 있다. 극장 박스오피스가 무대 공간으로 활용되어 옮겨왔다고. 전원 여성 캐스팅에 극장 전체를 무대로 활용하는 환경연극이라.° 호기심을 음미하며 커피를 들고 베란다에 나와 앉는다.

발걸음이 강변공원으로 향한다. 빗방울이 떨어지기 시작한다. 어둠 속 영롱한 조명등을 줄줄이 달고 있는 맨해튼 브리지. 그 위를 달리는 전철의 소음이 유난히 크게 들린다. 어두운 강변을 따라 걷다가 벤치에, 강변 바위에, 풀밭에, 앉고 누운 연인들을 마주친다. 다정한 포즈의 두 남자, 그러니까 게이 커플도. 화려한 조명에도 불구하고 글래스하우스의 회전목마는 멈춰서 있고 검은 강물은 도시의 불빛을 받아 군데군데 황금빛으로 출렁인다.

° 환경연극은 <그대 다시 잠들지 못하리라>와 같은 소위 몰입연극(Immersion Theatre)과는 달리, 연극적 액션이 객석을 침범하기는 해도 형식적으로 무대와 객석의 분리가 분명한 연극을 말한다. 몰입 연극이 비교적 최근의 현상이라면 환경연극은 1960년대 전위극을 통해 보편화된 현상이다.

○○○　백색 감옥 속으로:

　　　덤보의
　　　〈줄리어스 시저〉

　　　　　○
　　　　　○

창고 극장 문이 열리면서 드러나는 백색 공간

공연장으로 돌아와 보니 관객들이 원래 극장 출입구가 아닌 셔터로 된 무대장치 운반통로 문 앞에 웅성거리며 몰려 있다. 그 사이를 한 50대 여성이 비집고 다니면서 안내 멘트를 날린다. "티켓을 손에 들고 있다가 문이 열리면 머리 위로 들고 들어가세요. 들어가면 공연이 끝날 때까지 못 나옵니다." 옆에 선 중년 여성 관객이 "뭔가 예사롭지가 않네."라며 기대감에 찬 표정을 감추지 못한다. 드르륵 셔터 문이 올라간다. 드러나는 것은 눈부시다 못해 을씨년스럽기까지 한 하얀 벽면. 관객들이 웅성대며 백색 공간으로 들어간다. 그들을 맞이하는 것은 또 하나의 안쪽 셔터 문 앞에 버티고 서 있는 거구의 여자 경찰, 아니 교도관이다. 측면 2층 통로에도 몽둥이를 든 여성 간수들이 관객들을 감시하듯 내려다보며 "티켓! 티켓을 들어 보이세요!"라고 소리친다. 티켓을 머리 위로 올리며 간수들과 이 기이한 공간을 신기한 표정으로 둘러보는 관객들. '여성 죄수들이 감옥에서 〈줄리어스 시저〉를 공연한다'는 홍보문구에 미리 접했지만 다들 눈이 휘둥그레진다. 들어온 입구의 셔터 문이 올릴 때와는 달리 쾌르릉 쾅! 내리 닫힌다.

꼼짝없이 통로에 갇힌 관객들은 폐소공포증을 느낀다. 온통 흰색인 벽, 계단, 난간, 그리고 진짜 같은 간수들의 싸늘한 태도에 백색의 공포가 엄습한다. 폐쇄회로 TV 모니터가 놓인 정면 입구에 버티고 선 간수가 고압적인 어조로 말한다. '감옥' 내에서는 모바일 기기 사용이 금지되어 있으니 지금 당장 끄라고, 신호음이 울리면 압수하겠다고. 그러면서 덧붙이는 말이 무섭다. "모든 것이 감시하에 있습니다". 이곳이 가상 감옥임을 깨달은 관객들은 웃음을 터뜨리면서도 간수들의 삼엄한 분위기에 사뭇 불안한 눈치다. 안쪽 셔터 뒤에서 큰 소란과 욕설이 들려온다. 이미 가상현실에 빠져든 관객들이 '공연 준비를 하던 죄수들이 소동을 일으킨 건가' 하고 추측을 할 때, "공연 중에 있을지도 모를 사고를 방지하기 위해 지정된 객석에서 절대 움직이지 말라"는 간수의 안내가 더해진다. 화장실 사용도 공연 전에만 하라고.

드디어 열리는 '감옥' 입구. 선량한 시민인 관람객들은 교도관의 경고를 성실히 이행하기 위해 공연장으로 들어서자마자 줄지어 화장실을 찾는다. 나도 고분고분 따르기로 했다. 화장실 벽면에는 '면회객'들을 위한 각종 경고문이 붙어 있었고, 거기에 빼앗겼던 시선을 사용 중인 남성용 소변기로 돌렸을 때, 아악! 한 줄기 피가 변기에 흐르고 있다. '이 무슨 혈뇨?' 하고 놀랐다가, 형무소 세트의 절묘한 디테일이라는 사실에 생각이 미치면서 놀란 가슴을 겨우 가라앉혔다. 다른 변기들에도 같은 디테일이 적용되었는지 궁금했으나 옆 칸에 선 노신사의 아래쪽을 감히 들여다볼 수는 없었다. 객석에 앉으니 옆자리의 백인 남성이 속삭인다. "분위기가 살벌한데요."

여자 죄수들의 <줄리어스 시저>

원래 극장 로비였던 곳이 무대가 되어 있다. 박스오피스는 형무소 모니터링 룸이 되어 있고, 벽면을 따라 철제 계단과 이층 난간이 설치되어 있다. 객석이 삼면에서 무대를 감싸고 가파르게 내려다보고 있어 관객을 죄수들의 공연을 지켜보는 감시망의 일부가 되게 하는 동시에 폭력의 가능성에 노출된 위태로운 입지를 체감하게 한다. 끊임없이 들려오는 철문 여닫히는 소리, 날카로운 호루라기 소리가 불안감을 배가시킨다. 문이 덜컹 열리더니 두 명의 간수를 필두로 20여 명의 죄수들이 줄지어 등장해 관객을 마주하고 선다. 죄수/배우들이 곁눈질로 또는 반항의 눈길로 객석을 바라본다.

배우와 관객의 첫 만남은 이렇게 감옥/무대에 선 자들의 도발적인 눈빛으로 어색하게 이루어진다. 관객들은 흥미로워하면서도 불편한 심정이 된다. 어색한 침묵을 깨는 간수의 호루라기 소리에 죄수/배우들은 무대와 이층 난간을 뛰어다니며 알루미늄 식판으로 난간을 두들기고 소리를 질러댄다. 시저를 맞이하는 로마 군중의 환호, 감옥이라는 가상현실 속의 가상현실인 연극 <줄리어스 시저>가 시작된 것이다. 죄수들이 말문을 열면서 다양한 액센트가 들려온다. 모두 연원을 가진 억양들이겠지만 식별할 수 있었던 것은 전형적인 영국 억양을 비롯해 런던 하류 계층의 독특한 억양, 아프리카계 억양, 그리고 만삭의 젊은 백인 여성의 억센 스코틀랜드 억양들이다.

인종 분포와 연령층도 다양하다.

관객들이 들어온 셔터 문이 열리면서 역광을 받으며 한 인물이 등장한다. 후광으로 빛나는 그(녀)는 바로 시저! 열광적인 환호를 받으며 군중과 악수를 나누더니 계단을 뛰어올라 이층 난간 앞에 위풍당당하게 선다. 같은 죄수복 차림이지만 검은 베레모를 쓰고 유난히 하얀 얼굴(분장)을 한 시저. 그를 올려다보던 죄수들은 똑같이 하얀 얼굴을 한 종이 가면을 일시에 뒤집어쓰고—영화 〈브이 포 벤데타〉를 연상시킨다—"시저 만세!"를 외쳐댄다. 그렇게 개인들은 작은 시저들이 되어 우상을 만들어내고, 그렇게 군중은 독재자를 만들어낸다. 군중은 그들이 원하는 것을 줄 힘이 있기에 독재자를 추앙한다. 형무소에서의 힘은 물자 조달 능력. 감옥의 독재자 시저의 권력은 담배와 피자와 도넛에서 온다. 덤보 거리의 여느 피자 하우스에서 배달된 듯한 피자 한 판과 크리스피 크림 도넛 한 상자를 던져주면 죄수들은 환호한다. 그러나 피자 한 조각으로는 넘어가지 않는 고상한 죄수도 있게 마련. 시저의 피자 파티를 경멸에 찬 눈길로 바라보는 흑인 죄수, 그의 이름은 캐시어스. 그 눈길을 누구보다 먼저 알아채는 자는 다름 아닌 시저다. 불만분자는 조기에 척결하는 것이 상수임을 아는 정치 9단 시저는 캐시어스의 입에 피자 조각을 쑤셔넣으며 지독한 모욕을 가한다. 당근과 채찍의 법칙이랄까.

시저 곁에 가장 두드러진 존재는 브루터스다. 포스터를 통해서도 안면이 익지만 대부분 젊은 배우들 사이에서 시저 역의 배우와 함께 관록 있는 연장자의 면모와 강한 존재감을 뿜어내는 배우다. 큰 키에 굵게 주름 팬 깡마른 얼굴이 강렬하다 못해 거의 남성적인 브루터스와 함께, 시저의 총애를 받는 앤서니 역에는 미끈하게 잘생긴 젊은 흑인 배우를 캐스팅함으로써 날카로운 대조를 만든다. 피자 파티에 대한 두 측근의 반응도 미묘하게 잘 다듬었다. 공화파이자 금욕주의자인 브루터스는 동료 죄수들의 충족된 복지에 즐거워하고 자신의 몫조차 동료들에게 나눠주는 반면, 시저의 충성파이자 쾌락주의자인 앤서니는 주어진 피자 조각의 순수한 향유에 몰두해 있다. 여기서 순수한 향유란 아무 생각 없이 맛있게 먹는다는 뜻. 두 사람을 저울질해보던 불만분자 캐시어스가 브루터스에게 접근하는 것은 지극히 당연한 일이다.

감옥과 연극, 현실과 가상현실

감옥의 현실과 연극의 가상현실이 엮여드는 미묘한 접점들은 극이 본격적으로 진행되면서 희미해진다는 느낌이 들었다. 캐시어스의 유혹, 브루터스 내면의 갈등, 공화파 음모자들의 결탁은 브루터스 배우의 인상적인 연기와 여타 배우들의 열연에도 불구하고, 그야말로 죄수들이 연기하는 〈줄리어스 시저〉의 함량 미달 공연으로 전개되는 듯했다. 그런데 '혹 지속되는 뉘앙스를 여행자가 놓친 것일까. 그렇다면 용서하시라'고 생각하는 바로 그 순간, 짙은 스코틀랜드 억양을 가진 만삭의 죄수가 브루터스의 아내 포오샤를 연기한다. 기가 막히게도 그 튀는 억양과 '엉뚱한' 몸매가 현실과 가상현실, 감옥과 무대, 배우와 역 사이의 간극을 환기시킨다. 이어지는 장면에서는 시저의 아내 칼퍼니아 역의 흑인 죄수가 시저의 죽음을 전조하는 불길한 꿈 이야기를 부두 제의의 강렬한 몸짓으로 풀어낸다.

이러한 접점 또는 간극들은 원작에 대한 재해석으로도 읽힌다. 원작에서 의문으로 남는 포오샤의 광기와 죽음은 유산 또는 출산과 관련된 것으로 읽히고, 칼퍼니아의 꿈은 '죽음을 두려워하지 않는' 시저가 겁을 먹고 공식 일정을 포기할 만큼 부두 제의 특유의 강력한 환각적 체험으로 구현되기 때문이다. 뿐만 아니라 저예산의 감옥 공연치고는 상당히 '폼 나게' 연출된 장면들이 관객들로 하여금 죄수들의 현실과 그들이 만드는 허구 사이를 즐겁게 오가게 한다. 암살이 계획된 원로원으로 시저가 등원하는 장면은 번듯한 셰익스피어 무대 못지않은 스펙터클을 제공한다. 포그에 역광을 쏘는 조명장치를 통해 긴 그림자를 늘어뜨린 시저와 추종자들이 강렬한 시각적 이미지를 만들며 등장하는 것이다. 그의 길을 막고 암살 음모를 알리는 원작의 점술가는 세발자전거를 탄 금발 소녀가 몽환적인 차임벨 음향을 타고 시저 일행 사이를 누비는 것으로 연출된다. 값싼 호러 무비의 패러디 같기도 하지만 관객들은 오히려 그 동화

전원
여성
캐스팅

줄리어스 시저

1. 무대에 도열한 죄수/배우들

2-3. 피지와 도넛의 제왕 시저

4. 암살의 '실시간 동영상'

5. 자유와 해방의 외침

적인 연극성에 매혹된다.

드디어 암살 장면. 시저가 객석 맨 앞줄 관객 사이를 비집고 거만한 자세로 끼어 앉으면, 한 정치범의 사면을 집요하게 요청하는 공화파 의원들의 탄원이 무겁고 긴장된 장면으로 연출된다. 시저의 거듭되는 거절에 돌연 캐시어스가 비디오카메라를 어깨에 둘러멘다. 그것을 신호로 장난감 단검을 들고 시저를 덮치는 무리들. 그들의 몸싸움에 앞줄 관객들은 난리가 난다. 그 광경이 캐시어스의 카메라를 통해 벽면에 투사되면 죄수들뿐 아니라 놀라서 벌떡 일어나 엉거주춤 몸을 피하는 관객들도 뜻하지 않게 영상 속의 배우가 된다. "브루터스, 너마저도," 시저가 쓰러지면 암살자들은 소품 바구니에서 붉은 고무장갑을 꺼내 착용한다. 조야한 소품이지만 장갑 낀 손을 시저의 몸에 묻었던 혁명아들이 붉은 손을 높이 들고 "자유다! 해방이다! 독재는 끝났다!"를 외치는 순간에는 관객도 감옥의 독재자를 물리치고 자유를 구가하는 그 핏빛 감동을 함께 나눈다.

진정성과 선정성

브루터스와 앤서니의 연설 대결은 공화파와 시저파의 대립을 감옥 내 패거리들의 대립으로 제시해주면서, 연극적 차원에서는 연기와 연출의 대결을 보여주는 것이었다. 빨간 고무장갑 외에는 아무런 도움 없이 시저에 대한 자신의 사랑과 그를 죽여야 했던 공적 명분 사이의 갈등을 토로하는 브루터스는 진정성의 인간이었다. 이전에 본 많은 남성 브루터스들이 "로마에 대한 더 큰 사랑"이라는 명분에 무게를 싣는 정치적 수사에 치중했다면, 극히 남성적인 모습에도 불구하고 여인 브루터스에게서는 시저에 대한 사랑의 진정성이 보다 절실히 느껴졌다. 눈매에 맺히는 물기 때문인가 보다. 시저도 로마도 진정으로 사랑하기 때문인가 보다. 내면의 열정을 여과 없이, 연극적 장치의 증폭 없이 오로지 온몸으로 뿜어내기 때문인가 보다.

그러나 우리가 사는 세상은 진정성이 얼마나 통하는 세상이던가. 그것도 자신이 저지른 핏빛 행위의 흔적을 씻어 감추기는커녕 두 손에 아로새기고 진심으로 호소하는 자에게 말이다. 이 이상주의자가 외치는 "무참한 살육이 아니라 경건한 제사"라는 시적 언어의 교환가치는 얼마나 될까. 마음을 다한 정직한 육성으로 외치더라도 말이다. 브루터스의 정직한 연기에 비해 시류를 아는 앤서니가 펼치는 것은 총체 연극이다. 메가폰으로 세상을 쩡쩡 울리게 하고, 암살자들의 칼로 찢어진 시저의 피 묻은 옷을 그래픽하게 전시해 선정성과 엽기성을 쫓는 세간의 이목을 사로잡고, 전 재산을 사회에 환원하겠다는 시저의 날조된 유서를 코앞에 살랑살랑 흔들어 보이는 앤서니의 절묘한 연출은 이 감옥/세상의 통화currency가 진정성이 아니라 물질적 이윤과 감각적 만족임을 여지없이, 쓸쓸하게,

보여준다.

공화파와 시저파의 권력 투쟁이 전면전으로 비화하는 극의 후반에 눈길을 끈 것은 눈부신 교란 조명과 일렉트릭 기타의 굉음 속에 드럼 세트와 주자를 실은 바퀴 달린 수레를 타고 달리며 장난감 자동소총을 난사하는 전투 장면도, 비디오카메라를 자신의 얼굴에 들이대며 전투의 승리를 자신의 몫으로 챙기려고 다투는 옥타비우스와 앤서니의 미디어 전쟁도 아니다. 극의 전반이 시저의 카리스마와 브루터스의 진정성의 대결이었다면, 후반의 초점은 오로지 "언제나 자신과 전쟁 중인" 브루터스에게 있다. 군 통솔에서 캐시어스의 부정을 혁명동지로서 엄정하게 꾸짖는 도덕적 인간 브루터스는 동시에 치열한 실존적 고뇌와 뜨거운 인간적 감정의 소유자다. '동료' 캐시어스에 대한 공적인 질책을 다한 후에 '친구' 캐시어스에게 아내 포오샤의 죽음의 소식을 알리면서 터뜨리는 억제된 울음은 굵게 주름 잡힌 강직한 얼굴 뒤에 숨은 따스한 인간성과 유약한 심성을 절절히 느끼게 한다. 그래서인지 최후의 전투 전야 브루터스의 막사에는 시저의 유령뿐 아니라 포오샤의 유령도 등장한다.

원작에는 없는 포오샤의 유령은 브루터스의 최후에 미묘한 뉘앙스를 만들어낸다. 그의 마지막 길을 인도하는 것은 시저의 유령이 아니라 사랑의 그림자라는 것이다. 세상의 정의를 구하던 혁명아로서 최후를 맞이하는 것이 아니라 외로움에 몸을 떠는 고독한 영혼으로 사라져간다는 것이다. 정치극 〈줄리어스 시저〉가 역사와 실존의 틈바구니에서 '언제나 자신과의 전쟁 중인' 개인의 비극이 되는 순간이다. 브루터스의 주검을 밟고 최후의 승자로 등장하는 것은 앤서니를 미디어의 초점 밖으로 몰아낸 옥타비우스다. 그런데 위장전투복에 자동소총을 어깨에 둘러멘 무자비한 승자를 연기하는 것은 스코틀랜드 억양에 만삭의 배를 가진, 바로 포오샤 역을 연기한 배우다! 조금 전까지만 해도 아름다운 아내의 모습으로 브루터스의 섬약한 심금을 울리고 있었는데! 이 기막힌 캐스팅의 의도는? 〈뉴욕 타임스〉 리뷰는 성 역할 전도에 의미를 부여한다. 하지만 공연의 그 순간 다가온 의미는, '옥타비우스/포오샤, 그게 누구든 무슨 상관이랴. 이미 땅에 쓰러진 브루터스는 살아서 그토록 찾던 자유를 죽어서 마침내 얻었는데.'

브루터스의 눈물

죄수/배우들이 처음과 같이 객석을 마주보고 도열한다. 쏟아지는 박수갈채. 브루터스 배우가 고개를 깊이 숙이면 뜨거운 박수가 주어진다. 그때 관객들이 들어온 셔터 문이 열리면서 들어서는 한 간수. 서둘러 옷을 입었는지 들어오면서 하얀 셔츠를 허리춤에 쿡쿡 쑤셔 넣는다. 도열한 배우들 앞으로 와서 고개를 들면, 시저 역의 죄수! 아니, 간수다, 간수가 시저였던 것이다! 이 마지막 반전에 객석은 '와!' 환호한다. 죄수들의 공연이 끝나는 마지막 순간까지도 남아 있던 일말의 불편한 심정이 확 날아간다. 그러나 이것이 환호할 일인가? '죄수'들의 공연이라 생각했는데, 죄수들의 우두머리 시저라고 생각했는데. 더욱 불편해지는 마음이 여행자를 휩싼다. 문이 덜컹 열리고 여전히 흐트러지지 않은 간수들의 매서운 눈초리 아래 죄수/배우들이 퇴장한다. 맨 마지막에 선 브루터스 역의 죄수가 자리에서 머뭇거린다. 억지로 발걸음을 떼어 동료 죄수들의 뒤를 따르던 그(녀)가 문턱에 멈춰 서더니 뒤돌아본다. 눈가에 눈물이 맺혀 있다! 젖은 눈으로 무대와 객석을 천천히 둘러본다. 그 눈에서 눈을 뗄 수가 없었다. 간수가 그녀를 재촉한다. 마침내 문턱을 나서는 그녀의 등 뒤로 무겁게 닫히는 문.

시민 감시단 역할을 무사히 마친 관객들이 '형무소' 통로를 빠져나간다. 교도관 두 사람이 그들의 등 뒤에서 셔터 문을 드르륵 내린다. 캄캄해진 극장 앞 적막한 거리에 홀로 선 여행자는 내려진 셔터 문을 멍하니 바라보고 있다. 젖은 눈으로 무대를 둘러보던 브루터스의 잔영이 지워지지 않는다. 무엇이 아쉬웠던 걸까. 무엇이 그토록 슬펐던 걸까. 연극이 끝난 후의 적멸감 때문일까? 혼신의 힘을 다해 열연을 펼친 무대를 떠나기 아쉬워서? 아니면, 시저를 죽여도 또 다른 시저가 등장하는 감옥/세상이 한스러워서? 아무리 외쳐도 자유와 해방은 되찾을 수 없고 또 다시 돌아가야 할 감금과 구속의 일상 앞에 좌절해서? 또는 연극이 잠시 허락한 자유의 환영은 그야말로 덧없는 환영일 뿐, 현실을 바꿀 아무런 힘이 되지 않음에 절망해서? 그 환영조차 감옥/세상을 지배하는 자들에 의해 연출되고 그 주역조차 빼앗기고 만 박탈감에? 자신은 결국 그들이 벌이는 놀이의 꼭두각시에 불과한 존재였다는 자괴감에? 그 모든 허망함에 눈물 흘린 것일까.

연극은 혁명을 위한 리허설이라고 했던가. 결국은 리허설에 그치고 마는? 결코 혁명이 되지 못하는? 〈로미오와 줄리엣〉의 창작 과정을 셰익스피어의 허구적 전기와 결부시킨 영화 〈사랑에 빠진 셰익스피어〉의 한 장면이 떠오른다. 웨섹스 공작이 극장을 찾아와 자신의 신부를 가로챈 셰익스피어와 무대 위에서 결투를 벌이는 장면. 실제 검술을 익힌 귀족과 무대검술만 아는 배우 사이의 승부는 뻔하다. 그러나 사랑의 열정으로 '날개를 단' 셰익스피어가 분기충천 자신의 칼을 공작의 가슴에 꽂았을 때, 끝이 뭉툭한 무대용 칼이 엄청나게 휘어지고 마는 장면. 연극과 현실, 허구와 실재의 간극을 기가 막히게 포착한 장면이었다. 훗날 셰익스피어가 이 당혹스런 순간을 회상하며 자신을 정당화하기 위해 그렇게 썼나 보다. '펜은 칼보다 강하다.'°

° 사실 이 명구는 19세기 영국 극작가 에드워드 벌러-리튼(Edward Bulwer-Lytton)의 희곡 〈리슐리외, 또는 음모〉(Richelieu; Or the Conspiracy, 1839년)가 출전이다. 그러니 셰익스피어의 후배가 대신 해 준 셈. 하지만 놀랍게도 출전의 구절도 시저와 연관된다. "필력으로 이 세상 시저들을 무력하게 하노니."

°°° 결코 얻지 못할,
그러나 포기할 수 없는   자유이기에
°
°
°

그렇다. 이 〈줄리어스 시저〉는 '감옥 세상'에서의 구속과 자유의
변증법을 통해 연극적 환영과 인생의 본질을 묻고 있다. 우리 모두
눈에 보이지 않는 철창 속에 감금된 죄수들이며 간수와 시민 감시
단의 옷을 입고 특권을 주장하는 자들조차 거대한 백색 형무소에
갇힌 존재들이라 말한다. 그래서 이토록 가슴 시리게 다가오는 브루
터스의 눈물은 감옥 같은 세상에서 칼이 아니라 펜으로, 돈과 힘이
아니라 자유를 향한 의지로, 피자와 도넛이 아니라 마음의 진정성
으로 살려는 자들의 뼈저린 설움과 그 설움마저 녹이는 뜨거운 열
망 때문인가 보다. 결코 얻지 못할 자유임을 알고 있음에도 불구하
고, 아니 알고 있기에 더욱 그것을 추구하는 서러운 열망 때문에.
    그 열망에 감염되어 심야의 덤보 거리로 발을 디디는 여행자
를 극장 외벽 전광 포스터의 브루터스가 시리고도 뜨거운 눈빛으
로 바라보고 있다. 강바람에 그의 외침이 실려온다. "자유다! 해방
이다! 독재는 끝났다!" 여행자도 발걸음을 멈추고 뒤돌아 외쳐본다.
"자유, 브루클린!"

브루터스의 외침. "자유!"

유령,
뉴욕의
착한 사람을
만나다

〈맥베스〉
〈사천의 착한 사람〉

°°°　　뉴욕만의

　　　　　　유
　　　　　　령
　　　　　　과

　　　　　　바닷새
　　　　　　　°
　　　　　　　°

로워 맨해튼의 빌딩숲

맨해튼 남단의 사우스페리역에 도착한다. 지난 여행에서 놓친 스태튼 아일랜드 왕복 페리를 타기 위해서다. 맨해튼 쪽 선착장인 화이트홀 터미널, 오전이라 그런지 사람들이 많지 않다. 운항 일정표를 보니 11시 배편을 타고 갔다가 12시 편으로 돌아오면 되겠다. 링컨 센터에서 낮 공연을 볼 예정이다. 터미널 로비의 대형 스크린에 떠오르는 스태튼 아일랜드 홍보 영상. 스태튼 아일랜드는 인구가 겨우 50만으로 뉴욕시 다섯 행정구 가운데 최저라고 한다. 행정상으로도 홀대를 받아 '잊힌 버로우borough'라고 불리기도 한다고. 맨해튼도 섬이지만 뉴욕의 중심인 반면, 맨해튼과는 아예 육상 교통이 단절된 스태튼 아일랜드야말로 뉴욕시 내의 고립된 섬인 것이다.

배가 선착장을 떠나자마자 승객들이 우측 갑판으로 몰려간다. 따라가 보니 맨해튼 남단 빌딩숲의 풍경이 그림같이 펼쳐진다. 예쁘다. 다들 사진을 찍기 위해 갑판 난간을 파고드느라 몸싸움이 벌어진다. 앞쪽으로 자유의 여신상도 보인다. 뜻하지 않게 관광객이 되어버린 듯한 어정쩡한 느낌. 자유의 여신상은 더 이상 자유의 상징이길 그치고 관광의 상징, 관광을 할 만한 여유의 상징이 되어버린 탓일까. 주변에 넘쳐나는 관광객들의 흥분이 낯설기만 하다. 왜 나는 저 즐거운 흥분에 감염되지 못하는 걸까.

자유로우면 여유로울 것이다. 하지만 여유롭다고 자유로운 건 아닐 터. 흐린 날씨 탓인지 자꾸만 자유 없는 여유에 속박된 자의 의기소침한 마음이 된다. 멀리 브루클린과 스태튼 아일랜드를 연결하는 베라자노-내로우스 브리지가 구름에 뒤덮인 침울한 바다를 가로지르고 있다.

선수 쪽에 스태튼 아일랜드가 한눈에 들어온다. 뒤돌아보면 뉴욕만의 풍성한 물 위로 왼쪽에는 맨해튼이 오른쪽에는 브루클린이 둥둥 떠 있다. 맨해튼 남단은 허드슨 강과 이스트 강이 만나는 곳이다. 두 물줄기가 만나 뉴욕만으로 흘러들고 스태튼 아일랜드의 옆구리를 적시고 대서양으로 나아간다. 두 섬을 잇는 다리 베라자노-내로우스 브리지, 두 물이 만나는 뉴욕만. 두 사람이 만나고 헤어지는 덧없는 인연 같다는 생각이 든다. 선착장인 세인트조지 터미널에 도착한다.

나무 데크로 된 해변 산책로에 들어선다. 배에서 내린 관광객들은 다들 어디로 갔는지 텅 빈 산책로가 해안이 꺾어지는 저 멀리까지 시원하게 열려 있다. 그 중간쯤에 날개 형상의 기념탑이 서 있다. 다가가 보니 스태튼 아일랜드 9·11 메모리얼. 맨해튼 남단의 붕괴된 세계무역센터 빌딩이 마주보이는 지점이라 세워졌나 했더니 그 사고로 숨진 섬 주민들을 기리는 위령탑이다. 날개 안쪽 벽면에는 사망자들의 명단이 위패처럼 새겨져 있다. 이 섬 소속 소방관들과 경찰, 그리고 그날 맨해튼으로 나갔다가 사고를 당한 사람들. 줄잡아 240명에 달하는 이름들과 영정들. 자유를 잃어버린 자유의 여신상보다 어쩌면 더 값진, 평화를 향한 절실한 염원을 망자들의 영혼의 날개로 세운 탑이다.

그 영혼들의 이름을 하나하나 살피다 보니 벌써 11시 55분. 터미널 쪽으로 걸음을 재촉하다가 멈춰서서 망설인다. 12시 배편을 그냥 보내기로 한다. 별 이유도 없이

스태튼 아일랜드 9·11 메모리얼

이 섬에 온 까닭을 알 듯도 해서이다. 산책로 벤치에 배낭을 내려놓고 앉는다. 그리고 뉴욕만을 떠도는 유령들을 본다, 애도의 심정으로. 이 섬의 9·11 희생자들 얘기만이 아니다. 저 멀리 꿈처럼, 유령처럼 떠 있는 세상의 중심 맨해튼과 브루클린. 그리고 유령 같은 꿈속을 떠돌아다니는 또 하나의 유령인 나. 연출가 한태숙 선생이 안부에 답해왔다. '뉴욕의 극장가를 거침없이 휘저으며 연극의 진수부터 방랑자의 고독까지 절절하게 맛보고 계시군요. 무대가 너무 좋아 하염없이 극장가를 떠돌다 죽어서도 떠나지 못하는 연극의 유령으로 연상되기까지 합니다.' 그렇게 유령이 되어 떠돌던 브로드웨이를 벗어나 잊힌 섬의 해안에 앉아 다른 유령들과 교분을 나누자니 정말 청년 시인 에드윈 허들이 말한 '세상의 피안'에 와 있는 느낌이다.

그 순간 머리 바로 위로 퍼드덕! 뭔가가 날아들었다. 기겁하여

몸을 숙였다가 다시 일으키는데 바로 코 앞 산책로 난간 위에 사뿐히 날아 앉는 바닷새 한 마리. 하얀 몸통을 회색빛 날개털로 감싸고 유난히 선명한 노란색 부리와 다리를 가진, 뾰족한 부리 끝과 꽁지 끝에는 띠처럼 검은 줄이 두 겹으로 새겨진 갈매기의 일종. 팔을 뻗치면 닿을 듯한 거리에 꼼짝도 않고 앉아 태연한 눈빛으로 여행자를 바라보는 녀석. 눈싸움에 진 여행자가 침묵을 깬다. '누구냐?' 답이 돌아올 리 없다. 하지만 들은 듯도 하다. 녀석이 말한다. '애도를 멈춰라. 떠나야 할 시간이니.' 시계를 보니 정말 다음 배편 출항 10분 전이다. 배낭을 둘러메고 일어나도 녀석은 요지부동 자리를 지키고 있다. "나 간다." 의뭉스레 말해보아도 미동도 하지 않는다. 그런데 몸을 돌리는 순간 녀석도 퍼드덕 날아오른다. 멀리 공중을 한 바퀴 돌더니 터미널 입구 쪽 높은 가로등 위에 다시 내려 앉는다. 터미널 계단을 오르며 쳐다봐도 터미널 입구에서 뒤돌아봐도 그 자리에 앉아 이쪽을 보고 있다. 기가 막힐 노릇이다. 난 그저 장난치듯 말을 건네고 대답을 상상했을 뿐인데 녀석은 정말 나를 아는가 보다. 뒤뚱거리는 가벼운 고갯짓, 마지막 인사를 건네는 것 같다. 특별했던 바닷새야, 안녕!

위. 스태튼 아일랜드에서 바라본 뉴욕만
아래. 뉴욕만의 바닷새

∘∘∘　　　맥베스의

　　　　　　　해
　　　　　　　∘
　　　　　　　∘
　　　　　　　∘

링컨 센터 극장

유리로 된 외벽이 서초동 예술의 전당을 닮은 링컨 센터. 공연은 또 다시 〈맥베스〉다. 맥키트릭 호텔의 〈그대 다시 잠들지 못하리라〉, 앨런 커밍의 1인극에 이어 세 번째. 올해는 그야말로 맥베스의 해다. 〈햄릿〉은 셰익스피어의 연옥편이요, 〈맥베스〉는 지옥편이라는 평소 지론을 따르자면 시인 랭보의 말대로 '지옥에서의 한 철'인 셈이다. 이 〈맥베스〉는 어떤 지옥을 열어보일까. 얼마 전부터 영화는 밀쳐두고 연극에 투신하여 왕성한 활동을 하고 있는 에단 호크 주연이라는데.

서둘러 객석으로 들어간다. 객석이 부채꼴 모양으로 원형무대를 감싸고 있고 붉은색 객석에 드리운 조명이 어둠에 잠긴 무대 공간을 예리하게 분리시켜놓고 있다. 피로 둘러싸인 검은 심연을 내려다보는 느낌이랄까. 저 심연에서 어떤 괴물이, 어떤 악의 얼굴이 솟아오를까. 이상하게도 꼭대기 객석에서 내려다보는 그 아득한 심연이 현기증을 일으키기보다 말할 수 없는 평온함을 가져다준다. 심연 속의 괴물을 만난 적이 있어서일까. 악의 얼굴은 낯설기보다 낯익은 것이라는 사실을 알아서일까. 맥베스는 가질 수 없는 것을 바라는, 하지만 그것을 거머쥐기 위해 악을 저지르기에는 비겁한 바로 우리 자신임을 깨달아서일까.

검은 란제리의 남자 마녀들

　고색창연한 음악. 북소리와 쇳소리가 섞여들며 거친 맥박처럼 진동하는 가운데 원형무대 안쪽의 프로시니엄 무대 공간이 열리면 전투 장면. 용맹무쌍하게 홀로 수십의 적들을 대적하고 있는 이는 바로 "전쟁의 여신의 신랑" 맥베스! 원형무대와는 망사막으로 분리된 배경무대의 양 측면에는 15미터는 됨직한 높은 장벽이 깊은 계곡을 형성하고 있다. 거기서 전투가 벌어지는 동안 원형무대 위로 세 남자가 등장한다. 백발의 뒷머리를 묶어 검은 망토 위로 늘어뜨리고 깡마르고 강퍅한 얼굴선을 가진 남자들은 영락없는 '켈트족'이다. 이 남자들이 마녀들의 대사를 읊조린다! 망토 속에는 검은 란제리에 가슴까지 봉긋하다! 원작의 "여자의 모습이되 수염이 나 있다"는 대사에 착안, 양성적 존재로 설정했나 보다. 주술적 몸짓과 함께 한 명의 얼굴에 피칠을 하고 망토를 뒤집으니 전황을 알리는 '장교'의 역할로 변신한다. 이어서 등장하는 덩컨 왕의 행차. 다른 두 마녀는 수행 귀족들 사이에 슬쩍 끼어든다. 다들 검은 의상이니 마녀와 귀족의 구분이 크게 없다. 바꿔 말해, 마녀들은 이미 우리들 틈에 들어와 있다. 악의 내재성, 그것이 공연의 연출 콘셉트인가 보다.
　악은 내재적이면서 동시에 외재적 실재를 가진다고 말하고 싶은 건가. 마녀들을 지휘하고 독려하는 인물이 있었으니, '나 마녀야, 그것도 마녀 대장이야.'라고 과시하는 듯 괴이하고도 화려한 의상을 걸치고 쪽진 금발머리를 높이 틀어올린 여인. 바로 지옥의 여신 혜카테! 원작에서는 왕위에 오른 맥베스가 마녀들을 찾는 장면에 등장할 뿐이지만, 이 공연에서는 처음부터 악의 세계의 지배자로 등장한다. 초월성과 일상성 양 차원에 편재하는 악. 그것을 보여주려나 보다. 흥미로운 것은 세상 속에 들어와 암약하는 악이다. 마녀들은 귀족과 군대의 일부가 될 뿐 아니라 왕의 시해가 벌어지는 인버네스 성의 문지기도 되고, 암살자와 전령들이 되기도 한다. 이와 같이 흥미로운 악의 현현에도 불구하고 공연 전반에 걸쳐 마녀들의 놀이와 인간들의 행동은 어우러지지 못한다. 맥베스와 맥베스 부인을 필두로 모든 인물이 평범하기 짝이 없고 그들의 정념은 진부하기 그지없다. 어떻게 보면 상상력이라고는 조금도 없는 범상한 인간들은 마녀들이 열심히 퍼뜨리는 악에 대해 타고난 면역력이라도 가진 듯했다. 창궐하되 감염되지 않는 악, 이 무슨 농담이란 말인가.

마방진에 갇힌 맥베스

대신 공연을 지배한 것은 디자인이었다. 객석으로 파고든 원형무대와 장대한 스펙터클을 만들어내는 배경무대의 조합은 레이저까지 갖춘 자유자재의 조명 효과와 함께 시각적 이미지라면 무엇이라도 만들어낼 수 있는 절묘한 공간을 형성한다. 이미지들이 스펙터클의 과시로 그치는 경우도 많았지만 때로 극적 행동과 공명할 때면 강렬하고 역동적인 느낌뿐 아니라 선명하고 깊은 의미도 가능하게 했다. 공연 포스터 이미지로 내세운 중세의 신학적 도형으로 원형무대 바닥을 각인한 것이 대표적이다. 이 도형은 원래 비교(秘敎)적 경향의 사제나 신학자들이 교리의 신비화를 위해 창안한 것이지만, 신학과 마술과 과학의 경계가 불분명했던 중세와 르네상스에 연금술사라고 불리던—파우스트 박사가 대표격인— 자들에 의해 악마를 물리치기 위한 부적으로 사용되기도 했다. 동양식으로 보자면 마방진(魔方陣)인 셈이다.

그런데 이들 선한 마술사들과 대적한 악한 마술사들이 있었으니, 마귀를 막는 마방진을 그들은 오히려 마귀를 불러들이는 부적으로 사용했다. 가톨릭 제의를 뒤집어 모방한 검은 미사black mass가 악마 숭배의 제의가 된 것과 마찬가지다. 오늘날 대중적 상상력 속에 자리 잡고 있는 것은 바로 악마 숭배의 상징으로 역전된 도형이다. 그 '역전'을 아는 관객에게는 원형무대는 첫 장면부터 마녀들에 의해 살아 꿈틀거리는 공간이 된다. "선한 것은 악한 것, 악한 것은 선한 것." 천국의 지도가 지옥의 지도로, 마방진이 악마진으로 뒤바뀐 것이다. 또한 악마의 봉인이 찍힌 원형무대가 배경무대보다 주된 연기 공간으로 활용됨으로써 그 위에 펼쳐지는 인간 세계의 본질이 악의 추구임을 시사한다. 이 세상은 악마의 체스판이요 우리는 체스판 위의 말들에 불과하다는 것이다.

아쉽게도 이 풍성한 상징성이 극적 모멘트를 통해 육화되는 경우는 드물다. 그 드문 경우의 하나가 마녀들의 첫 등장과 역전의 주문이라면, 또 하나는 맥베스 부인의 죽음 직후에 오는 '내일, 내일, 또 내일' 독백이다. 이 독백을 맥베스는 원형무대와 배경무대의 접점에서 하는데, 원형무대를 비추는 조명이 점점 좁아들면서 "인생이란 음향과 분노로 가득 찬 백치의 이야기로서 아무 의미도 없다"는 마지막 구절에서는 지옥도 중앙의 작은 원만을 비춘다. "위대함의 동반자"인 아내마저 잃어버린 맥베스가 마지막으로 향할 곳은 악의 중심뿐이며 그 중심은 바로 무nothing라는 것이다. 세상을 거침없이 누비던 이 영웅도 '아무것도 아님'이라는 한 점 악마의 봉인으로 영락해버리고 만다는 것이다.

거대한 벽, 또는 난자된 영혼

광활한 배경무대는 자유자재로 여닫히는 거대한 장벽을 활용해 넓은 평원으로 펼쳐지거나 험난한 계곡으로 좁아진다. 덩컨 왕을 맞아 활짝 열리는 성문이면서 퇴로를 차단하고 올가미처럼 조여드는 함정이 되기도 하고, 살인으로 왕위에 오른 자의 대관식을 환영하는 세상의 입구이면서 그 세상을 유지하기 위해 살인자가 악마의 힘을 빌기 위해 밀고 들어서는 동굴의 입구가 되기도 한다. 뱅코우의 유령에 시달려 대관식 만찬을 망쳐버리고 둘만 남은 맥베스 부부의 장면. "모든 짓을 다하고도 얻은 것이 없음"에 절망한 아내를 뒤로하고 "더 많은 피"의 생각을 품고 마녀들을 찾아가는 맥베스가 가파른 계곡의 형상을 하고 있는 아스라한 출구로 멀어져갈 때, 그의 뒷모습에는 고독의 후광이 감돌고 그 좁은 출구는 "돌이키기에는 이미 핏속으로 너무 깊이 들어간" 자가 한 걸음씩 더 빠져들 수밖에 없는 심연을 열어 보이는 듯했다.

장벽의 표면에는 삐죽삐죽한 선들이 교차한다. 벽면 뒤에서 희고 푸르고 붉은 조명을 비추면 교차선들이 빛을 뿜는다. 선들은 칼자국을 연상시킨다. 이 극에 넘쳐나는 난자(亂刺)의 이미지가 디자이너의 상상력을 사로잡았나 보다. 교차선들이 하얀 빛을 내뿜는 것은 검과 검이 부딪히는 전투 장면들이고, 푸른빛이 감돌면 음산한 밤기운이 서리고, 붉은 빛으로 물들면 암살의 장면들이다. 때로 빛들은 가만히 비추는 게 아니라 움직이며 빛을 흩뿌린다. 조명이 뒤에서 교차선들을 스르륵 훑으면 마치 칼자국들이 연쇄적으로 새겨지는 것 같은 역동적인 스펙터클을 만들어낸다. 암살 직전 맥베스가 단검의 환영을 보는 장면이 극적이다. 벽면 한 구석에서 스멀스멀 기어나오는 붉은 빛이 여전히 망설이는 살인의 생각을 대변한다면, 자신의 허리춤에서 칼을 뽑아드는 결심의 순간에는 붉은 칼자국이 순식간에 벽면 전체를 뒤덮으면서 살인의 결심을 결행으로 몰고 간다.

스펙터클의 향연: 과용과 무용

무대의 공간적 변형을 만들어내는 또 하나의 장치는 무대 바닥에서 올라오는 리프트다. 맥베스 부인이 남편의 서신을 읽는 장면에 도입되는 원형무대 중앙의 작은 원형 리프트는 둥근 테이블을 무대에 올려놓는다. 그 위에는 크고 붉은 꽃송이들을 담은 화병이 놓인다. 미시적으로는 영리한 장치다. 맥베스가 당도하면 그의 남근을 쓰다듬으며 "세상을 속이려면 세상과 같아 보여야 합니다. 아름다운 꽃잎 아래 숨은 뱀처럼 말이에요."라고 말하기 때문이다. 하지만 거시적으로는, 지금이 어떤 시대인데, 여자가 악(마진)의 중심이라는 망발을 하는 건가.

사실 이 맥베스 부인은 악의 중심은커녕 악의 역병에 감염된 환자가 되기에도 함량 부족이다. 이 역에 금발의 흰 피부 미인을 캐스팅한 것은 반전이기도 하다. '선한 것은 악한 것'이라는 말은 고운 것은 흉한 것, 밝은 것은 어두운 것이라는 말도 되기 때문이다. 하지만 이 배우는 조급하게 욕망을 쫓는 신경질적인 금발 미녀, 때로는 가련한 인물로 남고 만다. 에단 호크의 맥베스도 취약하다. 그의 멈칫거리는 몸짓과 어눌한 어투는 피와 어둠의 영웅이 아니라, 주연한 영화 〈햄릿 2000〉이 연상되어서인지, 주저하는 '어린 왕자' 햄릿에 가깝다.

또 다른 긴 사각형 리프트는 대관식 만찬 장면의 연회 테이블을 무대에 올린다. 테이블 위에 차려진 음식은 무수한 〈맥베스〉 영화를 포함하여 어떤 공연에서도 보지 못한 초호화판 요리들이! 눈으로 음미하는데, 붉은 가재 요리가 눈에 들어온다. "내 마음은 전갈들로 가득 차 있어."라는 대사에 착안한 것이겠지만, 꿩 대신 닭이라고 전갈 대신 가재라. 화려한 잔칫상을 한 번 사용하고 버리기 아까웠는지 헤카테와 마녀 장면이 여기서 이루어진다. 사람들이 버리고 떠난 만찬 테이블에서 마녀들과 끄나풀 정령들이 남은 요리를 게걸스럽게 탐식하는 것이다. 그 외에도 뱅코우의 유령이 등장하는 리프트와 살해당한 맥더프 가족을 매장하는 리프트가 있다. 전체적으로 리프트가 너무 자주 사용된다. 배경 무대의 장벽도 과용되어 극적 의미보다 스펙터클에 치중하고 만다. 잭 오브라이언, 토니상을 몇 번이나 수상한 연출가인데, 과용은 무용(無用)보다 못하다는 무대의 경제학 제1원리를 왜 무시했는지.

인터미션. 링컨 센터 중앙광장을 산책한 후 로비에 돌아오니 모니터 스크린에 비친 텅 빈 무대가 공연 직전 보았던 어둠의 심연을 다시 만들어놓고 있다. 심연에서 무엇이 나올까 자못 기대가 높았는데 정작 나온 것은 충격적인 악의 얼굴이 아니라 화려한 스펙터클이었을 뿐. 니체가 말했던가. '저 어두운 심연을 들여다보지 마라. 들여다보고 또 보면 그땐 심연이 일어나 너를 들여다보리니.'

맥 베 스

1. 맥베스의 대관식
2. 에단 호크의 맥베스
3. 화병 앞의 맥베스 부인
4. 맥베스 부부

주인공이 된 마녀들, 그리고 전갈

공연 전반부에서 인상적이었던 장면은 모든 시각적 장치를 걷어내고 배우와 관객의 만남으로만 승부한 문지기 장면이었다. 왕의 시해 직후 성문 두드리는 소리에 맥베스 부부가 도망치듯 퇴장하면 자칭 "지옥의 문지기"인 영감이 등장한다. 문지기는 마녀 가운데 한 명인데, 음산한 분위기를 자아내던 검은 망토를 엉거주춤 허리춤에 쑤셔넣고 강퍅한 얼굴에는 살짝 붉은 분을 바르니 영락없는 주정뱅이 영감이 된다. 사악한 마녀로부터 환골탈태, 자다 깬 멍청한 표정에 촌스런 몸짓으로 등장하는 순간부터 관객의 웃음을 산다. "쾅, 쾅, 쾅. 거기 누구요?" 취중 장광설을 늘어놓는 중간중간 반복하는 후렴구가 감칠맛이 난다. 세 번째 반복할 때는 가수들이 콘서트에서 하듯 반만 한다. "쾅, 쾅, 쾅." 그러면서 객석에 손을 내밀면 관객 모두 한 목소리로 "거기 누구요?"를 외친다! 성문을 들어서는 귀족들에게 청한다. "팁 좀 주세요". 거들떠보지도 않자 객석에 대고 다시 외친다. 한 노인 관객이 호주머니에서 동전을 꺼내 건넨다. 대폭소!

후반부에도 풍성한 볼거리는 넘쳐났지만 강렬한 극적 모멘트는 마지막 순간에야 왔다. 말콤의 즉위 장면은 공연의 주인공을 재확인한다. 배경무대 안쪽에서 전면으로 나아오던 맥베스의 대관식과 대비를 이루어 말콤의 대관식 행렬은 원형무대에서 출발, 객석을 등지고 배경무대 쪽으로 나아가는데 귀족들은 검은 망토에 검은 후

드까지 덮어쓰고 뒤를 따른다. 그때 흘러드는 중세풍의 묵직한 음악. '아, 검은 미사!'라는 탄성이 나오려는 순간, 말콤이 걸음을 멈추고 뒤돌아보면 행렬은 일제히 무릎을 꿇는다. 고개를 조아린 무리 가운데 누가 벌떡 일어나 객석을 돌아본다. 마녀의 1인! 또 한 명이 일어선다. 마녀 2인! 또 하나, 마녀 3인! 행렬 대형을 대각선으로 가로지르는 마녀들의 배치가 마치 체스판, 그것도 조랑말들 사이를 거침없이 달리는 강력한 기사knight 말의 포석 같은 느낌이다. 종횡무진 자유자재로 움직이는 우리 장기판의 차(車)와 같은 존재라고나 할까. 그때 객석 통로에서 등장하는 것은 맥베스의 수급을 든 헤카테! 검은 미사의 행렬에 화룡점정하듯 그녀가 피 흐르는 수급을 번쩍 들어 보이면, 암전.

저녁 공연을 위해 서둘러 극장을 빠져나오는데 극장 옆 철제 조각물에 시선이 꽂힌다. 거미? 아니, 전갈! 앨런 커밍의 〈맥베스〉 이후 "내 마음은 전갈들로 가득 차 있어."라는 맥베스의 절규가 귓속에서 진동을 멈추지 않고 있었다. 이 공연에서는 전갈 대신 가재를 보았지만 공연장 밖에서 놈을 만날 줄이야. 저녁 공연 러시티켓을 구하기 위해 서둘러 지하철역으로 뛰어간다. 주인공이 된 마녀들과 전갈 생각을 머리에 잔뜩 이고 엉거주춤 뛰어가는 여행자의 모습이 망토를 허리춤에 쑤셔넣으며 촌스럽게 등장하던 문지기를 닮았다는 생각에 뛰면서도 실소가 난다.

○○○ 　착한
　　　사람
　　　대신　　　　　브루스 윌리스

<사천의 착한 사람> 공연 포스터

퍼블릭 시어터에서 상연되는 극단 파운드리Foundry Theatre의 〈사천의 착한 사람〉. 20세기 연극의 혁명아 브레히트의 대표작이다. 6시부터 러시티켓 발매라서 그런지 로비는 아직 한산하다. 근처 델리 가게에서 샌드위치를 먹고 다시 돌아오니, 이게 웬일인가. 아무도 없던 로비의 러시티켓 라인이 장사진을 이루고 있다. 줄 서 있다가 티켓이 동나면 어떡하지. 방정맞은 생각이 현실이 된다. 앞에 단 한 사람만 남은 상황에서 매진! 직원이 대기 명단에 이름을 올리겠느냐 묻는다. 마지막 순간에 예약 취소되는 표가 있을 수 있다며. 하지만 75달러짜리 정가 티켓이라고.

오늘따라 관객이 넘친다. 미어지는 로비 한 구석에 서서 이름이 불리기를 기다린다. 리처드 포어먼의 〈구식 매춘부들〉을 보러 왔을 때 처음 본 '셰익스피어 머신'의 LED 스크린에는 오늘도 셰익스피어의 대사들이 명멸하면서 임의적 조합들을 만들어내고 있다. 극의 제목들이 떠오르며 단연 눈길을 사로잡는 '맥베스.' 그 제목에 조합되는 구절들이 새삼스럽다. '깨끗하고 얼룩 없는,' '피에 젖고 눈에 보이지 않는.' 전자는 맥베스 부인, 후자는 부군의 대사다. 그때 셰익스피어 머신 아래 자리 잡고 있는 바에 키 큰 미모의 여인이 음료를 주문하는 모습이 보이는데 삭발한 머리를 한 그녀의 동반자는 아앗, 브루스 윌리스!

초상권 침해를 우려해 눈치 못 채도록 슬쩍슬쩍 카메라를 눌러대다 보니 계속 흔들려 인증 샷으로서의 가치는 떨어지지만, 이제는 제법 늙은 모습이 조금은 서글프다. 이상하게도 주변 사람들이 빅스타의 출현에도 눈길을 주지 않는다. 못 알아보는 건가, 프라이버시 침해라 생각해 모른 척하는 게 이 동네 문화인가. 혹시 〈사천의 착한 사람〉을 보러 왔나? 아니, 그가 들어가는 곳은 조 아저씨네 주점, 콘서트 공연장이다.

7시 정각이 되어서야 대기 명단의 이름을 부른다. "미스터 캥" Mr. Kang. 장난삼아 골난 표정을 하고 '캥'이 아니라 '캉'이라고 바로 잡아주니 웃음기도 없이 사과를 한다. 그 딱딱한 표정이 마음에 걸려 다시 농담을 던진다. "'캥'은 한국에서는 개들이 발길에 걷어차였을 때 지르는 소린데." 그제야 웃음을 짓는다. "그렇다면 정말 미안한데요." 하지만 정말 미안한 일은 다음에 일어났다. 결제를 하는데 한참이 걸린다. 직원이 인턴을 훈련시키느라 늦어지고 있다. 공연이 시작된 시간인데, 시계를 보니 7시 5분. 아니 이럴 때 서투른 인턴에게 일을 맡기다니, 마지막 티켓을 어렵게 얻은 처지에서 화를 낼 수도 없고 서둘러 달라는 말만 간신히 한다. 겨우 티켓을 받아 공연장 입구 계단으로 달려가니 안내원이 길을 막는다. 이미 시작되어서 20분쯤 후에나 들어갈 수 있다는 것이다. 기가 막힐 노릇이다. 당장 박스오피스로 달려가 항의하고 싶지만 참는 수밖에.

허겁지겁 달려온 젊은 남자가 지각생 대열에 합류한다. 로비 한쪽에서 기다리라는 안내원의 말에 두 지각생은 머쓱한 표정으로 서로를 바라본다. 잘생긴 히스패닉 청년은 한눈에도 착실한 학생처

럼 보인다. 뉴욕주립대 뉴폴츠 캠퍼스 학
생이며 '드라마의 이론과 실제'라는 수업
과제로 공연을 보러 왔단다. 뉴폴츠는 뉴
욕시에서 두 시간이나 떨어진 곳이라는데
공연까지 합치면 왕복 여섯 시간짜리 과제
를 주다니 교수가 좀 심한 게 아니냐고 슬
쩍 떠보니, 집이 롱아일랜드라 어차피 오

뉴욕주립대 '동창생'
로널드와 캐런

가는 길이라고. 두 지각생의 대화를 듣고 있던 안내원이 끼어든다.
자기도 뉴욕주립대 출신인데 버팔로 캠퍼스를 다녔다고, 뉴폴츠도
가본 적이 있는데 너무나 아름다운 곳이라고 수다를 쏟아낸다.

지각생과 안내원이 통성명을 한다. 로널드와 캐런, 그리고 여행
자의 이니셜 티케이. 리포트를 써야 하는데 공연 초반을 놓쳐서 걱
정이라는 로널드에게 작품 내용을 이야기해줄 요량으로 "이 극은 일
종의 우화로서"라고 입을 떼는데 캐런이 발언권을 가로채더니 드라
마 선생이 했으면 장황해졌을 이야기를 기가 막히게 요약한다. "한
매춘부가 있었는데 신들에게 받은 돈으로 가난한 사람들을 도우며
착하게 살려고 했더니 마음씨 나쁜 사촌오빠가 나타나 다 망쳐버렸
다는 이야기야. 근데 알고 봤더니 사촌오빠와 그 아가씨가 같은 사
람이라는 거지." 귀 빼고 뭐 뺀 당나귀라더니, 원! 귀가 솔깃한 얘기
도 한다. 여주인공 역을 여자가 아니라 드랙쇼 전문의 남자 배우가
한다는 것. 드랙쇼의 천국 뉴욕에서도 꽤 유명한 테일러 맥이라나.

〈CSI 뉴욕수사대〉 반장인 맥 테일러와 혼동하지 말란다. 그래서 이 공연이 화제가 된 건가? 살아남기 위해 필요할 때마다 '나쁜 남자' 쉬타로 변신하는 '착한 여자' 셴테가 결국에는 선과 악 사이에 찢긴 존재가 된다는 원작의 이야기에 드랙 퀸을 캐스팅하여 선과 악뿐 아니라 남성과 여성 사이의 정체성 균열까지 가미한 건가?

〈사천의 착한 사람〉

입장은 언제 시켜줄 거냐는 재촉에 캐런이 헤드셋에 대고 하우스 매니저와 교신한다. 몇 분 더 기다려야 한다고 해놓고 자기 가족 얘기로 수다를 떠는 못 말리는 캐런. 30분이 되어서야 드디어 입장 콜! "즐겁게들 봐요!"라는 캐런의 외침을 뒤로하고 3층 공연장을 향해 가파른 계단을 뛰어오르는 두 지각생. 입술에 손가락을 대며 침묵을 명하는 하우스 매니저의 안내를 받아 살금살금 공연장으로 들어선다. 마침 셴테에게 닥쳐온 첫 시련, 노숙인 가족이 떼를 지어 그녀에게 빈대 붙는 장면이다.

원작의 놓친 장면을 요약하자면, 고대 중국의 도시 사천에 세 명의 신들이 찾아온다. 인간세상이 타락하여 뭔가 조치가 있어야 한다는 원성이 하늘에 들린지라, 과연 세상에 변화가 필요한지 이대로도 괜찮은지를 조사하기 위해 파견된 것이다. 신들은 악의 창궐에도 불구하고 의인이 단 한 명이라도 존재한다면 세상은 지금 이대로도 괜찮다는 결론을 내릴 준비가 되어 있다. 하지만 길고 험난한 여정 속에서 단 하나의 의인도 찾지 못한 신들은 지친 몸을 이끌고 사천에 입성한다. 아무도 공경을 표하지도 알아봐주지도 않고 하룻밤 잠자리조차 내주길 거절하는 그곳에서 그들을 맞이하는 건 가난한 물장수 왕이요, 잠자리를 내주는 것은 밑바닥 인생인 매춘부 셴테다. 신들은 그녀의 직업에는 꺼림칙해하면서도 그녀의 선의를 세상의 존속을 위한 증거로 채택하고 '공식' 의인으로 지정한다. 타인에게 선을 행하며 살기는커녕 생계를 꾸려갈 능력조차 없다는 그녀의 항변에 신들은 규칙을 슬쩍 위반, 숙박비 명목으로 상당한 돈을 주면서 선을 행하며 살아가길 당부하고 떠나간다. 셴테는 조그만 담배가게를 열어 그 수입으로 불우한 이웃들에게 자선을 베풀며 살아가고자 한다. 그런데 가게 문을 열자마자 몰려드는 건 그녀를 뜯어먹으려 달려드는, 혼자 힘으로 감당하기에는 너무도 많은 어려운 이웃들이다.

드랙 퀸, 또는 뉴욕의 착한 사람

무대 위에는 널찍한 계단들 위에 종이 박스로 만든 수십 개의 작은 집들, 천장에 매단 구름 세 조각과 구식 모형 비행기, 나무 한 그루, 계단 맨 위에 자리 잡은 4인조 밴드. 전형적인 브레히트적 무대다. 실재를 카피한 환영 대신 연극은 연극임을 보여주는, 그래서 연극적 환상에 빠져들기보다 무대에 제시된 상황을 비판적 시선으로 보게 하려는 '소외효과'의 장치들. 그리고 폴리스라인 같은 노랑테이프로 둘러싸인 무대 전면의 협소한 공간에 퍼질러 앉은 남루한 행색의 인간 군상. 백인, 흑인, 황인, 소년, 청년, 중년, 노년을 총망라한 인류의, 그것도 밑바닥 인생의 표본. 어쩐지 뉴욕 거리의 노숙자들을 많이 닮은 모습이다.

심드렁한 표정으로 불만을 일삼고 악다구니를 쓰며 구걸하는 군상들 사이에 눈길을 사로잡는 무대 맨 앞 곤혹스런 표정의 인물. 삭발 머리에 빨간 드레스, 검은 양말에 하이힐, 그리고 긴 속눈썹과 시커먼 가슴털을 함께 가진 모습이 그야말로 '모순'이라고 써 붙인 듯한 셴테가 거기 있다. 거절할 줄 모르는 착한 여자이면서 착하게 살아가기 위해서는 나쁜 남자가 되어야 하는 셴테. 이 공연에서는 여자로서 남장을 하는 게 아니라 남자로서 여장을 하고 다시 남장을 해야 하는 테일러 맥의 셴테. 모순의 모순이라고 해야 할까. 곤경에 처한 셴테를 구하기 위해 이 여장남자/남장여자는 '나쁜 남자' 사촌 쉬타가 되어 등장한다.

중절모에 말쑥한 양복, 일부러 가운데만 고정해 말을 할 때마다 달랑거리는 콧수염, 양팔을 힘차게 흔드는 군대식 걸음걸이 끝에 '얍, 얍' 하는 기합 소리를 덧붙이는 지극히 남성적인 사촌오빠

쉬타는 셴테를 둘러싼 온갖 곤경들의 해결사 역할을 한다. 경관에게 뇌물을 제공하는 극히 세련된 솜씨, 찰거머리 같은 어려운 이웃들을 가차 없이 내쫓는 결단력, 가게에 들인 선반 값을 지나치게 높이 부른 목수를 오히려 등쳐먹는 기민한 장사 수완, 매춘부라는 불미한 전직을 이유로 몇 달 치 집세의 선불을 요구하는 집주인 미쭈 여사를 단호하게 제압하는 남성미 등, 쉬타의 사업 감각은 셴테의 이상을 실현시켜줄 절묘한 파트너처럼 보인다. 셴테가 빈자들에게 선행을 계속하기 위해서 부족한 자금을 부자 이발사 슈푸와의 결혼을 통해 확보하려는 계획도 착착 진행시킨다.

쉬타가 앞에 나서 선을 위한 악을 수행하는 동안, 셴테는 그녀의 선행 프로젝트를 위기에 빠뜨릴 상황에 봉착한다. 사랑에 빠지는 것이다, 그것도 나무에 목을 매려 하고 있던 실직한 우편 비행사와. 쉬타가 차가운 머리뿐인 남자라면 셴테는 따스한 가슴뿐인 여자랄까. '날개 꺾인' 비행사를 불쌍히 여기는 마음과 비 오는 오후의 고독감이 겹쳐, 그리고 근육질의 흑인 미남으로 캐스팅된 양순의 화끈한 매력에 사로잡힌 셴테는 사랑을 위해 모든 것을 바치기로 한다. 지속 가능한 선행을 위해 쉬타가 주선한 혼담마저 깬다. 하긴 성긴 수염 한 자락을 길게 꼬아 늘어뜨린 배불뚝이 중년 슈푸와 훤칠한 키에 준수한 용모, 섹시함까지 갖춘 검은 종마 양순 사이에 서서 둘을 곁눈질로라도 비교해보라. 누가 셴테의 선택을 비난할 수 있으랴.

이 장면의 명백한 코믹함과 셴테의 확연한 어리석음은 테일러

극단
파운드리
작품

사천의 착한 사람

1
2
3　　　4　　　5

1. 사천의 노숙자들
2-3. 착한 여자 센테 / 나쁜 남자 쉬타
4-5. 쭈그렁 할배 / 섹시한 종마

맥의 연기와 노래를 통해 또 다른 의미를 획득한다. "사랑하는 사람과 함께하고 싶어요. 어떤 값을 치러도 상관없어요. 어리석대도 상관없어요. 그 사람이 날 사랑하지 않아도 괜찮아요. 그저 그와 함께하고 싶어요." 원작의 노래는 눈먼 사랑에 빠진 어리석은 여자를 보여준다. 하지만 맥이 부른 노래에는 사랑으로 인해 무엇을 잃어버리게 될지 충분히 알고 있는 사람의 고뇌가 느껴진다. 그럼에도 사랑을 택하는 것은 더 큰 어리석음일까. 분명한 것은 사랑과 윤리, 감정과 이성 사이에 찢긴 자의 말할 수 없는 고통이 드랙 퀸 테일러 맥의 센테 그/녀의 선택에 담겨 있었다는 사실이다. 어쩌면 그 고통은 남성의 몸과 여성의 마음 사이에 찢긴 배우의 존재에 의해 배가된 것일지도. 그런데 노랫말 중 '그 사람이 날 사랑하지 않아도 괜찮아요'는 예언적이다. 양순에게 센테는 비행사직을 되찾기 위한 돈줄에 불과하다. 회사 간부에게 제공할 뇌물 자금을 갈취하기 위해 양순뿐 아니라 그 어머니 양 여사까지 센테를 우회하여 '실세' 쉬타에게 접근한다. 양순의 속셈을 파악한 쉬타/센테는 자금 지원의 조건으로 결혼을 서두르지만 부족한 자금 탓에 그마저 무산되자 절망에 빠지고 만다. 그리고 자신이 양순의 아이를 가졌음을 알게 된다.

하지만 센테는 절망보다 희망, 슬픔보다 기쁨을 이야기한다. 태어날 아이를 상상하며 그 아이에게 세상의 아름다운 모습을 보여주는 엄마가 된 자신을 상상한다. 자신의 곤혹스런 처지는 까맣게 잊은 듯 나무와 풀, 구름과 하늘, 거리에서 만나는 사람들에게 미래의 아이를 소개하며 너무나 행복하게 무대 이곳저곳을 춤추듯 오가는 셴테. 그런데 어찌 된 일인가. 생각지도 못한 일이 눈앞에 일어났다. 여자도 아닌 여자, 보기에 따라서는 흉물스럽기까지 한 테일러 맥의 셴테는 그 순간 모든 물질적 모순을 초월하여 새 생명을 잉태한 젊은 여인의 이데아가 되었다! 그/녀의 눈빛과 몸짓이 뿜어내는 환희에, 모성애적 사랑의 희열에, 보는 이는 눈물이 났다. 그 모든 육신의 모순을 넘어서서 빛나는 배우/인간의 모습에 눈물이 흘렀나 보다. 선악과 남녀를 한 몸과 한 영혼에 담고 있는 존재. 그 모순 속에 인간의 참모습이 있음을 본 듯했다.

최고의 브레히트적 앙상블

태어날 아이가 직면하게 될 세상의 추한 모습들을 또한 모르지 않는 셴테는 새 생명에 대한 사랑의 환희를 세상에 대한 증오로 바꾸고 아이를 지키기 위해서 세상 모든 사람들에게 '호랑이'가 되겠다고 결심한다. 냉혈한 쉬타가 되어 양순과 자신을 맺어준 사랑의 나무마저 베어버린다. 인간성 깊이 자리 잡고 있는 새끼에 대한 짐승의 보호본능은 눈물겨우면서도 끔찍하다. 나무가 잘려나간 밑둥은 쉬타의 담배공장 굴뚝이 되고 양순은 되려 쉬타의 앞잡이가 되어 노동자들을 착취하는 데 앞장선다. 쉬타가 전면에 나서 활약을 하는 동안 무대에서 셴테의 모습은 찾을 길 없다. 그때 더 이상의 착한 사람을 찾지 못한 세 신들이 지친 몸을 이끌고 다시 사천을 찾는다. 원래의 하얀 드레스는 남루한 넝마조각이 되었고, 한 명은 어디서 얻어맞아 목발에 다리를 절고, 또 한 명은 부축 없이는 걷지도 못하고, 다른 한 명은 끊임없이 욕지기를 뱉어내는 모습으로 말이다.

캐스팅이 재미있다. 작은 체구에 성깔 있어 보이는 흑인 노파, 교양미와 백치미 사이를 오가는 백인 노파, 인자한 느낌의 통통한 아시아계 노파가 신들이다. 뉴욕의 노숙인들을 닮은 사천의 불우이웃들과 마찬가지로 신들 또한 다인종사회 뉴욕의 지방색이 물씬 배어난다. 셴테의 행방불명을 보고받은 그들은 물장수 왕에게 셴테를 찾으라는 명령을 내리고 다시 사라진다. 보통은 마음씨 좋은 아저씨로 나타나는 물장수 왕 역에 장난꾸러기 소년 같은 배우를 기용한 것도 의외다. 실제로 이 공연의 큰 재미이자 브레히트 극으로서의 강점은 셴테/쉬타 역의 테일러 맥뿐 아니라 전체 캐스팅의 절묘한 배합과 캐스트 전원의 활기차고 뛰어난, 그야말로 브레히트를 넘어서는 브레히트적 연기에 있다. 뉴욕의 정취를 한껏 느끼게 해주는 전체적 면모는 물론이요, 노숙자 가족으로 한꺼번에 등장하는 배우들이 각 장면에서는 브레히트가 말한 '사회적 역할에 따른 전형적인 제스처'를 가진 캐리커처 같은 인물로 각각 역할하는데 그 이중배역 연기가 기막히다.

가장 눈길을 끈 것은 집주인 미쭈 여사와 양순의 어머니 양 여사를 함께 연기한 배우다. 두 줄로 묶은 꽁지머리에 굵은 알 안경을 쓴 깐깐한 동사무소 서기 같은 중늙은이 여자가 쉬타와 양순에게 보내는 느끼한 눈길에 폭소를 터뜨리던 관객은 그녀가 미장원에서 부풀린 머리에 모피 외투를 걸치고 나타나 입에 거품을 물고 아들 자랑을 늘어놓는 양순의 어머니로 등장했을 땐 그야말로 포복절도할 지경이었다. 특히 그녀의 아들 자랑이 미국 사회에서도 이슈가 되어 있는 '헬리콥터 맘'(자식 주변을 빙빙 돌며 감시 보호한다고 해서 붙여진 이름)를 연상시켜 더 그랬나 보다. 또 관객이 '와우!'를 연발한 것은 양순의 변신, 노숙자 가족의 '쭈그렁방탱이' 할아버지의 섹시하기 짝이 없는 흑인 종마로의 변신이다! 이들 조연 배우의 기막힌 분장과 연기는 브레히트가 강조한 '연극이 연극임을 잊지 않게 하는' 차원을 넘어서 현실의 정수를 드러내 보이는 참다운 연극성의 향연을 가능하게 했다.

캐스팅의 묘수와 배우들의 연기에 힘입은 그러한 연극성의 구현보다 관객에게 더욱 어필한 것은 주연과 조연의 구별 없이 모든 배우가 쏟아내는 열정과 그 열정 속에 하나가 된 앙상블이었다. 단순히 기술적 차원에서의 앙상블이 아니라 그야말로 몸과 마음으로 하나가 된 공동체의 느낌을 강렬히 전달한 것이다. 무대 위의 공동체는 객석을 또한 하나의 공동체로 묶는 듯했다. 관객은 어처구니없는 코믹 모멘트들에 폭소의 도가니로 화할 뿐 아니라 그 어처구니없는 코미디가 자신들이 살아가는 사회적 현실과 매우 닮았다는 조용한 자각까지도 턱을 괴는 손들과 이따금 내쉬는 한숨들을 통해 함께 나누고 있었다.

공동체를 창조하는 연극

드문 경험이다. 연극이란 오락과 계몽의 양축 사이를 오가는 진동추라 정의해왔고, 브로드웨이에서 진동추는 오락 축으로 기울게 마련이라는 관찰을 견지해왔다. 실제로 뉴욕의 연극 문화 안에서 지금까지 목격한 관객들의 지배적인 성향도 교양을 가미한 오락을 찾는 계층이라고 단언하고 있었다. 이들에게야말로 연극은 연극일 뿐이다. 견고한 현실 감각을 가진 이들은 연극과 현실을 혼동하지 않는다. 무대 위에 묘사된 현실은 막이 내림과 동시에 망각되고 마는 허구에 지나지 않는다. 그런데 오늘 밤 이 공연의 관객은 다르다. 이 공연이 관객을 다르게 만든다. 허구로 남을 수밖에 없는 무대 위의 사천이라는 공동체가 그 허구를 만들어내는 배우들의 공동체에 의해 현실 속의 관객 공동체를 새롭게 창조해낸 것이다.° 그 관객 공동체가 공유하는 것은 '세상은 이대로 괜찮은가?'라는 극의 질문이며 '변화를 위한 뭔가가 필요하다'는 공동의 인식이다.

그 질문을 최종적으로 제기하는 공연의 마지막 순간은 다시

° 배우들의 공동체를 가능하게 한 것은 예술적이면서도 정치적인 어젠다, 곧 예술의 사회성에 대한 뚜렷한 인식이다. 극단 파운드리의 예술감독 멜라니 조셉은 프로그램 노트에서 공연의 제작 의도를 '절박성'이라고 밝히면서 뉴욕의 빈부 격차의 현실을 적시한다. "2012년 인구 조사에 따르면 맨해튼은 미국 내 최고의 빈부 격차 지역이며 뉴욕시 전체 인구 가운데 무려 1,700만 명이 연방정부가 정한 빈곤층에 속해 있다고 한다."

한 번 주역과 조역의 앙상블에 의해 이루어진다. 행방불명된 셴테를 찾아 이웃들이 문제를 제기하자 그녀를 납치한 혐의로 쉬타는 법정에 선다. 그런데 재판관들이 바로 신들임을 알아차린 쉬타/셴테는 모든 증인과 방청객을 물리고 자신의 정체를 그들 앞에 드러낸다. "착하게 살아가기 위해 악한 인간이 될 수밖에 없었다"는 그/그녀의 역설적 호소 앞에 신들은 그 역설의 의미를 짚기보다 "한 달에 한 번만 사촌오빠가 되라"는 충고와 함께 '착한 여자' 셴테의 생존으로 이 세계의 정당성 위기를 무마하고 복음성가풍의 음악 속에 구름을 타고 승천한다.

두 존재로 찢긴 인간과 모순들로 찢긴 세상을 버리고 떠나는 신들로부터 고개를 돌려 객석을 깊이 응시하는 셴테. 길게 말린 속눈썹 아래 깊은 눈망울에 맺히는 눈물과 함께 탄식하듯 외치는 숨죽인 목소리. "도와주세요!" 터져나오는 절규를 기다렸던 걸까, 소리 없는 외침에 오히려 움찔하는 관객들. 무대 위의 모든 것이 정지하는가 했더니 털레털레 등장하는 것은 바로 헬리콥터 맘 양 여사. 마지막 내레이터 역할을 맡은 그녀가 아들 자랑하던 싸가지 없는 어투로 '알아요. 다들 해피엔딩을 기다렸을 텐데 어정쩡한 결말에 불만이신 거.'라고 입을 삐죽이자 셴테의 곤경에 가슴 저미던 관객들은 다시 폭소의 도가니! "불만이시라면 여러분이 직접 해피엔딩을 써보세요. 쉬운 답은 아니니까 집으로 돌아가시는 길에 오래 생각해보세요." 서서히 그리고 뜨겁게 모아지는 박수.

°°° 가난해서 진정한 연극,
빈약해서 완벽한 무대
°
°
°

깊은 여운에 자리를 떠나지 못한다. 관객들이 모두 퇴장한 후에도 객석에 남아 배우들이 떠난 무대를 바라본다. 무대 풋라이트들을 감싸고 있는 보호 장치가 깡통을 반으로 자른 함석 조각이다. 철저하게 가난한 연극? 가난하고도 진정한, 가난해서 진정한 연극. 한 평론은 '브레히트의 혁명적 정치학을 싸구려 다운타운 미학과 결합한 공연'이라고. 꺼지지 않은 풋라이트가 무대 위의 종이박스로 만든 작은 집들과 장난감 같은 구름과 모형 비행기를 어렴풋이 비추고 있다. 대학 연극반 시절 〈욕망이라는 이름의 전차〉 공연이 떠오른다. 주연 배우들이 후배들이었는데 불화가 심해 리허설 기간 동안 많은 갈등이 있었다. 당시 반장을 맡았던 후배는 그런 팀을 이끌고 공연을 만들어가느라 속이 많이 상했다. 마지막 공연이 끝나고 객석이 비자마자 반장 녀석이 경주마처럼 달려 무대로 뛰어 오르더니 세트 벽들을 이단옆차기 하듯 날아올라 발길로 부셔버리는 게 아닌가. 착잡했다. 반장의 고충과 울분을 이해하면서도 정성을 다해 톱으로 썰고 힘을 다해 못으로 박아 세운, 상상력과 열정을 쏟아부어 창조한 세계가 그렇게 허망하게 무너져버린 것에 가슴이 아팠다. 서투른 망치질과 빈약한 상상력으로 만들었지만 그래도 우리에게는 완벽한 세계였던 무대.

로비에는 관객들이 극장을 떠나지 않고 이야기꽃을 피우고 있다. 로널드도 캐런과 함께 있다. 둘에게 손을 흔들어 보이고 극장을 나선다. 좋은 연극 속에서 공동체가 되었던 사람들, 이제 각자의 길로 가면서 어떤 생각을 할까. 양 여사가 당부한 대로 보다 나은 세상을 만들기 위한, 해피엔딩을 쓰기 위한 아이디어를 떠올릴까. 워싱턴스퀘어역으로 가는 길, 곳곳이 뉴욕대학교 건물들이다. 눈길을 끈 건물이 우연찮게 '비즈니스 스쿨'이다. 다른 건물들보다 훨씬 많은 공간에 불이 밝혀진. 저곳에서 수많은 미래의 쉬타들이 장사 수완을 익히고 있겠구나. 그들 중에도 셴테의 마음을 가진 사람들이 있겠지? 제발 지속 가능한 선행을 위해서는 어떤 수단을 써서라도 부를 축적하는 일이 먼저라고 믿지 말기를.

불 밝힌 NYU 비즈니스 스쿨

꿈을
찾아서

〈잭슨 모텔〉
〈한여름밤의 꿈〉

○○○   흥분과

        혼란
          ○
          ○
          ○

42번가/9번 애비뉴 모퉁이의 시어터 로우

연극 마케팅 전문 업체 '연극매니아'로부터 온 이메일이 흥분과 혼란을 동시에 불러일으켰다. 흥분은 에드 해리스가 출연하는 공연이라는 사실에서 왔다. 배우 예술에는 깊은 관심을 가졌지만 스타 배우 개인에게는 흥미를 느끼지 못하는 내가 유일하게 팬으로서의 감정을 느끼는 배우다. 1990년대 중반 범죄 스릴러 영화에서 단역에 가까운 정신이상자 역을 하는 걸 보고 그 내공에 깊은 인상을 받았고 브로드웨이에서 꽤 알려진 성격배우쯤 되겠다고 짐작했는데, 그가 감독·주연을 겸한 화가 잭슨 폴락의 전기 영화 〈폴락〉을 보고 경탄을 금할 수 없었다. 그 후로도 많은 영화에서 크고 작은 역들을 연기할 때마다 강렬한 내면의 고뇌와 지극히 부드러운 외면을 오가는 특유의 연기 스타일에 매혹당했다.

혼란은 이미 예정된 일정 때문이었다. 저녁 공연은 세계적 연출가 줄리 테이머의 〈한여름밤의 꿈〉. 티켓이 동나고 있다는 소식에 미리 예매를 했고, 낮에는 공연이 아니라 극작워크숍을 갈 생각이었다. 오프-오프-브로드웨이 연극운동을 이끌었던 라마마 출신의 극작가 장-클로드 반 이탈리Jean-Claude Van Itallie가 '꿈으로부터 연극 만들기'라는 매력적인 제목의 워크숍을 연다고. 그러던 차에 해리스 공연 소식을 받아든 것이다. 차를 몰고 가야 할 상황이라 교통 상황에 따라 도착 시간이 많이 달라질 텐데 어떡하나 고민하다가 '꿈' 워크숍을 1순위, '꿈의 배우' 해리스 공연을 2순위로 정하고 잠이 들었다. 별 다른 꿈은 꾸지 않았다.

꿩 대신 닭, 또는 꿈의 배우를 찾아서

내비게이션에 워크숍이 열리는 웨스트 빌리지의 체리레인 극장 주소를 입력한다. 뉴욕행 하이웨이에 들어선 것이 11시. 12시쯤 도착하게 되리라 예상했는데, 어찌 알았으랴, 내비게이션이 사고를 칠 줄이야. 맨해튼 북단으로 진입하는 조지 워싱턴 브리지나 미드타운으로 진입하는 링컨 터널이 아니라 맨해튼 남단 진입로인 홀랜드 터널로 인도할 때만 해도 웨스트 빌리지가 미드타운의 남쪽인 첼시보다 더 남쪽에 있으니 그리 가나 보다 믿고 있었다. 그런데 맨해튼 남단으로 진입하더니 더 남쪽으로 가자고 한다. 도로공사 등으로 우회를 하나 생각했더니 아예 다른 주소지로 데려간다.

내비게이션을 꺼버리고 그동안 맨해튼 곳곳을 걸어다닌 경험으로 대충 눈대중으로 웨스트 빌리지 부근까지 왔지만 극장을 찾을 수는 없었다. 포기하고 해리스의 공연이 있는 42번가로 향하고 만다. 좋아하는 배우를 보는 것보다 창작의 길을 찾는 내게 더욱 절실한 것이 이 워크숍이었는데. 그래, 꿩 대신 닭이다. 미드타운의 밀리는 차들을 헤치고 공연장인 시어터 로우에 도착한다. 헐레벌떡 박스오피스로 뛰어가 표를 구하는데, '매진'이라는 답이 돌아온다. 꿩도 닭도 다 날아갔다. 창구 직원이 대기자 명단에 이름을 올리겠냐고 묻는다. 지난번 퍼블릭 시어터처럼 운 좋게 마지막 표 하나 얻어 걸리려나.

시어터 로우는 5개의 소극장들로 된 공연 센터이다. 건물 앞에 형형색색으로 된 공연장 이름들이 도열해 있다. 라이온, 클러먼, 커크, 베케트, 그리고 해리스의 출연작이 상연되는 에이콘 극장. 바로 옆 건물이 지난 2월 〈이 모든 분노〉를 보았던 '극작가의 지평선' 공연 센터이다. 같은 42번가에 시그너처 센터까지 있으니 이 거리야 말로 명실공히 오프-브로드웨이의 중심인 셈이다. 마티네 공연을 보러 온 관객들이 하나 둘 나타나기 시작한다.

초조한 마음에 다시 로비로 들어가 직원에게 물어보니 아직 무소식. 해리스의 출연작은 1982년 〈마음의 범죄〉로 퓰리처상과 토니상 작품상을 함께 거머쥐며 미국의 대표적 극작가 반열에 오른 여성 작가 베스 헨리의 신작이다. 제목은 〈잭슨 모텔〉. "잭슨 사람들"이라는 뜻도 된다.° 작년 로스앤젤리스에서 초연되었고 이번에 오프-브로드웨이로 진입한 작품이다. 이 공연의 캐스트에는 해리스뿐 아니라 영화 배우로도 꽤 낯익고 지난 2월에 본 〈디 아더 플레이스〉에서 여주인공의 남편 역을 했던 빌 풀먼도 포함되어 있다.

〈잭슨 모텔〉의 잭슨 사람들

공연 5분 전, 드디어 이름이 불린다. 공연장은 3층, 마지막 줄

° 베스 헨리는 소위 남부식 고딕의 전통에 속하는 작가로서 미국 남부의 삶에 대한 일상적 스케치로부터 인간과 삶에 대한 깊은 통찰을 이끌어낸다. 남부식 고딕이란 남북전쟁 이후 물질적/정신적으로 황폐해진 남부지역의 가난과 소외, 범죄와 폭력, 그리고 여전히 뿌리 깊은 인종차별주의를 배경으로 도덕적 결함은 물론, 정신적·신체적 이상을 가진 인물들의 삶을 통해 남부 특유의 정체되고 부패한 사회적·정신적 풍경을 다소 환상적이고 그로테스크한 스타일로 그려내는 문학을 말한다.

좌석이다. 수평으로 길게 펼쳐진 무대, 왼쪽은 레스토랑을 겸한 바룸, 오른쪽은 바룸보다 한 단 높은 곳에 위치한 객실. 정교하고 깔끔한 세트가 인상적이다. 모처럼 보는 사실주의적 세트. 객실의 외벽 옆으로는 좁은 통로가 나 있고 후미진 골목길 가로등 같이 생긴 램프 아래 커다란 초록색 아이스박스가 덩그마니 놓여 있다. 실내 공간과는 대조적으로 약간 후줄근한 느낌을 준다. 아이스박스 앞쪽 무대 외벽 높은 곳에 '방 있음'이라는 전광 사인이 불을 밝히고 있다. 바로 잭슨 모텔이다.

조명이 내려가면서 합창 음악이 어린아이들의 청아한 목소리에 실려 흘러든다. 신비로운, 그러면서도 약간 징그러운 느낌이 드는 건 왜지? 이게 바로 남부식 고딕의 분위기인가. 객실 통로의 램프 불빛이 확 들어오면서 음악이 툭 끊기는 순간, 셔츠에 피를 묻힌 남자가 아이스 버킷을 들고 통로 안쪽 어둠으로부터 달려 나온다. 황급히 아이스박스를 열어젖히고 얼음을 퍼 담다가 고개를 들면 불빛에 드러나는 얼굴은 바로 에드 해리스! 객석으로부터 쏟아지는 박수. 열렬한 박수 소리를 듣는지 마는지 망연자실한 표정으로 허공을 쏘아보며 굳은 듯 서 있는 배우. 짧은 암전. 무대 중앙에 스폿 조명이 들어오면 바룸과 객실 사이에 담요로 몸을 감싼 소녀가 서 있다. "크리스마스였지요. 지난봄에 일어난 주유소 살인강도 사건의 재판과 처형에 사람들의 눈이 쏠려 있는 동안 잭슨 시 외곽의 삼류 모텔에서는 끔찍한 사고가 일어났어요. 아, 시간을 되돌릴 수만 있다면!"

떨리는 목소리로 말문을 연 소녀의 이름은 로지. "그날 아침 엄마는 크리스마스트리를 아빠 방에 달아주고 오라고 하셨어요. 아빠는 봄부터 이 모텔에 기거하고 계셨거든요. 엄마와 문제가 있었죠." 소녀가 퇴장하면 1950년대 팝 음악이 라디오를 타고 흐르면서 엘비스 프레슬리 머리모양을 한 바텐더가 손님 맞을 준비를 한다. 그때 깔끔하고 밝은 양복 차림의 에드 해리스, 아니 로지의 아빠 빌 퍼치 박사가 등장, 위스키를 마시며 빌 풀먼이 분한 바텐더 프레드와 대화를 나눈다. 잭슨 모텔 살인 사건이 일어난 1964년 크리스마스에서 퍼치가 이 모텔에 처음 둥지를 튼 봄으로 플래시백된 것이다.

장기 투숙객과 바텐더의 대화에서 귀를 잡아당기는 것은 퍼치 박사의 치아건강론. 아하, 그는 치과의사! 양치질 방법 교육은 물론 명함을 건네주며 진료를 권하는 세일즈에 이르기까지, 시종일관 점잖은 인상과 진지한 태도를 견지하는 퍼치 박사의 모습에 담긴 직업적 습관의 희극성을 알아차린 관객들이 그 진지함에 함부로 웃지는 못하고 숨죽여 키득거린다. 진지함과 우스꽝스러움의 모순적 공존을 더도 덜도 아니게 기막히게 표현해내는 연기! 과연 에드 해리스다. 이에 질세라, 빌 풀먼의 바텐더도 만만찮다. 믿음직한 체구에 튀는 헤어스타일, 무표정한 얼굴에 수줍게 살짝 비트는 몸짓, 과묵한가 했더니 입을 열면 우물우물 어눌한 어조, 잘생긴 얼굴은 힐끗 힐끗 쳐다보는 곁눈질로 야비한 느낌마저 주는 프레드. 그저 술손님을 응대하듯 건성으로 맞장구를 쳐주는 모습에서조차 예측 불허의 성격과 일촉즉발의 불안감이 배어난다. 두 배우의 연기 대결이 빚는 팽팽한 긴장, 참 오랜만이다! 대결은 퍼치 박사의 대사로 마무리된다. "치아 건강은 우리 몸 전체 건강의 지표라는 걸 잊지 말아요."

표면에서 이면을 읽고 일상에서 본질을 발견하는 사실주의 연극 〈잭슨 모텔〉이 남부 고딕이 되는 것은 바로 일상적인 치과 진료가 그로테스크한 전신 해부로 진행되기 때문이다. 평범한 치과 의사 개인의 몰락사가 1960년대 남부 사회에 만연한 인종차별주의의 도덕적 맹목성과 섞여드는가 하면, 그 몰락의 과정은 어이없는, 그러나 현실이 종종 보여주듯 사소하고도 치명적인 계기들에 의해 점진적으로 이루어지기 때문이다. 그리고 그 몰락 속에서 괴이하고도 우스꽝스러운 인간 존재의 실체를 만나게 되기 때문이다.

빌 퍼치가 버젓한 중산층 저택을 떠나 싸구려 모텔로 거처를 옮긴 것은 아내 수잔의 요구 때문이다. 자궁 종양 제거 수술을 받던 중 더 큰 종양이 발견되자 아예 자궁 적출을 권하는 수술의의 제안에 자신의 동의 없이 서명을 한 남편을 용서할 수 없었던 것이다. 빌은 별거를 잠정적인 것으로 생각했지만 점점 길어지면서 불안과 좌절과 분노를 동시에 느끼기 시작한다. 그러는 동안 딸 로지는 볼모가 되어 부모 사이를 오간다. 이 불안정한 상황은 언제까지라도

에드
해리스
주연

잭 슨 모 텔

1. 퍼치 박사와 프레드
2. "잭슨 사람들"
3. 아빠와 딸의 크리스마스
4. 치과 의사의 '구강' 오르가즘

계속될 듯한 정체감을 자아내기도 한다. 그러나 그 정체된 표면 아래 뭔가 꿈틀거리고 뭔가 썩어 문드러져가는 느낌이 드는 것은 퍼치의 깊어지는 좌절감 때문만은 아니다. 또 첫눈에는 깔끔해 보였지만 미묘한 무대 조명에 의해 낡고 얼룩진 벽면으로 서서히 변해가는 세트가 이 모텔 곳곳에 곰팡이 냄새를 피우고 있기 때문만도 아니다. 잭슨 모텔 안팎의 모든 '잭슨 사람들'을 둘러싸고 있는, 그리고 그들 속에 침투해 들어와 있는 사회적·정신적 병증 때문이다.

남부인들: 좋은 사람과 쓰레기 인간

빌과 프레드의 대화에 모텔의 바메이드인 에바가 합류한다. 전형적인 남부의 헤픈 금발 미녀 에바는 주유소 살인강도 사건의 참고인 자격으로 경찰에서 진술을 마치고 오는 길. 혐의자로 체포된 흑인 청년들을 현장 근처에서 봤다는 증언을 했다는 그녀에게 프레드는 어깨를 으쓱할 뿐이지만, 빌은 그들이 범인일 확률은 99퍼센트라며 힘을 실어준다. 세 사람은 최근—흑인민권운동이 정점에 달한 1964년—미국 전역에서 일어나고 있는 인종분리 정책 철폐를 무시하고 여전히 분리를 유지하는 미시시피 주의 독립성을 이구동성 옹호한다. 그들의 대화가 깜둥이라는 인종차별적 언어로 넘치는 것은 물론이며 때때로 흐르는 라디오 뉴스는 민권운동 시위자들을 짓밟는 폭력의 소식들이다.

오늘날의 관점에서는 야만이라고밖에 부를 수 없는 그들의 태도가 지극히 자연스러워 보인다. 바텐더나 바메이드와 같은 하류계층 인물들은 물론, 한눈에도 점잖은 신사요 모범적인 시민 그 자체로 보이는 인물의 입에서조차 인종차별의 언어가 쏟아져 나오는 걸 지켜보노라면, 모든 범죄는 당연히 '깜둥이'들 짓이요 사형의 방식이 가스실에서 전기의자로 바뀐 것은 '기술적 진보'이며 '인도주의의 실천'이라고 이야기꽃을 피우는 잭슨 사람들이 전혀 이상하게 여겨지지 않는다. 그들에게는 인종차별이 오랜 실천을 통해 무의식의 차원까지 침투되어 있다. 제도를 통해 습득되고 세월에 걸쳐 각인된 지배와 착취의 유전자라고나 할까. 인종차별은 이들 남부인들에게는 인간성, 곧 DNA의 일부가 되어 있다.

아이러니컬한 것은 그 유전자의 원형질을 이루고 있는 지배와 착취, 폭력과 야만, 위선과 맹목이 결국 유전병이 되어 남부인들 자신을 내부로부터 붕괴시킨다는 것이다. 살인강도 혐의자들에 대한 거짓 증언을 하고 돌아온 에바가 말한다. "일요일마다 교회에 가서 주님의 용서를 빌지요. 화장실 가는 일처럼 정기적으로 말이에요." 자신의 위선에 눈먼 것은 비단 남부인들만은 아니겠지만 왜 거짓 증언이냐고? 빌이 자리를 뜨자 프레드는 에바가 끼고 있던 반지를 돌려달라고 한다. 결혼을 약속하지 않았냐는 에바의 항변에 자기는 심장병으로 곧 죽을 몸이라고, 젊은 당신을 미망인으로 만들 수는 없다고, 우물우물한 말투만 남기고 돌아선다. 대체 무슨 사연일까? 에바의 증언은 결혼 약속을 담보로 프레드에게 알리바이를 제공하기 위한 것이었고, 범인은 바로 프레드였던 것! 그것도 이유 없이 충동적으로 저지른 살인이라는 것이다. 때마침 흑인들이 체포되고 자신은 수사망으로부터 벗어났다는 확신에 프레드가 그녀를 차버리는 건 당연지사다.

프레드의 강박증적 행태와 에바의 도덕적 맹목성에 평행선을 그려내는 것이 빌과 수잔 부부의 관계이다. 수잔은 타협할 줄 모르는 도덕의식의 소유자다. 표면적으로는 남편의 무분별한 자궁 적출 수술 동의 문제가 불화의 원인으로 보인다. 하지만 드러나는 것은 부부관계에 내재해 있던 깊은 갈등, 특히 남편의 '고칠 수 없는 결함들'과 이를 용인하지 못하는 아내의 청교도적 성격이다. 겉으로는 흠잡을 데 없는 중산층 전문인이자 자상한 남편과 아버지이지만 근원 모를 울화증에 시달리는 빌은 잦은 술주정에 가정폭력의 전과까지 있다. 그를 수잔은 부드럽게 포용하는 대신 날카롭게 비난하고 억압해왔다. 그러던 차에 수술 문제가 터졌던 것이다.

부부의 위기는 아이의 위기다. 스스로를 '미운 오리 새끼'라 부르는 로지는 엄마와 살면서 가끔 아빠를 방문한다. 아이는 생각보다 영민하다. 하지만 영민함으로 극복할 수 없는 것이 아이의 상처다. 상처는 곪아들게 마련이다. 아빠를 기다리며 바룸에 앉아 숙제를 하고 있던 로지는 "부모님이 이혼하면 넌 누구랑 살게 되지?"라는 에바의 눈치 없는 질문에 폭발하고 만다. "우리 부모님은 이혼 같은 거 안 해요. 좋은 사람들은 그런 짓 안 해요. 이혼은 쓰레기 같은 인간들이나 하는 짓이에요." 아이의 폭발은 엄마가 이혼 서류를 준비하고 있음을 눈치챘기 때문이다. 그런 로지를 곁눈질로 바라보고 있는 것은 바텐더 프레드. 그가 로지의 관심을 끌기 위해 벌이는 짓은 우스꽝스럽고도 괴이하다. 식탁용 나이프를 목구멍에 집어넣는 쇼. 그러다 각혈까지 한다. 로지에게 프레드가 성기를 내밀며 만지게 하는 장면은 그로테스크한 도착증을 보여준다.

딸의 곤경을 모르는 채 '쓰레기' 같은 인간들이나 하는 이혼이 진행 중이다. 빌은 말리려 들지만 수잔은 단호하다. 좋은 사람과 쓰레기 같은 인간 사이의 경계는 때로 모호하다. 그리고 겉과 속은 종종 배반 관계에 있다. 빌은 점점 더 알코올에 의존한다. 병원 진료도 소홀히 한다. 초겨울 어느 날 수잔이 모텔 방에 쳐들어와 분통을 터뜨린다. 빌이 환자에게 폭행을 저질러 의사 면허 정지가 되었다는 소식을 전해 들은 것이다. "이제 어떻게 우리 두 모녀의 생활비를 댈 거냐."며 몰아붙이는 그녀를 통해 관객은 평소부터 불평이 많았던 환자가 진료 중에 다시 불평을 일삼자 빌이 그의 치아 전부를 뽑아버렸다는 기막힌 사실을 알게 된다.

늪 속으로, 또는 집으로 가는 길

크리스마스가 다가온다. 아침에는 크리스마스트리를 가져온 딸에게 다정하게 키스하던 아빠. 낮에는 아내에게 이혼을 만류하며 다정한 손길까지 내밀던 남편. 그러나 로지가 남기는 말은 이 블랙코미디의 마지막 향방을 가늠케 한다. "늪이 차오르고 있어요. 우리 모두 늪 속으로 끌려 들어가고 말 거예요."

크리스마스 밤. 침대에 두 남녀가 뒹굴고 있다. 오해 마시라, 정사가 아니라 파티이므로. 에바가 쓸쓸한 크리스마스를 보내는 빌을 위해 벌인 파티. 진탕 퍼마시고 인종차별의 언어를 쏟아놓으며, 침대 시트를 KKK단의 흰 두건처럼 둘러쓰고 깔깔대기도 하며, 흐물흐물해진 몸을 서로 기대기도 하고 외로움에 지친 영혼의 벗이 되어주기도 한다. 멀쩡하게 잘 살던 사람이 왜 이런 꼴이 되었냐는 에바의 물음에 답하는 빌. "몰라. 그냥 프로그램 된 대로 살기를 멈춘 거지." 프로그램…… 자신의 말에 취기가 깨는지 흐느적거리며 욕실로 가는 빌.

그런데 욕실에서 돌아오는 그는 산소 마스크를 쓰고 마취용 산화질소 탱크를 들고 있다! 뿐만 아니라 진료 가방에서 클로로폼을 포함한 온갖 약병을 꺼내 에바와 함께 폭풍 흡입! 몸을 가누지 못한 채 고함치고 키득대며 침대며 방바닥을 기어다니는 '쓰레기' 인간, 또는 잃어버린 영혼들. 속옷 바람이 된 에바가 '헌신'을 제의하자 자신도 옷을 벗어던지고 팬티 차림이 되어 보잘것없는 장년 남자의 몸을 드러내는 빌. 오, 여기서 에드 해리스의 망가진 모습을 보게 될 줄이야. 그런데 빌 퍼치 박사의 헌신은 다른 종류였으니, 산소 마스크로 에바의 구강을 마취시키고 의료용 장갑을 낀 손으로 그녀의 입속을 마구 쑤시고 주무르며 희열에 찬 절규를 내지르는 게 아닌가! 관객의 박장대소 속에서 여행자의 가슴은 왜 그리 울컥했는지.

그 웃음도 울컥함도 일시에 잠재우는 섬뜩한 전화벨 소리가 울린다. 수잔이다. 마취 상태에 빠진 에바를 간신히 욕실 안으로 '처리'했지만 득달같이 달려온 수잔 앞에 여전히 환각 상태를 벗어나지 못하고 횡설수설하는 빌과, 이미 이혼 서류를 제출한 상태임에도 빌의 '부정'을 맹비난하는 수잔. 빌은 그녀의 폭언과 손찌검에 폭행으로 맞서고 만다. 발악하는 수잔이 머리를 몇 번이고 벽에 부딪히자 피가 흐른다. 멍해진 빌은 그녀가 바닥에 쓰러지자 응급처치를 시도해본다. 아직은 숨이 있다. 아이스 버킷을 들고 황급히 복도로 달려나간다. 그것이 공연의 첫 장면이었던 것이다.

헐떡대던 수잔의 숨결이 잠잠해진다. 관객의 시선은 쓰레기더미가 되어버린 방을 처참한 심정으로 훑어본다. 암전. 앰뷸런스 사이렌 소리에 라디오의 크리스마스 음악이 겹쳐진다. 돌연 아이스박스가 있는 객실 통로의 램프가 켜진다. 밝고 따스한 느낌마저 드는 불빛이다. 통로에 손을 잡고 들어서는 것은 피 묻은 셔츠가 아니라 깔끔하고 편안한 느낌의 니트 티셔츠를 입은 빌과 온몸을 싸고 있던 칙칙한 담요를 걷어내고 나풀나풀한 여름 원피스 차림의 로지다. 이번 주말에는 집에 올 거냐는 딸의 물음에 아빠는 애써보겠다며 다정한 미소로 답한다. 로지의 마지막 말. "집에 오세요, 아빠. 집에 꼭 오세요." 반복되는 귀향come home이라는 말이 객석에 아스라하게 퍼지는 가운데 서서히 박수의 물결이 인다.

꿈의 배우를 만나다

극장 2층의 좁은 로비로 나선다. 낡고 곰팡내 나는 카펫과 벽

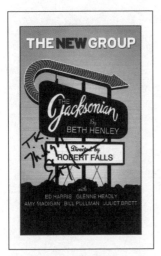

해리스의 서명을 받은 플레이빌

면이 마치 '잭슨 모텔' 같다. 관극 노트를 하려고 수첩을 꺼내든다. 그런데 자꾸 늪 속으로 가라앉는 느낌에 뭐라 쓸 말을 찾지 못한다. 그때 복도 저편에서 걸어 나오는 사람은 바로 에드 해리스! 지인들과 인사를 나누는 동안 지척 거리의 여행자는 가슴이 설렌다. 정말 좋아하던 배우를 영상도 무대도 아닌 현실 속에서 이렇게 보게 되

다니. 정말 이 나이에 무슨 야
릇한 팬심이란 말인가. 내 눈
길을 지인들 어깨 너머로 알아
차렸는지 그도 내 쪽을 흘긋
바라본다. 에이 몰라, 곁으로
다가가 틈을 보아 끼어들었다.
"해리스 씨, 한국에서 온 연극
학잔데 오래전부터 팬입니다.",
"한국이라고요? 작년에 한국

에드 해리스와 여행자.
닮은꼴?

에서 온 방 감독과 영화를 찍었는데." 방 감독? 박찬욱 감독을 말
하나? 구글링해 보니 봉 감독, 봉준호 감독의 〈설국열차〉였다. 플레
이빌을 내밀자 이름을 물으며 서명을 해준다. 뒤따라 플레이빌을 내
미는 사람들에 떠밀려 멀어진다. 로비에 인적이 끊어질 때까지 앉
아 있었더니 지인들을 보내고 돌아서던 그가 싱긋 웃으며 내 이름
을 기억하고 불러준다. "와줘서 고마워요, 티케이. 잘 가세요." 그제
야 용기를 내어 만지작거리고 있던 카메라를 들어 보이며 "사진 좀."
하는데 말을 마치기도 전에 "좋지요."라는 흔쾌한 답이 돌아온다.
찰칵!

○○○　　늪
　　　　과

　　　　　에덴의
　　　　　꿈
　　　　　　○
　　　　　　○

　　꿈의 배우 해리스와의 만남이 가져온 유쾌한 흥분과 공연이
남긴 칙칙한 여운을 안고 웨스트 빌리지를 향해 걷는다. 도착하면
이미 끝난 시각이겠지만 극작워크숍이 열린 극장이 아직도 부르고
있는 느낌이다. '꿈으로부터 연극 만들기'. 허드슨 강으로부터 세차
게 불어오는 바람에 대고 물어본다. 연극은 꿈의 소산인가. 그렇다
면 〈잭슨 모텔〉은 작가의 어떤 꿈으로 빚어진 걸까.
　　일상의 표면을 정교하게 다듬어내고 진지함과 우스꽝스러움,
범상함과 괴이함을 넘나드는 인간 행태를 절묘하게 드러내는 이 작

품도 어떤 깊은 꿈에서 비롯되었단 말인가. 극중 인물들은 평범한 인간들이지만 점차 드러나는 것은 그들 내면의 불안과 공허, 집착과 망상이 아니던가. 삶이란 극적인 추락이기보다 사소한 결함들로 인해 서서히 부패되는 것이라 말하지 않던가. 그렇다면 "늪이 차오르고 있어요."라던 로지의 겁에 질린 목소리, 그것이 꿈의 입구다. 가위눌린 작가가 깨어나며 내지른 외마디 소리일지도 모른다. 미국 남부의 습지를 뒤덮고 있는 늪에 빨려드는 꿈. 썩어가는 부유물들이 입과 코, 귀와 눈을 파고드는 꿈. 부패물들과 하나가 되어 서서히 가라앉는 꿈. 그 악몽이 〈잭슨 모텔〉의 현실을 잉태한 초현실적 자궁일 것이다.

하지만 딸과 아빠의 마지막 장면은 또 다른 꿈이 악몽의 근저에 있음을 말해준다. 아빠와 딸이 하나 된 시원(始原)의 행복, 만물과 만인이 조화를 이루고 '사자와 양이, 뱀과 어린아이가 서로를 상치 않는' 에덴의 꿈. 그들이 누릴 수도 있었던 크리스마스의 꿈. 그러나 그 장면에 가슴이 저려오는 것은 희망은 언제나 가능하지만, 또 진정 그것을 원하지만, 에덴에서 추방된 인류에게 주어지는 것은 아름다운 꿈보다는 참혹한 악몽이라는 사실 때문이다. 인간이란 꿈과 악몽 사이를 애타게 오갈 뿐인 존재라는 사실 말이다. 시궁창 속에서도 별을 바라보는 오스카 와일드의 부랑인들과 다르면서도 닮은, 비상을 꿈꾸지만 늪으로 가라앉기만 하는 사람들. 그것이 잭슨 사람들, 또는 인류다.

하이라인 목신의 꿈

34번가에서 하이라인 공원으로 올라선다. 27번가에서 〈그대 다시 잠들지 못하리라〉를 보았던 맥키트릭 호텔이 내려다보인다. 어두운 마술의 공간으로 들어가던 으스스한 거리였는데 지금 보니 세련된 갤러리 건물들이 즐비한 동네다. 더 내려가니 지난번 보았던 설치미술 작품들이 있던 자리. 하지만 눈여겨보았던 작품들은 없다. 거울 앞에 선 여인의 황동조각상은 자취도 없이 사라졌고, 은 빛 금속판이 죽은 살을 뚫고 새살이 돋아나듯 녹슨 철판을 밀어내던 설치미술이 있던 자리는 빈 벽면으로 남아 있다. 그때 〈메이데이, 메이데이〉 공연을 생각하며 '부활'이라는 제목을 붙여주었는데, 헐벗은 벽면 앞에서 망연자실해진다. 저 벽을 무엇으로 다시 채운단 말이냐.

해리스의 영화 〈폴락〉이 떠오른다. 그의 재능을 인정한 구겐하임 미술관의 위촉으로 벽화를 그리게 되어 좁은 아파트의 벽까지 허물면서 대형 캔버스를 설치한 폴락이 그 광대한 캔버스 앞에서 망연자실, 무엇을 그려야 할지 몰라 쪼그리고 앉아 고뇌하던 장면. 가끔 일어나 벽 앞을 서성일 때 텅 빈 캔버스 위에 드리워지던 그의 공허하고 불안한 그림자. 그렇다, 화가 자신의 그림자! 그의 꿈, 그의 악몽이 캔버스 위에 그려질 것이다. '부활'이 사라진 벽 앞에서 폴락에 감정이입이 되는 것은 내년 공연을 위해 각색한 〈맥베스〉

대본을 퇴짜 맞은 막막한 처지 탓이리라. 표현을 찾던 나의 꿈, 나의 악몽은 무엇이었던가. 이제 다시 어떤 꿈이 나를 찾을 것인가.

　지난 5월에 찾았을 땐 가랑비가 내리고 있었지. 비 오는 날에도 꽃은 핀다는 생각을 하며 이 길을 걸었는데. 그때 올라왔던 14번가 진입로를 지나 100여 미터 더 내려간 곳에 공원의 남단 진입로가 있다. 그곳에서 만난 것은, 허! 목신(牧神)의 꿈! 끈적끈적한 늪을 증류시켜 잭슨 모텔의 환영을 만들어낸 사실주의 연극을 보고 절제와 균형의 미학을 생각하던 내게 '부활'의 신 디오니소스의 추종자 목신이 나타나 말한다. 아름답고 찬란한 아폴로의 꿈이 아니라 어둡고 격렬한 디오니소스의 꿈을 꾸라고. 증류를 생각하기 전에 늪 속에서 더 뒹굴라고.

하이라인 공원 남단 진입로의 목신상

웨스트 빌리지의 체리레인 극장

전위와 저항, 그리고 치유의 꿈

웨스트 빌리지의 체리레인 극장. 이미 짙어진 어둠 속에 소담스럽게 켜진 불빛이 낙엽 뒹구는 골목길을 쓸쓸하고도 다정하게 비추고 있다. 골목길이며 극장 입구가 너무나 곱다. 마치 꿈길같이.

워크숍은 이미 끝났고 웹에서 봤던 포스터만이 덩그마니 붙어 있다. 익숙한 이미지, 빙산의 일각. 프로이트에 연원을 둔 것이지만 연극에서도 자주 사용되는 이미지다. 의식은 수면 아래 있는 거대한 무의식의 극히 작은 일부이듯이, 연극의 대사는 언어의 표면에 드러나지 않은 심리적 과정의 작은 결과물이라는 것이다. 그러니 현실과 꿈의 관계이기도 하다. 우리의 눈과 귀는 솟아오른 얼음 봉우리에 쏠리기 마련이지만 견고한 실재처럼 보이는 봉우리는 우리가 꾸는 꿈의 미미한 끄트머리에 지나지 않는다는 것이다. 끄트머리가 아니라 본체인 꿈의 영역을 더듬는 일, 그것이 연극이요 모든 예술이다.

두런두런 말소리와 함께 몇 사람이 극장을 빠져나온다. "장-클로드"라고 부르는 소리. 돌아보니 청년, 할머니 둘, 그리고 할아버지. 오래전에 본 훨씬 젊은 모습의 사진이었지만 저 할아버지는 바로 장-클로드 반 이탈리, 1960년대 미국의 전위 연극을 이끌던 극작가다! 해리스처럼 그도 지인들과의 대화 도중에 내 눈길을 알아채고는 무슨 일이냐고 묻는 듯 인자한 표정으로 고개를 들어 보인다.

사정을 이야기하니 워크숍 내용의 일부라도 이메일로 보내주겠다고. 존경을 표하기 위해 그의 작품명을 열거하니 손사래를 치면서 요즘은 매사추세츠의 농가에서 한가하게 지내고 있으니 놀러오라고 한다. 질풍노도의 1960년대를 불꽃처럼 살았던 한 시대의 영웅이 이제 나이 들어 적적해지셨는지 초대의 말에 진심이 느껴진다.

알고보니 적적하게 지내시는 게 아니었다. 그 농가는 지속적인 연극 워크숍을 수행하는 '연극/명상/치유 샨티가 재단'의 소재지요 노익장께서는 최근에도 라마마 극장에서 작업을 계속하고 계셨다. 전위와 저항의 대명사였던 분이 치유를? 의외는 아니다. 세상의 병에 맞서 싸우는 일은 인간 내면의 병을 고치는 일과 다르지 않기 때문이다. 연극은 투쟁이면서 동시에 치유라는 얘기다. 진정한 연극인은 투사이면서 의사라는 얘기다. 해가 바뀌면 78세를 맞이하는 '현역' 연극인 장-클로드 반 이탈리. 노병은 죽지 않는다, 쉽게 사라지지도 않는다.

○○○　　상상력의　　　　　　　　　놀
　　　　　　　　　　　　　　　　　　이
　　　　　　　　　　　　　　　　　　터
　　　　　　　　　　　　　　　　　　○○
　　　　　　　　　　　　　　　　　　○

폴론스키 셰익스피어 센터

브루클린에 도착한다. 낯익은 브루클린 뮤직 아카데미 전광판이 불을 밝히고 있다. 그 뒤로 폴론스키 셰익스피어 센터가 보인다. BAM의 본관 건너편에 있던 주차장이 마치 마술처럼 단 몇 달 만에 예술의 전당, 아니 꿈의 공간으로 변신한 것이다. 바로 지난달 개관한 폴론스키 센터는 뉴욕시에서는 1960년대에 세워진 링컨 센터의 비비안 보몬트 극장 이후 처음으로 들어서는 고전극 전용 극장이며, 1979년 설립 이래 고전극 전문 극단으로 명성을 쌓아온 극단 '새로운 관객을 위한 연극'이 최초로 갖게 되는 상주 극장이라고 홍보를 크게 벌이고 있는 곳이다.

지성이면 감천이라고 30년 동안 한 우물만 파온 예술 집단의 노력에 후원 그룹과 브루클린 자치구가 큰 선물을 한 셈이다. 거기다 개관 공연이 줄리 테이머의 〈한여름밤의 꿈〉이라니 정말 환상적인 조합이 아닐 수 없다. 사회공동체가 마련한 꿈의 공간을 예술가들이 빚는 꿈으로 채운다니. 입구의 개관 표어가 참으로 적절하다. '여기는 상상력의 놀이터입니다.' 그리고 한눈에도 강렬한 '매직'의 느낌을 발산하는 〈한여름밤의 꿈〉 공연 포스터. 희고 고운 드레스를 입은 소녀에게 보텀의 당나귀 가면을 씌워놓다니, 과연 천재 줄리 테이머의 공연답게 기발한 이미지다. 제목의 글자들에서 달빛이 섬광처럼 뿜어져 나오고 있다.

요정의 꿈, 인류의 꿈

검푸른 광택을 띠고 객석을 향해 돌출된 무대 바닥 위에 침대 하나 덩그마니 놓여 있다. 객석 통로를 누군가 뒤뚱뒤뚱 걸어 들어온다. 우툴두툴한 질감의 엷은 갈색 양복을 입고 광대들이 쓰는 중절모를 썼다. 모자 아래로 붉은 머릿결과 하얗게 분장한 얼굴이 드러난다. 흥물스럽기도 하고 귀엽기도 한 얼굴. 남녀 구분도 어렵다. 장난꾸러기 요정 퍽이구나! 침대에 올라앉더니 늘어지게 하품을 하고 잠이 든다. 아하, 작품을 퍽의 꿈으로 풀이했구나. 기괴한 음향과 함께 침대가 위로 치솟기 시작한다. 침대 프레임은 제자리에 남고 매트리스만 올라간다. 리프트 장치를 통해 그것을 들어 올리는 것은 아주 촘촘하게 엮인 나무뿌리다.

퍽을 실은 매트리스가 공중 부양하는 동안 공사장 인부 차림의 남자들이 들어와 침대 프레임의 네 모서리에서 흰 천을 줄줄 뽑아낸다. 무대 외곽 네 모퉁이에 설치된 도르래에 연결하여 잡아당기니 거대한 하얀 실크 천이 펼쳐진다. 둥실 솟아오르며 퍽의 매트리스를 감싸면 일렁이는 구름이 되고 무대 천장을 완전히 뒤덮으면 은은한 달빛과 아스라한 별빛 영상이 쏘아져 신비롭기 그지없는 우주의 밤하늘이 된다. 그 무한한 우주 공간에 '한여름밤의 꿈'이라는 글자가 새겨지면, 숨죽이고 지켜보던 관객들은 탄성을 내지르며 손바닥이 터져라 박수를 친다. 요정 퍽과 함께 흰 구름을 타고 꿈속으로 들어온 것이다. 실크 천은 오르고 내리고 뒤틀리면서 드넓은 창공, 아테네 궁정의 천장, 숲의 울퉁불퉁한 대지, 요정의 여왕의 침상으로 변하면서 꿈의 스펙터클을 만들어낸다.

아테네의 영주 테세우스의 궁정. 검은 가죽 의상을 한 테세우스는 전형적인 중세 영주의 모습이다. 당연히 백인 남성. 눈을 확 뜨게 만드는 것은 아마존 여왕 히폴리타. 아니, 어디서 특급 모델을 데려왔나? 역시 가죽 의상이지만 번쩍거리는 황동 장식으로 빛나는, 190센티는 족히 될 흑인 여성 히폴리타는 살아 있는 조각! 흑백의 대비는 인간세상뿐 아니라 요정세계까지 침투한다. 하지만 요정의 왕과 왕비가 등장하기 위해서는 큰 마술이 필요한 법. 궁정 지붕으로 굳어 있던 하얀 천이 다시 꿈처럼 물결치기 시작하면 하늘을 땅 삼은 나무가 영상을 타고 뿌지직 뿌지직 뿌리를 뻗는다. 줄기가 되어 뻗어 내리는 것은 구름 타고 사라졌던 퍽. 우툴두툴한 의상은 나무껍질이었던 게다. 바지 밑단이 한없이 늘어나면서 머리부터 착지하는 퍽. 거의 태양의 서커스를 방불케 하는 장대한 스펙터클!

드디어 등장하는 오베론과 타이태니아. 뇌성벽력과 함께 땅으로부터 솟아오르는 오베론은 검은 피부에 엄청난 근육미를 자랑하는 남성성의 상징. 상체에 휘두른 사자갈기와 같은 황금 장식물은 테이머의 트레이드마크인 '라이언 킹'의 이미지랄까. 흙의 정령인 왕이 땅을 박차고 올랐다면 공기의 정령인 여왕은 하늘로부터! 푸른 빛에 잠겨 일렁이는 실크 천이 '창공'을 펼치면, 하늘하늘한 흰 드레스에 투명한 피부색을 가진 타이태니아가 하강한다. 가슴 부위에 더듬이같이 장착된 극소형 할로겐램프가 투명한 얼굴을 더욱 투명하게 드러낸다. 오베론의 황금 갈기에 그녀는 망사 날개로 맞선다. 갈기와 날개 모두 엘리자베스 시대 의상의 변형으로 다듬어낸 디자이너의 재치!

테세우스와 히폴리타, 오베론과 타이태니아를 검고 흰 피부로 교차 캐스팅한 것은 흑과 백의 인류학적 2인무에 음과 양의 우주적 이중주를 곁들이기 위한 장치일 것이다. 이 광대한 비전에 현실감을 부여하는 것은 아테네의 청년들과 직공들. 신화적 커플과 요정 커플이 일종의 원형으로 제시된다면, 실제 인간세상의 모습은 젊은 연인들에 구현되는데 이 역시 캐스팅의 인종적 배합에 고심을 기울였다. 허미아, 라이샌더, 드미트리우스, 세 명의 백인 사이에 낀 한 명의 흑인 헬레나. 이상적 차원에서는 흑백의 동등한 힘이 팽팽한 긴장을 이루고 있다면, 헬레나가 '왕따' 당하는 현실 세계는 다수와 소수의 불균형한 권력에 의해 움직이고 있다는 것이다.

직공들의 캐스팅은 그 현실 세계를 '지역화'한다. 히스패닉 둘, 백인 셋, 흑인 한 명으로 이루어진 이 아마추어 극단은 양복장이 스타벌링만 제외하고는 모두 공사장 인부 차림, 뉴욕 거리 곳곳에서 마주치는 노동자의 모습을 빼다 박아놓았다. 그들의 개인적 면면은 인종적 스테레오타입을 통해 세분화된다. 보텀과 티스비 역의 플루트는 각각 땅땅한 체구의 떠버리 라티노와 왜소한 체구의 비실 비실 라티노, 담벼락을 연기하는 스나우트는 퉁퉁한 몸집과 통 굵은 목소리를 가진 마음씨 좋고 게으른 흑인 아저씨. 이들은 히스패닉과 아프리카계 억양을 사용할 뿐 아니라 뉴욕 거리에서 흔히 들리듯 아예 스페인어를 구사하기도 한다. 백인들 사이의 구분도 분명하다. 극단 대표 퀸스는 헨리 키신저를 빼닮은 유태인 영감님, 줄무늬 양복에 꽃을 꽂은 스타벌링은 야들야들한 몸짓의 게이, 그리고 사자 역을 맡게 될 스너그는 엄청난 거구에 텁수룩한 수염을 기르고 영어에 몹시 서툰 동유럽계 최근 이민자. 이들의 뉴요커적 풍모와 인종적 스테레오타입이 곧잘 폭소를 선사한다.

그렇다면 이 공연의 꿈은 요정과 인간, 우주와 지구, 글로벌과 로컬을 융합하고자 하는 꿈이다. 그 꿈이 연극적이면서도 현실적인 차원을 획득하는 것은 20여 명의 어린이들로 구성된 숲의 정령들이다. 왕과 여왕을 시중하는 요정들로, 숲속에 들어온 네 연인을 혼란케 하는 자연의 다양한 생명체들로, 테세우스의 결혼식 하객들로 변신에 변신을 거듭하는 이 아이들은 전원 브루클린 지역 학교에서 선발되었다. 공연 내내 무대와 객석 통로를 열심히 쫓아다니며 춤을 추고 악기를 연주하고 온갖 소도구를 이용한 율동을 펼치는 요정들의 활기가 공연의 가장 핵심적인 에너지일지도 모르겠다는 생각이 들었다. 그것이 글로벌 연출가 테이머의 브루클린 로컬 커뮤니티에 대한 선물이라는 생각도. 그리고 남는 아쉬움.

줄리
테이머
연출

한 여름 밤 의 꿈

1. 하늘나무가 된 요정 퍽
2. 오베론과 타이태니아
3-4. 요정의 세계와 인간의 세계

꿈꾸는 사람이 사라진 꿈

　브루클린 어린이들로 이루어진 요정들의 코러스에 대해 알게
된 것은 인터미션 때 옆자리의 두 모녀와 대화를 나누면서이다.
30대의 딸이 잠시 나가고 60대의 우아한 노부인이 혼자 있기에 툭
던져보았다, "어떻게 생각하세요?" 느닷없는 질문에 놀라지도 않고
미소를 지으며 답한다. "생각이 좀 엇갈려요." 그 한마디에 비슷한
생각을 한다는 것을 느낄 수 있었다. 큐를 넣어보았다, "기술적으
로는 대단히 뛰어나지만……." 아니나 다를까, 일부러 흐린 말꼬리
를 미끼처럼 문다. "뭔가 빠진 듯한 느낌이에요." 장단이 척척 맞는
노부인은 파리에서 이민 와 브루클린에 정착한 피아노 교사 빅토린
느. 요정들 가운데 몇 아이가 교사인 딸의 학생들이란다.
　빅토린느와 공감했듯이 이 공연이 진정한 글로컬 비전을 제시
하기에 역부족이었던—어쩌면 과도했던—것은 너무나도 꿈같은 스
펙터클이었다. 최근 무대미술의 일부로 자리 잡은 영상 디자인은
흔하지만, 무대 전체를 덮는 거대한 천에 쏘아진 고해상도 영상은
규모와 디자인과 색상에서 그야말로 환상적이라는 말 외엔 달리 표
현할 길이 없다. 태평양 군도를 연상시키는 양치류 식물의 거대한
이파리들이 술렁이면 극장 전체에 후덥지근한 열대풍이 불어 가물
가물 잠에 빠져드는 듯하고, 사랑의 묘약을 짜내는 약초의 꽃망울
들이 터지는 순간에는 수백만 화소의 꽃가루를 뿌리는 듯 색과 향

기에 만취하고 만다. 그 묘약이라면 가히 당나귀와도 사랑에 빠질 만하다. 요정의 여왕이 흰 실크 천 위에 다리를 벌리고 앉으면 화사하고 도톰한 연홍빛 꽃잎들이 영상으로 떠오른다. 당나귀 보텀이 천 중앙의 틈새를 통해 꽃 속으로 들어가면 겹겹의 꽃잎이 열리면서 연분홍의 속살이 진홍빛으로 물든다. 웃어야 할 순간인데 객석의 분위기는 진지하다 못해 숙연하기까지 하다, 다들 초야를 치르는 듯. 잠에 빠져드는 혼곤함과 성애의 희열을 이토록 적확하고도 장대하게 보일 수는 없을 것이다.

문제는 사랑의 묘약은 마술적 영상으로 더없이 강렬하게 표현되지만 그 묘약으로 인해 사랑의 환상에 빠지는 인간은 보이지 않는다는 점. 이 극에서 테세우스-히폴리타의 신화적 세계 및 요정들의 환상적 차원을 걷어내면, 현실 속의 '한여름 밤의 꿈'은 사랑의 꿈을 좇는 젊은 연인들과 연극의 꿈을 꾸는 직공들, 곧 평범한 인간들의 몫이다. 그런데 마술적 스펙터클에 치중한 공연의 역학은 연인과 직공들의 이야기를 뒷전으로 밀쳐낸다. 거대한 규모와 초특급 이미지의 영상을 비롯한 스펙터클의 힘에 배우들의 존재가 미미해지고 만다. 어린이 정령들의 무한변신과 변화무쌍한 연극적 기재에 의해 역동적으로 형상화된 아테네의 숲은 사랑과 연극의 꿈을 좇아 들어선 연인과 직공들을 꿈의 주인공이 아니라 꿈같은 스펙터클과 기발한 연극적 장치를 과시하는 소도구로 전락시킨다.

꿈의 기재만 있을 뿐 꿈꾸는 사람은 사라진 꿈이랄까. '상상력을 위한 놀이터'의 많은 관객들이 스펙터클의 과잉에 빠져 경탄에 취해 있을 때, 배우와 인간의 실종을 아쉬워하는 관객이 적어도 둘은 있었다. 전혀 다른 배경을 가졌으나 꿈의 기재에 탄성을 지르기보다 꿈꾸는 인간을 그리워하는 두 사람, 대서양을 건너와 브루클린에 정착한 '로컬' 빅토린느와 태평양을 건너와 뉴욕을 방랑하는 '글로벌' 여행자가.

마술과 연극, 경이와 경외

커튼콜의 열렬한 환호에 여행자도 성심을 다해 박수를 더한다. 공연 자체에 대해서라기보다 이 상상력의 놀이터를 지어준 사람들, 그것을 꿈의 무대로 만들어준 사람들, 그리고 브루클린 출신 요정들에게. 빅토린느에게 작별인사를 건네고 극장을 나선다. 두 마술사의 기구한 운명적 경쟁에 관한 영화 〈프레스티지〉가 생각난다. 영화가 말하는 마술쇼의 관건은 관객에게 '어떻게 저렇게 했지?'라는 경탄을 일으키는 것이다. 눈속임임을 알면서도, 눈앞에 보이던 새가 새장으로부터 사라지고 사람의 몸을 토막을 쳐도 죽지 않고 쇠사슬로 묶어 수조에 쳐넣어도 눈 깜짝할 사이에 사라지는 방법의 비밀을 알고 싶어 한다는 것이다. 또 이 모든 사라진 것들이 원상 복구되는 비결을 알고 싶어 한다는 것이다. 그리고 물론 그 비밀이 비밀로 남을 때 마술쇼는 그 경이로움과 생명력을 유지할 수 있다는 것이다.

영화를 보던 당시에는 마술과 연극의 유사성을 많이 생각했던 것 같다. 마술 같은 연극을 본 오늘 밤, 둘의 차이가 확연해진다. 마술은 날아간 새와 토막 난 몸과 사라진 사람의 실종이 불러일으키는 경이로움 자체를 목표로 한다. 마술은 묻지 않는다. 갇혔던 새가 날아간다는 것, 토막 난 몸이 다시 살아난다는 것, 그리고 잃어버린 사람(영혼)을 되찾는 일의 의미를 결코 묻지 않는다. 연극도 마술과 같은 눈속임이다. 연극도 경탄을 요구한다. 그러나 연극은 이 모든 성가신 질문을 던진다. 연극이 연극인 것은 즐거운 경이의 체험을 넘어서 그 체험의 의미에 가닿으려는 즐겁고도 고통스런 놀이이기 때문이다. 수수께끼 같은 비밀에 호들갑을 떠는 대신, 설명되지 않는 세계와 불가사의한 인간 존재를 어떻게든 이해 가능한 것으로 만들려는 필사적인 유희이기 때문이다. 단순한 경이가 아니라 깊은 경외, 그것이 연극의 본령이다.

○○○   꾸다 만 꿈을   다시 꾸기 위하여
                                              ○
                                              ○

브루클린 밤하늘에 달이 둥실 떠 있다. 차가운 달빛이 바람을
타고 얼굴에 와 닿는다. 학창 시절의 한 공연이 생각난다. 졸업반이
되어서야 연극반에 첫발을 디딘 후배가 그 공연으로 연극의 수렁
에 빠지고 말았다. 여름 한 철을 리허설에 다 바치고 그는 프로그램
의 '한마디씩'에 이렇게 썼다. "지난여름은 내게 한여름밤의 꿈이었
다. 이 꿈에서 깨어나지 못할까 두렵다." 결국 꿈에서 깨어나지 못했
다. 경영대학원 진학을 앞둔 사람이 꿈을 좇아 음악대학원에 가고
음악평론가로 등단하고 결국 오페라 연출자가 되었으니.
　후배가 젊은 날 좇아간 꿈을 사반세기가 지난 지금 내가 좇으려
한다. 극작의 꿈을 꾼다. '꿈으로부터 연극 만들기' 워크숍에 가려 한
까닭이다. 창작을 궁구하면서 작품이란 작가가 꾸는 꿈이라는 것을
깨달았다. 인간의 존재란 그가 꾸는 꿈들의 총합일지도 모른다.

브루클린 밤하늘의 달

꿈이란 쾌락 원칙에 지배되는 단순한 소망 충족의 백일몽이 아니라 존재 근원의 충동들이 쾌락 원칙과 현실 원칙 사이에서 끊임없이 부딪히는 전쟁이라 했던가. 꿈의 배우를 만나고, 77세의 나이에도 꿈으로부터 연극 짓기를 멈추지 않는 노작가를 만나고, 꿈의 연출가가 꿈같은 무대에 펼친 '한여름밤의 꿈'을 만난 오늘, 브루클린의 청명한 달빛 아래 여행자의 귓전을 치는 것은 꿈에서 깨어난 보텀의 대사.

> "희한한 꿈이야. 이게 무슨 꿈인지 말해줄 수 있는 사람이 있을까. 아니지, 이 꿈을 설명하려 든다는 것 자체가 바보짓이지. (……) 피터 퀸스에게 이 꿈을 가지고 노래나 지으라고 해야겠어. 제목은 '보텀(밑바닥)의 꿈'이라고 해야지. '보텀이 없는'(근거 없는, 허황된, 또는 밑 빠진 독같이 무궁무진한) 꿈이니까."

미완의 여정, 밤하늘 별처럼

〈유리동물원〉
〈라 디비나 카리카투라〉

○○○   뉴욕행 버스의

세
자매
○
○

겨울비가 우울하게 내리던 끝에 활짝 갠 아침. 평소와는 달리 꽉 찬 버스, 마지막 줄에서야 자리를 발견한다. 옆자리의 덩치 큰 흑인 남자는 쿨쿨 자고 있다. 바로 뒷자리, 맨 마지막 줄에는 어린 여자애들 셋이 끊임없이 재잘거리고 있는데 잘도 잔다. 소녀들의 재잘거림이 마지막 여행의 상념을 방해한다. 성가시게 느껴지진 않는다. 새들의 지저귐처럼 들리기도. 그러더니 정말 새처럼 노래를 한다. "크리스마스 선물로 많은 걸 바라지 않아요♪ 딱 하나면 돼요. 크리스마스트리 아래 놓인 선물 따윈 관심 없어요♬ 크리스마스에

내가 원하는 건 오직 당신뿐." 제법 근사한 노래 솜씨. 통로를 오가
며 웨이브 율동까지 곁들인다. 웃음을 터뜨리는 건너편의 세 여인
이 엄마들인가 보다. 내 고갯짓을 불만으로 읽었는지 사과를 한다.
"괜찮아요. 즐겁게 듣고 있답니다." 아이들에게 물어본다. "너희 무
슨 오디션 프로그램 나가니? 솜씨가 수준급인데." 작은 환호를 지르
며 좋아하는 아이들.

칼리, 메리-베스, 트리티니, 세 마리 작은 새들은 펜실베이니아
의 작은 마을 학교 4학년 친구들. 엊그제 10살이 된 칼리의 생일
축하 여행으로 뉴욕 구경을 나간다고. '트리니티'(삼위일체)라는 이
름은 종교에서 왔나 영화 〈매트릭스〉에서 왔나 물어보니 엄마의 답
이 다소 엉뚱하다. "3이라는 숫자를 좋아해서 그렇게 지었어요." 듣
자마자 떠오른 생각은 '세 소녀와 세 엄마의 트리니티. 그렇다면 세
마녀?!'

뉴욕이 가까워졌을 때 칼리가 소
리친다. "도시다!" 멀리 맨해튼의 스
카이라인이 눈에 들어온 것이다. 아
이들이 수선을 피우며 카메라를 꺼
내 들자 조망이 바뀌어 시가지가
사라진다. 칼리가 "엄청난 도시가
보였는데."라고 안타까워하자 메
리-베스가 "완벽한 찬스를 놓쳤

칼리, 메리-베스, 트리티니

어."라며 아쉬움을 더한다. 베테랑 여행자가 위로해준다. "5분만 가면 멋진 광경을 볼 수 있으니 준비들 하고 있어." 링컨 터널로 내려가는 길에 맨해튼이 한눈에 들어오는 지점에 도달하자 아이들은 난리법석이다. "마천루가 장난 아니야.", "엠파이어스테이트 빌딩은 어느 거지?" 사진을 찍으려는데 큼직한 관광버스가 앞을 가리자 "망할 놈의 버스!"라며 발을 동동 구른다. 깨어난 옆자리 남자도 아이들 모습에 미소 짓는다. 링컨 터널로 들어서자 트리니티가 감격에 차 외친다. "엄마, 우리가 지금 뉴욕으로 들어가고 있다는 게 믿겨?" 맨해튼으로 올라서자 세 아이가 합창한다. "뉴욕에 왔어! 마침내!" 트리니티, 내가 잘못 생각했다. 성부·성자·성령도 세 마녀도 아닌 체호프의 '세 자매'였던 것이다. 굳이 못 갈 것도 없으나 결코 가지 못할 고향 모스크바에 마침내 당도한.

브로드웨이에 작별을 고하며

TKTS로 걸음을 재촉한다. 연말이 가까운지 인파가 드높다. 타임스 광장은 장난이 아니다. 티켓을 구하려고 서두르는 발걸음이 번번이 가로막히며 애간장을 타게 한다. 아니나 다를까, 티켓 라인이 엄청나게 길다. 뮤지컬 라인은 꼬리에 꼬리를 물고 있고, 연극 전용 라인도 지금까지 본 가장 긴 줄을 짓고 있다. 지난 6월에 보았던

안전담당 부국장 대릴 러브 씨가
안내를 하고 있다. 반갑게 인사를
건네니 기억 못 하는 눈치. 6월에
당신이 장난을 쳐서 날 골렸다고
말해주니 파안대소하며 자기가 가
끔 그런 짓을 한다고, 하지만 아무
에게나 하는 게 아니라 그런 장난
을 걸 만한 사람을 골라서 한다고
윙크를 던진다. "그런 사람을 어떻

'장난꾸러기'
대릴 러브와 함께

게 아냐고? 티켓을 구하는 애타는 표정을 보고 알지요." 마지막 만
남일지도 모르겠다는 생각에 카메라를 꺼내드는데 뒷줄의 남자가
청하지도 않았는데 선뜻 받아들며 말한다. "레드와 블루의 형제 같
아요." 찰칵!

〈유리동물원〉 티켓을 구했다. 여유 있는 시간. 지금까지 찾았
던 극장들에게 작별이라도 고할까. 48번가로 접어들면 〈마리아의
증언〉을 보았던 월터 커 극장이 있다. 성상의 침묵 속에 2천 년간
봉인되어 있던 여인을 해방시킨 작품. 47번가에는 이전에 찾았던
두 극장이 나란히 서 있다. 앨런 커밍의 〈맥베스〉를 보았던 에델 배
리모어 극장. 바로 옆 사무엘 프리드만 극장에서는 딸을 잃어버리고
는 정신분열증 속에 '옛집'으로 돌아가길 꿈꾸는 엄마, 〈디 아더 플
레이스〉를 보았었지. 46번가에는 〈뜨거운 양철지붕 위의 고양이〉

383

를 보았던 리처드 로저스 극장. 〈로미오와 줄리엣〉이 아직 상연 중
이다. 올랜도 블룸은 좀 나아졌을까? 제발 그러길. 셰익스피어의 날
개에 올라타길. 45번가에는 〈낸스〉를 보았던 라이시엄 극장. 동성애
자 역할을 연기하는 동성애자 코미디언의 슬픔이 왜 그리 비극적으
로 느껴졌던지, 무거워진 마음에 결국 '셰익스피어 인 더 파크'의 축
제를 즐기지도 못하고 대신 센트럴 파크의 잔디밭에서 카프카의 형
틀을 체험했었지.

브로드웨이 최장 공연 쇼, 사르디스 레스토랑

44번가에는 극장 말고도 특별한 뭔가가 있다. 사르디스 레스토
랑. 1921년 개업 이래 브로드웨이 관객들은 물론이요, 미국 연극의
스타들이 즐겨 찾아온 이 레스토랑의 홍보 문구는 "올해로 92세가
된 사르디스 레스토랑은 브로드웨이의 최장 공연 쇼!" 미국 연극사
를 공부하다 보면 이곳이야말로 작가와 프로듀서의 계약이 성사되
고 스타들의 캐스팅이 이루어지고 작가·연출가·배우들의 예술적이
고도 인간적인 교감이 형성되는 곳이라는 걸 알게 된다. 예나 지금
이나 연출가가 이곳에서 만나자고 하면 배우들은 캐스팅 예감에 설
렘을 감추지 못한다. 레스토랑에 들어서니 마티네 공연 관객들이
빽빽이 자리를 메우고 있고 리셉션 데스크 앞의 줄도 길다. 입구에

접한 바에 전시된 수많은 캐리커처. 눈에 띄는 것은 나란히 자리한 극작가 데이빗 마멧과 엘리자베스 테일러.

용기를 얻어 리셉션 데스크 옆에 온화한 미소를 지으며 손님들을 맞이하고 있는 매니저에게 묻는다. "한국에서 온 연극학자인데 브로드웨이에 관한 책을 쓰고 있어요. 이 레스토랑 이야기도 빠질 수 없을 것 같아서 사진을 좀 찍고 싶은데." 문제없다며 대기 중인 손님들을 제치고 안으로 안내한다. 홀에 들어서니 2백 명은 족히 수용할 공간이 펼쳐진다. 그 넓은 홀의 사면 벽이 온통 스타 연극인들의 캐리커처로 채워져 있다. 이런저런 극작가와 배우들의 초상을 찾고 싶다고 하니 2층 매니저에게 나를 소개한다.

홍보 담당이기도 하다는 조니 펠리디. 사르디스의 '전설적 명성'을 알고 찾아왔다고 하니 만면에 웃음을 띠고 일사천리의 능변으로 이야기를 토해낸다. 20년째 이곳에서 일해온 펠리디 씨의 자부심은 대단하다. 리셉션 데스크의 일은 아예 웨이터에게 넘겨주고 침을 튀겨가며 자랑을 늘어놓는다. 대부분의 브로드웨이 쇼의 오프닝 파티가 여기서 열린다고, 지난 봄 〈럭키 가이〉의 톰 행크스도 왔고, 〈맥베스〉의 앨런 커밍도 왔고, 여름엔 자신의 우상 알 파치노도 왔었다고. 수첩을 꺼내들고 노트를 시작하자 기다리라더니 쏜살같이 아래층으로 내려갔다 레스토랑 홍보물들을 잔뜩 들고 돌아온다. 그러고는 1층과 2층을 투어해준다. 한순간도 입을 다물지 않고서.

투어를 마치고 2층으로 돌아와 밀려드는 손님들에도 불구하고

사르디스 레스토랑 1층 바

펠리디 씨가 특별히 내준 테이블을 차지하고 앉아 홍보 문건을 읽어본다. 재미난 일화들이 많다. 레스토랑 설립자 빈센트 사르디 1세는 파리의 한 레스토랑을 벤치마킹하여 스타 고객들의 캐리커처를 전시하기 시작했는데 현재 총 1,200점이 걸려 있다. 투어를 하면서 초상이 실물과 별로 닮지 않은 게 꽤 많다고 생각했는데, 실제로 어떤 스타들은 자신의 캐리커처에 불만을 품고 바꿔달라고 요청하기도 했지만 '낙장불입' 원칙에 따라 뜻을 이루지 못했단다. 그래서 1946년 여배우 모린 스테이플턴은 마음에 들지 않는 자신의 초상화를 훔쳐가 불태우기도 했다고. 그리고 오랜 세월이 흐른 1996년 그녀의 새 초상화가 걸림으로써 죽어서 소원을 이뤘다고.

가장 감동적인 이야기는 초대 주인 사르디 씨에 관한 일화. 1947년 그는 '사르디스 레스토랑은 연극인들에게 편히 쉴 수 있는 집이 되어주었다'는 이유로 토니상 공로상을 받았는데, 부상이 금으로 만든 지폐 클립이었다고 한다. 스타들만 대접한 게 아니라 수많은 가난한 연극인들에게 곧잘 외상으로 술과 밥을 제공한 은혜에 대한 감사의 뜻이 담긴 부상이었다. 또 1969년 그의 장례식 조사를 맡은 배우는 '우리 가운데 파파 사르디에게 얼마라도 빚지지 사람은 없을 것'이라고 했다고. 브로드웨이 연극인들이 '파파'라고 부른 사르디 시니어의 철학은 아들 사르디 주니어에게 계승되어 오늘도 사르디스의 모토는 다음과 같다. '스타들을 보통 사람처럼 대접하고 보통 사람들을 스타처럼 대접하라.'

긴 홍보 문건도 다 읽고 주
문한 음식도 다 비웠다. 계산서를
청하려고 주변을 둘러보는데 웨이
터들은 멀리 있고 마침 펠리디 씨
가 손님들을 테이블에 안내하고
돌아오는 길이다. 계산서를 달라
고 하니 무슨 말이냐는 듯 눈을
휘둥그레 뜨며 말한다. "계산서는

2층 지배인 조니 펠리디

없어요. 브로드웨이에 관한 책을 쓴다면서요? 우리 레스토랑 이야
기도 한다니, 식사 값은 신경 쓰지 마세요."

오프-브로드웨이에도 작별을

오프-브로드웨이 극장들에도 마지막 인사를 하자. 43번가 모
퉁이의 세컨드 스테이지 극장. 오프의 첫 공연 〈물 한 스푼씩〉을
본 곳이다. 추운 겨울밤 여권 잃은 자들을 생각했었지. 지금은 같
은 작가의 신작 〈가장 행복한 노래는 마지막에〉가 예고되어 있다.
42번가에는 시어터 로우와 '극작가의 지평선' 공연 센터들이 나란
히 서 있다. 지난달 에드 해리스의 〈잭슨 모텔〉을 보았고, 2월에는
1인극 〈이 모든 분노〉를 본 곳이다. 자신도 모르게 조금씩 늪으로

가라앉는 인간, 하나의 흙으로 빚어졌건만 서로에게 상처만 입히는 인간. 그들이 꾸는 크리스마스의 꿈, '하나의 땅'으로 되돌아가는 귀향의 꿈은 언제나 이루어질는지.

42번가를 따라 내려가면 시그너처 센터를 만난다. 여기서 본 공연이 네 편에 이른다. 소수민족 연극이 가야 할 길, 늙은 광대의 모자에서 샘솟아나는 웃음과 눈물, 미래와 과거의 시간여행에 대한 이야기들. 라운지가 있는 2층 창들을 바라보니 카페 콘서트들이 들려주던 음악이 귓전에 다시 스친다. 오프-브로드웨이에 작별을 고하고 부스 극장으로 향한다.

7개의 브로드웨이 극장이 몰려 있는 45번가는 인파로 발 디딜 틈이 없다. 부스 극장 앞 계단에 걸터앉아 거리의 사람들을 바라본다. 화려한 모피 코트를 입은 여성이 의기양양한 목소리로 '뉴욕 최고의 쇼'를 보여주겠다며 일행을 이끌고 지나간다. 노인들과 가족들, 커플들과 어린이 무리가 줄지어 앞을 지나간다. 이 많은 사람들은 무엇을 찾아 여기에 왔나? 멀리서 들려오는 경찰차 사이렌에 때 이른 크리스마스 캐럴이 섞여든다. '이번 크리스마스엔 꼭 집에 오셔야 해요.'라던 〈잭슨 모텔〉의 딸 로지의 목소리가 스친다. 이 분주한 거리에서 나는 뭘 찾고 있는 것일까.

ooo　　〈유리동물원〉:

　　　　콤피 카우치의
　　　　추억
　　　　　　o
　　　　　　o
　　　　　　o

부스 극장 로비에 있는 에드윈 '산타' 부스의 흉상

윌리엄스의 자전적 작품 〈유리동물원〉의 톰 윙필드를 찾고 있었다. 이름까지 따온 작가의 젊은 분신. 테네시 윌리엄스의 본명은 토마스 레이니어, 가족들은 그를 톰이라 불렀다. 갑갑한 현실에서 벗어나 자유의 길을 찾으려는 고독한 영혼. 하지만 자유로운 영혼을 찾아 들어서는 부스 극장 로비 한구석에서 골난 표정으로 여행자를 노려보는 흉상이 있었으니, 극장 이름의 주인인 전설적 배우이자 링컨 암살범의 형인 에드윈 부스가 햄릿 의상에 산타 모자를 쓰고 관객을 맞이하고 있다.

객석에 앉자마자 눈길을 사로잡는 것은 무대 중앙 후면에 높이 뻗어 올라간 비상계단이다. 윙필드 가족이 세 들어 있는 초라한 아파트 빌딩. 각 층의 난간이 위로 올라갈수록 작아져 무대 천장의 소실점을 향해 사라져간다. 계단과 난간 모두 직각이 아니라 사선을 그리고 있는 것도 비상계단의 상징성을 강조한다. 오르든 내려가든 위태로운 발걸음이 될 것이라고, 떠나든 머물든 삶은 언제나 반듯하기보다 어그러진 모양일 거라고 경고하는 것처럼. 수직적으로는 가파른 상승/하강의 이미지를 세운 무대는 수평으로는 두 개의 육각형 플랫폼을 펼쳐 놓는다. "벌집같이 조밀한 아파트 건물들"이라는 원작의 무대 지시를 축자적으로 옮겨놓았다.

넓은 육각형은 아파트의 거실이다. 역시 육각형인 카펫을 중심으로 소파, 옷걸이, 전화기와 축음기가 각각 놓인 탁자, 그리고 나지막한 작은 탁자 위에는 유리 장식물이 딱 하나, 바로 유니콘 하나만 동그마니 놓여 있다. 로라의 '유리동물원'이 저게 다라고? 아무리 둘러보아도 좌측의 좁은 육각형 플랫폼에 놓인 식탁 하나뿐, 어둠에 잠긴 무대 공간은 극의 부제 '기억극'에 걸맞게 비본질적인 모든 것을 제거한 모습이다. 플랫폼 우측 끝은 아파트 입구 난간과 내려가는 계단으로 연결된다. 플랫폼 아래 무대 바닥에 난간이 반사되고 있다. 무슨 광택 나는 재질로 바닥을 깐 모양이다.

소프트피아노 선율이 흐르면서 순식간에 암전. 또 순식간에 조명이 들어오면 선원복 차림의 남자가 난간에 기댄 채 희미한 음악소리에 귀 기울이고 있다. 톰이다! 모두 숨을 죽이고 그 유명한 대사를 기다린다. 허공에 못 박혀 있던 톰의 서글픈 시선이 객석을 향한다. "그래요, 난 호주머니 속에 트릭을 숨기고 있지요. 소매 안에 물건들을 줄줄이 숨겨두었다 슬쩍 내밀어 보이는 거지요. 하지만 난 무대마술사와는 정반대랍니다. 그는 진실의 모습을 띤 환영을 선사하지만, 난 환영의 모습을 한 진실을 보여드리니까요."

소파로 다가간 그가 "무엇보다 난 시간을 되돌립니다."라고 말을 이으면, 사람 머리 하나가 소파 등받이 틈새로 불거져 나오더니 온몸이 좁은 틈새를 뚫고 들어온다. 톰의 누이 로라! 객석에서 터져 나오는 웃음은 흐르는 피아노 선율처럼 뭉툭하다. 디즈니 TV 채널의 장수 코미디 〈콤피 카우치Comfy Couch〉의 '무대마술'에 폭소를 터뜨리고 싶지만, '환영의 모습을 한 진실'을 보여주는 연극에 순박한 마술을 차용한 유머러스한 연출의 뜻을 읽었기 때문이다. 톰이 이어 말한다. "이 연극은 기억극입니다. 조명도 침침하고 분위기는 센티멘털하고 모든 것이 전혀 사실적이지 않죠. 또 기억 속에서는 모든 것이 음악을 타고 움직이는 법이죠." 바로 그때 피아노 선율이 살짝 커지면 그 보란 듯 덧붙인다. "저 음악처럼 말이죠." 절제했던 웃음을 그제야 마음껏 터뜨리는 관객들.

콤피 카우치를 뚫고 등장한 로라는 건너편 작은 플랫폼에서 등장해 테이블 세팅을 시작한 엄마 아만다를 돕기 위해 절름거리는 걸음으로 식탁을 향한다. 두 모녀가 무용에 가까운 움직임으로 식탁을 차리는 동안 그들을 소개하는 톰. 불구의 딸을 위해 아만다가 집착하는 신사 구혼자의 상징성을 "아무리 기다려도 실현되지 않는 꿈"으로 풀이한 다음, 마지막으로 소개하는 것은 가족을 버리고 집을 떠난 아버지. 원작에서는 벽면의 초상 사진으로 '등장'하는 부재의 아버지를 객석 허공으로 몰아냈는지 톰이 허공을 가리키며 "전화 회사를 다니다가 장거리와 사랑에 빠져 장거리 여행을 떠나버린 아버지"라고 소개한다. 소파 뒤 옷걸이가 걸쳐진 코트 때문인지 사람의 형상으로 보인다. 코트가 벗겨져 나가면서 헐벗은 모습이 될 때면 더욱 그렇다. 부재의 아버지가 옷걸이로 남은 건가, 자신을 따라 아들마저 가출하는 부전자전의 드라마를 배경에서 지켜보며.

브로드웨이 최고의 여배우 체리 존스

그러나 공연의 주인공은 부재의 아버지도 내레이터이자 캐릭터로서 이 기억극을 연출하는 아들도 아니다. 무대를 장악한 것은 엄마와 딸이었다. 자유를 찾는 젊은 윌리엄스의 영혼인 톰이 연기력이나 매력이 떨어져서가 아니다. 톰 역의 재커리 퀸토는 젊은 윌리엄스의 자화상에 절절한 고뇌와 섬세한 감정과 날카로운 유머를 멋들어지게 새긴다. 문제는 상대역 배우들의 초강세. 브로드웨이 최고 여배우로 일컬어지는 체리 존스의 아만다가 가만 서 있기만 해도 뿜어나오는 '미친 존재감'을 과시한다면, 브로드웨이 초년생 키넌-볼저의 로라는 진실한 연기가 무엇인지를 조용히 보여준다.

미국 연극사상 최고의 잔소리꾼 엄마 아만다 윙필드는 첫 장면부터 그 명성에 손색이 없다. 시인을 꿈꾸며 정신과 영혼의 양식에만 몰두한 아들의 불량한 식사예절에 대한 훈계를 필두로 사사건건 아들의 행동거지를 간섭하고 통제한다. 그 끝없는 잔소리가 같이 사는 아들에게는 말할 수 없이 성가시겠지만, 관객에게는 터져나오는 웃음을 가까스로 참을 만큼 유쾌하게 들리는 까닭은 바로 배우 존스가 창조한 유머 넘치는 여장부의 모습 때문이다. 크고 당당한 체구에 비해 놀랍도록 민첩한 몸가짐, 작은 표정 변화만으로 비극적 감정과 희극적 풍미를 오가는 고도의 표현력, 묵직한 저음과 가성의 고음 사이를 자유자재로 오가며 심리적 움직임 하나하나를 절묘하게 빚어내는 만능 악기 같은 목소리는 왜 이 배우를 미국 최고라 부르는지 알게 해준다.

존스의 아만다는 윌리엄스가 원래 창조한 캐릭터와는 좀 다르다. 남편에게 버림받고 두 자녀를 키우며 힘겹게 살아가는 아만다는 궁핍함과 고단함을 화려했던 과거로 채색하며 살아간다. 딸에게 신랑감을 구해주려는 그녀의 안간힘은 곧잘 젊은 시절 자신을 둘러싼 구혼자들에 대한 로맨틱한 회상으로 빠져들고, 아들은 그런 엄마의 허세를 빈정댄다. 하지만 존스의 아만다는 그 빈정댐과 영락의 이미지를 걷어낸다. 고향 이야기를 할 때면 그녀의 음성은 노파의 측은한 목소리가 아니라 황금시대를 노래하는 음유 시인과 같이 당당하다. 옹색한 현실에 움츠러들어 있던 초로의 여인의 몸이 곧게 펴지면서 그리스 비극의 여주인공들 같은 기념비적 조각상이 되고, 주름이 깊게 팬 얼굴은 환한 광채로 뒤덮인다.

핍진한 현실을 살아가는 어머니로서의 아만다 또한 충만한 존재가 된다. 원치 않는 가장 노릇을 하느라 불만 가득한 아들에게 자신의 의중을 관철시키는 그녀의 모습은 한마디로 능수능란한 책략가의 모습이다. 존스가 준 가장 큰 즐거움 가운데 하나는 아들 톰을 부르는 소리다. 원작에서는 무대 위에서 이루어지지만 존스의 변화무쌍한 목소리를 극대화하기 위한 연출의 의도인지 일부러 보이스오버로 처리한다. 그녀가 '톰!' 하고 복성과 흉성, 비음과 두음을 다양하고 절묘하게 배합한 목소리로 부르거나 길고 짧은 호흡과

체리
존스
주연

유 리 동 물 원

1. 〈유리동물원〉 무대
2. 톰 역의 재커리 퀸토
3. 아만다 역의 체리 존스
4. 춤추는 아만다
5. 로라와 유니콘
6. 별빛 물든 호수 위의 집
7. 톰과 아만다. 윌리엄스와 어머니

높고 낮은 억양으로 '톰~' 하고 굴릴 때마다, 관객은 목소리에 담긴 의중을 금세 알아채고 까르륵대거나 긴장하거나 안도한다. '톰'이라는 단 한 음절로 객석 전체를 들었다 놓았다 쥐락펴락 하는 배우의 힘이여! 하늘이 준 목소리여! 체리 존스는 미국의 박정자다.

다리를 저는 데다가 치명적인 수줍음까지 더해 제 앞가림조차 할 수 없는 딸에게 일자리라도 가지게 하려고 어렵사리 보낸 직업훈련학교를 남몰래 그만두었다는 사실을 알게 된 아만다는 구혼자의 환상에 매달린다. 그리하여 신랑감을 찾아오라는 아만다의 턱없는 요구 앞에 톰은 친구 짐을 누이가 있다는 언급조차 없이 초대하고 그 사실을 알린다.

떡 줄 사람 생각도 않는데 김칫국부터 마시는 아만다. 톰에 신랑감 후보에 대해 꼬치꼬치 물으며 거의 덩실덩실 춤을 춘다. 그녀의 머릿속에 그려지는 그림을 눈앞에 보는 듯 관객 또한 그 즐거운 환상에 감염되어 환한 웃음을 짓는다. '톰'을 부르던 비음 섞인 목소리와 끝이 올라가는 억양으로 이번엔 '로라~'를 부른다. 폭소가 터져 나올 순간인데 객석에 울려 퍼진 것은 다시 피아노 페달 밟은 뭉툭한 웃음소리. 같은 비음, 같은 억양이지만 끝머리가 파르르 떨리는 목소리였기 때문이다. 로라를 데리고 아파트 입구 난간으로 나서면 밤하늘을 밝히고 있는 초승달. "달을 보고 소원을 빌렴." "무슨 소원을요, 엄마?" 한동안 말을 찾지 못하던 아만다가 떨리다 못해 물기가 스민 목소리로, 그러나 달처럼 환한 얼굴로 말한다.

"행복을 빌렴! 행운이 따르기를!" 그 순간 관객의 눈에는 웃음과 눈물이 함께 맺힌다. 인생을 희비극으로 그려내는 체호프의 연극을 보면 한 눈에는 웃음이 한 눈에는 눈물이 난다고 했던가. 그렇다면 체호프를 이상으로 삼았던 윌리엄스여. 기뻐하라, 다 이루었다.

밤하늘 별처럼, 호수의 빛처럼

'밤하늘' 초승달이라고 말했지만 달은 하늘이 아니라 호수에 떠올랐다. 무슨 소리냐고? 로라가 유리동물 조각들을 닦으며 혼자만의 세계에 침잠해 있는 장면이 있다. 원작에는 꽤 많은데 이 공연은 달랑 유니콘 한 마리. 장면이 시작되면서 플랫폼 아래 검게 빛나는 무대 바닥에서 가느다란 형광조명으로 만들어진 초승달 모양의 프레임이 솟아오른다. 마치 검은 호수에서 솟아올라 수면 위에 걸친 모습이다. 로라가 유니콘을 정성들여 닦기 시작하자 호수에는 무수한 작은 빛들이 반짝이며 떠오른다. 밤하늘의 별처럼. 아, 저것이 로라의 유리동물원이구나! 다른 유리동물들이 없는 이유를 알겠다. 실재하는 평범한 존재들이 무슨 소용이랴. '이 지상에서 멸종한, 그래서 더 소중한' 유니콘 한 마리로 족하지 않으냐. 수많은 저 별들이야말로 바로 유니콘의 우주이지 않으냐! 미세한 핀 조명이 유니콘에 비치면서 굴절된 빛이 로라의 얼굴에 가 닿는다. 한없이 투명해지는 그녀의 얼굴. 천사의 얼굴에서 나는 광채가 저럴까. 언뜻 로라의 등 뒤로 봉곳 솟아오른 날개를 본 것도 같다.

달과 별이 솟아오른 '호수'의 정체가 궁금하여 인터미션 때 무대 가까이 가본다. 안내원이 호기심 많은 관객에게 '1피트 깊이의 검은 잉크물'이라고 일러준다. 그렇다면 달과 별을 하늘에 올리지 않고 호수로 끌어내린 무대 디자인의 깊은 뜻은? 영롱한 별빛을 쫓는 인간에게 별빛 자체가 또 다른 환영일 뿐이라고 말해주는 것인가. 이 지상의 추한 모습과 자신의 초라한 모습을 가리기 위해 인간 스스로 밝힌 환상의 빛이라고.

도달 불가능한 하늘이든 불가사의의 검은 호수든 날개 잃은 천사 로라는 현실이라는 이름의 육각형 공간에 갇힌 존재다. 현실은 그녀에게서 날개뿐 아니라 한쪽 다리마저 앗아갔다. 배우 키넌-볼저의 로라는 '청순가련'이라는 감상적인 수식어를 허용치 않는다. 지극히 평범한 용모에 지독한 절름발이 처녀다. 그런데 묘하게도 그녀를 지켜보는 관객은 말할 수 없이 애가 끓는다. 짐의 방문을 받고는 어머니의 재촉에도 불구하고 문을 열어줄 용기조차 내지 못하는 그녀의 치명적인 수줍음에 장이 꼬이는 고통마저 느낀다. 왜 그럴까? 그녀의 평범한 용모와 눈에 띄는 불구와 고통스러운 자의식이 어떤 후광 속에 빛나는 듯한 느낌은 어디서 오는 걸까?

어쩌면 유니콘에 굴절된 빛을 받아 천상의 존재로 변모할 때의 후광이 내내 머물러 있어서일지 모르겠다. 또는 존스/아만다의 화려한 연기와 퀸토/톰의 고뇌에 찬 연기와는 달리, 투명하다는 말 외에 달리 표현할 길이 없는 배우의 절제된 연기 때문일지도 모르겠다. 관객은 폭발적인 연기에는 종종 경탄하고 때로 감동하지만 절제된 연기에는 속절없이 끌려들기 마련이다. 배우가 남긴 침묵과 여백을 자신의 상상력으로 채우기 때문이다. 키넌-볼저가 '아껴' 표현하는 로라의 불행을 관객의 상상력은 더욱 절절히 체험한다. 자신이 엄마와 동생이 되어 그녀의 삶을 '행복과 행운'으로 채워주고 싶어 한다. 로라를 둘러싼 후광은 그러한 소망의 빛일지 모른다. 그녀가 온전한 다리와 온전한 마음을 되찾게 해달라는 간절한 소망.

하지만 누구보다 로라 자신이 '잃어버린 가능성'에 대해 잘 알고 있다. 그래서 그 가능성을 꿈꾸는 톰을 남달리 이해한다. 하릴없이 난간에 서서 하늘의 먼 별빛만 마냥 바라보는 톰. 가장의 책무에 쫓겨 직장은 다니지만 틈만 나면 '시 나부랭이'나 쓰고, 엄마의 잔소리가 시작되면 현실 도피의 '모험'을 찾아 영화관으로 달려가는 톰. 그런 톰을 아만다는 '이기적인 몽상가'라 몰아붙이지만, 로라는 그가 질식할 것만 같은 현실의 삶을 자신과 엄마를 위해 견디고 있음을 안다. 육각형 현실에 갇혀 눈으로만 별을 좇는 자의 슬픔을 잘 알기 때문이다. 아만다와 크게 다툰 톰이 밤늦게 만취해 돌아오는 장면은 두 남매의 교감을 깊은 감동으로 보여준다.

마술쇼의 무대 도우미를 해서 기념품으로 얻은 '매직 스카프'를 로라에게 주면서 톰은 마술사가 어떻게 그걸 가지고 새장의 새를 어항의 금붕어로 바꾸고 다시 새로 바꿔 날려 보냈는지, 또 마술사가 들어간 관에 못을 박았는데 어떻게 못이 하나도 뽑히지 않고 관 밖으로 빠져나왔는지 횡설수설 늘어놓는다. "내게 필요한 게 그 마술인데 말이야. 이 좁아빠진 관에서 빠져나가도록"이라며 곯아떨어지는 톰. 로라는 톰을 소파에 누이고 톰에게서 받은 붉은 매직 스카프를 잠든 얼굴 위로 흔들어준다. 아, 누이여, 누이여! 자신의 절름발이 걸음으로는 갈 수 없는 길, 잃어버린 가능성의 길을 동생 톰은 새가 되어 날아가길 축원하는 것이다. 먼 별빛을 좇아 떠날 수 있기를 바라는 것이다.

기억과 유령

누이의 축원에 대한 보답인지 어머니의 강요에 못 이긴 탓인지 톰은 신랑감 후보를 데려온다. 하지만 아만다가 온갖 수선을 피우며 집안과 로라를 '장식'해도, 신사 구혼자 짐이 극히 진지하고 성실한 모습으로 자신의 역할을 수행해도, 윙필드 가족이 소망했던 행복과 행운은 찾아오지 않는다. 짐이 이끄는 대로 절룩이는 발로 춤을 추다가 깨트린 유니콘을 약혼자가 있음을 밝히는 그에게 '기념품'으로 주는 로라. 신랑 후보 미자격자를 데려왔다고 톰을 다그치는 아만다. 다시 영화관으로 도망치는 톰. 아만다는 톰과 악다구니를 치다 이렇게 끝장을 낸다. "그래, 가! 아예 달나라까지 가버려! 이 이기적인 몽상가 자식아!"

들고 있던 잔을 바닥에 내동댕이친 톰이 계단을 뛰어 내려가면 촛불만 켜진 무대 위에 어슴푸레한 실루엣으로 남는 아만다와 로라. 실의에 빠진 딸의 볼을 쓰다듬고는 기억의 저편으로 퇴장하는 엄마. 뚫고 나왔던 소파 틈새를 통해 시간의 저편으로 쏘옥 사라지는 로라. 계단 난간을 비추는 조명과 함께 톰의 마지막 독백이 시작된다. "달에 가지는 않았어요. 더 먼 곳으로 갔지요. 두 장소 사이의 가장 먼 거리는 시간이니까요." 신사 구혼자 사건이 있은 얼마 후 직장에서 해고된 이야기, 집을 떠나 떠돌며 꿈을 좇던 이야기, 낯선 밤거리를 헤매다 쇼윈도 유리장식물을 본 순간 어깨에 와 닿는 누이의 손길을 느낀 이야기를 서정적이고 시적인 대사로 전한다. 자신을 놓아주지 않는 기억에 괴로워한다.

어쩌면 그리워한다. "오, 로라, 로라, 누날 버리고 떠나려 했지만 생각대로 되지 않았어. 누나 생각을 결코 떨칠 수가 없었어! 기억의 촛불을 끄려고 애를 썼지만 차마 끌 수가 없었어. 하지만 로라, 지금은 가녀린 촛불이 아니라 번갯불로 불을 켜는 세상이야. 그러니 제발, 촛불을 불어 꺼줘. 그리고 이젠 정말 안녕." 원작에서는 로라가 촛불을 불어 끄는 걸로 되어 있지만 이미 소파 속으로 사라진 로라를 다시 불러낼 수는 없는 일. 마지막 작별을 고한 톰이 바닥에 놓인 촛대를 집어 든다. 그 순간 촛불에 비친 그의 얼굴이 마치 말라죽은 시신 같아 보인다! 불어 꺼지면서 촛불이 남기는 잔영은 암흑 속으로 사라지는 유령의 모습이다. 나만의 착시인가? 검은 호수에 달과 별들이 솟아오른다. 뭉툭한 피아노 음률이 희미하게 들려온다. 암전, 환호, 그리고 전원 기립박수!

잠깐이지만 충격에 빠져 관객들의 환호에 동참하지 못했다. 말라죽은 시신 같은 톰의 마지막 얼굴이 윌리엄스의 유령같이 느껴졌기 때문이다. 한 박자 늦게 일어나 터져나갈 듯한 열광적인 박수에 온 마음을 보탠다. 열렬한 세 번의 커튼콜 끝에 짐 역의 배우가 다시 등장한다. 미국배우협회에서 연말을 맞이해 노숙자를 위한 모금을 한단다. 그냥 모금이 아니라 로라가 짐에게 준 '기념품'을 경매한다며 유니콘을 바지 주머니에서 꺼내보이자 큰 웃음이 인다. "자, 100달러에서 시작하죠." 금방 200, 300을 넘어서더니 400달러에 낙찰. 그때 어떤 관객이 뜬금없는 흥정을 한다. "세 개에 1000달러. 나머지 두 개는 뿔이 부러지지 않은 걸로." 폭소와 박수! 최종 낙찰!

축제 같은 경매에 입질은 못했지만 공연만으로도 큰 선물을 받은 느낌이다. 그런데 왜 마지막 톰의 얼굴에 윌리엄스의 얼굴이 겹쳐졌을까? 그의 〈회고록〉을 탐독했던 탓일까? 일찍이 어머니 에드위나와 누이 로즈를 떠났던 죄책감이 그의 생에 그림자처럼 따라다니고 있었음을 알기 때문일까? 그 죄의식으로부터 빛나는 인간의 초상을 그려내 어머니와 누이에게 헌정한 윌리엄스. 이 영광스러운 헌정식의 마지막 순간에 그는 왜 처참한 유령의 모습으로 나타난 걸까. 자신의 꿈을 위해 가족을 저버린 죄의식은 그렇게도 끈질긴 것인가. 어떤 예술적 성취로도 보상할 수 없을 만큼? 그래서 그의 꿈이었던 브로드웨이 무대에 이 기억의 극이 오를 때마다 연극의 유령이 되어 그 기억의 끄트머리를 영영 떠돌게 된 것인가.

그렇다면 그 유령마저 사라진 어둠 속에 떠오른 달과 별무리는? 영롱한 빛을 품은 호수는? 윙필드네 아파트는 호수 위의 집이었다. 아만다와 로라와 톰, 그들은 별빛에 물든 존재였다. 별에 가닿을 수는 없되 별을 품은 호수. 별이 될 수는 없되 눈망울에 별무리를 듬뿍 담은 사람들. 수백 광년 밖의 그 무수한 별들 가운데 몇몇은 이미 죽고 없는지도 모른다. 그렇다면 지금 보는 별빛은 이미 사라져간 별의 기억에 지나지 않는 것인가. 우리는 기억을 현실이라고 부르고 있는 것인가. 삶의 시간 속에 우리 모두는 기억의 회랑을 헤매고 있는지도 모른다. 어느 날 우리도 기억으로만 존재하게 될 것이다. 그 기억도 우리를 사랑한 사람들의 수명을 넘어서진 못할 것이다. 애초부터 우리는 우리가 사랑한, 그럼에도 불구하고 버리고 떠난 것들에 대한 기억을 통해 존재하는 건지도 모른다. 인간의 존재란 사라진 별을 기억하는 별빛에 물든 호수일지도.

사라져가는 별들

'촛불이 아니라 번갯불'로 환하게 밝힌 타임스 광장은 인산인해. 관광객과 연말 쇼핑객들이 한꺼번에 몰렸나 보다. 이스트 빌리지로 가는 길, 밤하늘을 올려다보니 첨탑 빌딩이 달을 향해 치솟아 있다. 저 달을 잡으려고? 빌딩 외벽이 파랑과 초록, 노랑과 빨강 조명으로 화려하고도 단아한 정취를 만들어낸다. 무슨 빌딩이지? 길모퉁이의 경관에게 물어보니, "엠파이어스테이트 빌딩이지요."

평소엔 형광 빛이 감도는 건물인데 바뀐 색상 탓에 전혀 달라 보였던 것이다. 여행자의 생각을 짐작했는지 경관이 덧붙인다. "남아프리카 공화국 국기 색깔이랍니다. 넬슨 만델라의 서거를 기념하기 위해서지요." 총총걸음으로 계단을 내려가 지하철을 탄다. 만델라가 투옥 시절부터 좌우명으로 삼았던 〈줄리어스 시저〉의 대사가 떠오른다. '비겁한 자는 실제로 죽기 전에 몇 번이고 먼저 죽는다. 용기 있는 자는 죽음의 맛을 단 한 번 볼 뿐이다.'

만델라를 기억하며

그랬구나, 인류의 스승이 돌아가셨구나. 그분도 유령을 남겼을
까. 그랬을 테지. 하지만 그 유령이 떠돌 곳은 세상의 중심 타임스
광장도 브로드웨이도 아닐 테지. 그 유령은 육각형 현실의 그늘진
곳들을 찾아 헤매겠지. 그 유령도 윌리엄스의 유령처럼 별빛 물든
호수를 남기고 가신 게 아닐까. 영혼의 고통만큼 무거운 현실의 고
통을 지고 살아가는 사람들에게 어둠 속에서도 빛을 찾기를 멈추
지 말라고 이르시면서.

정든 이스트 4번가 골목으로 접어드니 라마마와 뉴욕연극워크
숍이 여행자를 반가이 맞아준다. 여기도 오늘이 마지막이리라. 바
바라 숍 가죽 가게에 불이 켜져 있어 들여다보니 장인과 도제가 앉
아서 이야기를 나누고 있다. 잠깐 망설이다가 문을 열고 들어선다.
"뭘 사려는 건 아니고 잠깐 말을 나눌 수 있으면 해서요." 이전에 우
연히 쇼윈도의 '오이디푸스
의 발'을 보고 깊은 인상을
받아 얘기를 나누고 싶었지
만 장인께서 도제를 가르치
느라 열중하고 있었다고 하
니, 오이디푸스의 발이 뭐냐
고 물어온다. "일을 마치고
와인을 마시고 있던 참인데
한잔 하시겠어요?"라고 하며.

도제와 장인 피혁공
제시카와 바바라

오이디푸스의 뜻풀이를 해주니 감탄하며 자신도 연극과 출신이란다. 1929년생인 바바라 숌은 카네기멜론 대학 연극과를 졸업하고 파리에 유학하면서 가죽 세공 일을 배웠다. 〈배너티 페어〉 등 유수한 패션 잡지에 소개될 만큼 피혁 장인으로서의 명성을 쌓은 그녀는 "연극을 전공한 분이 어떻게 가죽 일을?"이라는 질문에 "깊은 곳에 가면 모든 예술이 다 만나는 법"이라는 도통한 말씀을 하신다. 눈길을 끈 또 하나가 장인과 도제의 아름다운 모습이었다고 하니 "선생이 학생에게서 배우지 못한다면 제대로 가르치는 게 아니지요."라며 또 다른 도를 펼쳐 보이신다. 도제는 쿠퍼유니온대학 미술학도 제시카. 낮에는 조각을 하고 밤에는 가죽 세공을 배운다고.

이야기마다 쑥쑥 통하는 여행자와 장인의 대화는 끝없이 이어진다. 대학 시절 한국전 반대 데모를 했었다는 바바라. 한국전쟁이 미국에서는 '잊힌 전쟁'이라 불리지만 극소수가 참가했던 반전 데모 또한 베트남 반전운동에 가려 '잊힌 데모'가 되었다고. 한국전 이야기가 '소련'으로 옮겨가자 여행자는 체호프를, 장인은 도스토예프스키를 논하며 예술의 고향 러시아 예찬론으로 하나가 된다. 내 부친보다 두 살 더 많으시다고 말씀드리니 장난스런 표정으로 "아들아" 하시기에 맞받아친다, "엄마"! 제시카가 배꼽을 잡고 웃는다. 올해 84세, 뉴욕에서 만난 가장 나이 많은 장인이시다. 그렇다고 만사 도통한 것은 아닌 듯. 사진을 청하자 쉽게 허락지 않으신다. "옛날엔 예뻤는데."라며 스크랩된 옛 신문과 잡지 사진들을 보여주신다. 정말 예쁘다. 아니 아름답다!

와인 잔을 기울이며 이야기를 나눈 것이 한 시간이 넘었다. 아쉬운 작별을 나눈 여행자에게 주는 마지막 말씀. "아들아, 곧 끝을 맞이할 내 삶에서 가장 큰 행복은 많은 사람을 가르칠 수 있었다는 거다. 그 사람들로 인해 행복했다. 지금도." 그러면서 제시카를 돌아보며 미소를 주고받는다. 길을 나서는 여행자에게 환한 미소로 손을 흔들어준다. 4번가 골목 위 하늘에는 별들이 총총히 빛나고 있다. 만델라의 별이 더해진 걸까. 바바라도 곧 이 세상을 떠나 많은 사람에게 빛을 뿌리던 일을 하늘에서 계속하시려나.

○ ○ ○   〈라 디비나 카리카투라〉:

개를 위한 신곡
○
○

한국에 소인극(小人劇) 〈인형의 집〉으로 충격을 던졌던 리 브루
어의 신작 〈라 디비나 카리카투라〉. 직역하면 '신이 그린 캐리커처'
쯤 되겠지만 내용을 보면 '개를 위한 신곡'이라 해야 할 듯. 단테의
〈신곡〉을 번안한 3부작이며 오늘 공연은 "제1부. 털북숭이 개"라는
부제를 달고 있다. '자칭 영화 감독 존과 그를 사랑하는 개 로즈가
환생에 환생을 거듭하며 겪는 일련의 변신 이야기'라고. 엘렌 스튜
어트 극장 로비는 발 디딜 틈이 없다. '전위 중의 전위'라 불리는 브
루어가 모처럼 내놓은 신작에 첨단의 예술적 취향을 자랑하는 오

프-오프-브로드웨이 관객들이 파도처럼 몰려왔기 때문이다.

마부 마인즈 극단은 1970년 창단 이래 단지 영미권이나 유럽뿐 아니라 그야말로 글로벌 투어를 통해 국제적 명성을 확립한 극단. 동서양의 온갖 연희 양식을 뒤섞고, 종교적 경전과 문학적 고전을 자유자재로 뒤집고, 예술과 유희를 거침없이 넘나든 대가 리 브루어가 이끌고 있다. 같은 연배의 리처드 포어먼이 이미 저문 전위연극의 대부이고 동양인형극이라는 같은 뿌리에서 출발해 메인스트림으로 넘어간 줄리 테이머가 배교한 요정이라면, 브루어야말로 살아 있는 전위연극의 전사라는 것이 많은 비평가들의 공감이다. 객석 앞 스태프가 안내 멘트를 한다. "러닝타임은 두 시간 반이지만 아직 여러 가지 시도를 해보고 있는 과정이라서 조금 더 걸릴 수 있습니다. 중간중간 공연을 멈출 수도 있고요." 그건 좀 곤란한데, 11시 막차를 타야 하니까. 예정보다 30분이나 늦게 공연이 시작된다.

조명이 들어오면 주황빛 안전조끼에 안전헬멧을 쓴 남자가 손전등을 비추면서 철로처럼 생긴 세 겹의 원형 통로 사이를 걸어온다. 선로 점검을 하는 듯 아래쪽을 들여다보기도 하고 서류철에 기록을 하기도 한다. 뭔가에 걸려 쓰러진다. 몸을 일으켜 욕설을 길게 내뱉으며 퇴장하는 순간, 재즈 록의 소란한 연주와 함께 배경막에 영상이 들어오면 불길에 싸인 지하철이 눈앞에 펼쳐진다. 인페르노 Inferno! 단테의 지옥이 뉴욕 지하철에 강림했다. 이글거리는 지옥불 앞으로 속속 등장하는 출연진. 검은 상하의와 복면의 퍼피티어들이 닌자같이 재빠른 몸동작으로 원형 통로 사이를 점령하는가 하면, 배경막 앞 플랫폼에는 흑인 남성 넷이 등장해 능숙한 몸짓으로 리듬을 탄다. 지하철의 거리 연주자들인 듯. 반대쪽에는 '드림 걸즈'의 반짝이 드레스를 입은 세 흑인 여성이 스탠딩 마이크를 들고 등장한다. 할렘 뮤직 쇼가 뉴욕 지하철에 강림했나?

그들이 노래를 시작한다. 요란한 반주와 재즈 록의 흐물흐물하면서도 질러대는 창법 탓에 가사를 알아들을 순 없었지만 도착과 출발을 알리는 지하철 역내 방송이 계속 삽입되는 음악의 느낌은 분명했다. 번잡한 도시, 끊임없이 오가는 열차와 사람들, 타오르는 갈망들, 그리고 고독에 몸부림치는 영혼. '지옥철 브라더스'와 '할렘 시스터스'의 열정적인 연주가 끝나면서 선글라스를 낀 거구의 장님 흑인 여성이 지팡이에 의지해 등장하더니 객석에 접한 플랫폼 벤치에 앉아 설치된 마이크를 끌어당긴다. 반대쪽의 플랫폼에는 케니 지를 닮은 뽀글머리 백인 남성이 올라서더니 피아노 앞에 앉는다. 원형 통로들 사이의 퍼피티어들이 바삐 움직이기 시작한다.

개 한 마리가 들어온다. 물론 인형으로 만든 개다. 반대편에는 선글라스에 빵모자를 쓴 늙은 남자 인형이 등장한다. 그의 이름은 존, 개의 이름은 로즈, 그러니까 암캐다. 퍼피티어들이 두 인형을 살아 움직이게 하는 동안 무대 전면의 뽀글머리 남성과 흑인 여성이 두 '남녀'의 목소리가 된다. 남녀라고? 그렇다, 달리 말할 방법이 없다. 이 극은 남자 인간을 사랑한 여자 개의 이야기이므로. 그것도

라 디비나 카리카투라

1. 무대 배경막 영상
2. '천생연분' 존과 로즈
3. 리 브루어와 그의 분신 또는 환생들

충견의 주인에 대한 사랑이 아니라 정념에 사로잡힌 암캐의 사랑이야기이므로. 무슨 말이냐고? 유기견 로즈는 동네 아저씨이자 독립영화 감독인 존을 처음 본 순간부터 사랑에 빠진다. 졸졸 따라다니는 로즈를 존이 거둬들여 십여 년을 함께 살게 된다. 둘의 관계가 인형극의 기막힌 마술을 통해 펼쳐진다. 내버려두면 쭈그러진 천과 가죽 쪼가리에 불과하지만, 퍼피티어의 손을 빌려 생명력을 얻은 인형은 신의 숨결을 빌려 태어난 인간과 다를 바 없이 뛰고 까불고 웃고 울고 미워하고 사랑한다. 지하철 브라더스와 할렘 시스터스의 열창 속에서! 탱고와 레게, 소울과 랩, 켈트 민요와 힌두 음악, 세상의 모든 음악을 타고!

하지만 인간 존이 개 로즈의 연정을 알 리 없다. 온몸을 핥아대는 '그녀'의 스킨십을 여느 견공의 본능 이상으로 생각해본 적이 없다. 사건은 존이 애인 술리와 잠든 사이 틈을 파고든 로즈가 존의 거시기를 핥으면서 시작된다. 이런 망측한! 웬만한 종류의 '변태' 행위에는 상당히 관용적인 오프-오프 관객들도 웃음을 터뜨리면서도 조금은 불편해하는 눈치다. 술리가 로즈를 걷어차면서 '이 암캐!'Bitch라고 외칠 때에야 비로소 통쾌한 웃음을 터뜨린다. 로즈는 그렇게 걷어차인 것에 크게 기뻐한다. 연적으로서의 자격을 획득했기 때문이다! 비로소 자신의 사랑을 인정받기 시작한 것이다. 이 순간 로즈의 목소리 연기자가 부르는 노래는 흑인 특유의 깊고 풍성한 목소리에 실려 말할 수 없이 감동적이다.

그 목소리에 실린 덕인지 인간 문명의 금기로부터 자유로운 탓인지 개가 인간보다 더 인간적인 모습이다. 무기력한 일상에 빠져 늘 마약과 몽상에 찌든 모습으로 나타나는 존, 그와의 권태로운 관계 속에서도 지배욕만큼은 세상 어느 합법적 아내 못지않은 술리. 습관이 되어버린 인간적 감정이 '인간' 인형들을 기계적인 존재로 제시한다면, 숨막히는 사랑과 피 끓는 질투에 몸부림치는 '개' 로즈는 인간 감정의 원형을 아무런 제지 없이 격렬하게, 곧 '개망나니 짓' 그대로 보여준다. 하지만 때로는 보고 듣기조차 민망한 로즈의 격정은 목소리 연기자의 다양한 '개 짖는' 소리와 변화무쌍한 내레이션, 흑인 영가의 처절한 울부짖음과 숨죽인 흐느낌을 통해서 인간 본성의 뛰어난 미학적 표현이 된다. 지옥의 미학적 표현이라 불러도 무방하다. 문명의 억압과 자기검열을 넘어선 로즈의 세계, 이룰 수 없는 사랑에 몸부림치는 '개 같은' 인생, 그것을 지옥이라 부른다면.

부활과 환생 사이

한 인터뷰에서 이 작품과 단테의 〈신곡〉 사이에 별 연관성이 없어 보인다는 지적에 리 브루어는 파올로와 프란체스카—〈지옥편〉에 나오는 불멸의 연인들—에피소드를 환기시킨다. 물론 브루어의 개작은 원전과는 확실히 다르다. 단테는 두 연인을 영원한 정욕의 불길 속에 남겨둔 채 지옥에서 천국까지 쭉 뻗은 길을 달려간 시인을 그리지만, 〈라 디비나 카리카투라〉는 불길 속에 남은 연인들이 헤매는 지옥과 연옥과 천국을 그리고 있기 때문이다. 또 기독교적 알레고리에 힌두교와 불교의 환생·윤회론을 끌어들이기 때문이다.

술리가 출장을 간 사이 독차지가 된 존과 꿈같은 나날을 보내던 로즈. 그런데 술리를 만나기 위해 존마저 떠나자 혼자 남은 로즈는 그를 그리워하며 거리를 배회하다가 유기견 단속에 걸려 '영혼과학연구소'라는 이름의 중독자 재활원, 곧 유기동물 보호소로 보내진다. 마약과 알코올은 물론 사랑의 중독자들까지도 재활훈련을 시키는 곳인데 희한하게도 힌두교 사원의 모습이다. 힌두 사제가 등장해 길 잃은 영혼들에게 재활, 갱생, 부활, 환생의 제의를 베푼다. 여러 옵션 가운데 인간으로의 환생을 택한 로즈는 뜻밖에 십자가형을 당하게 된다. 서양 개이니만큼 서양 제의를 따라야 한다나.

재활원의 터줏대감인 돼지와 염소가 등장해 로즈의 결심을 흔든다. 환생의 옵션을 택해 십자가형을 받았지만 다음 단계로 나가지 못했다고, 십자가형 이후 돼지와 염소 모습 그대로 부활은 했지만 그들을 기다리는 건 끝없이 반복되는 십자가형뿐이었다고. 수난과 부활의 무한 반복, 그 끔찍한 '영생'을 꿀꿀, 메애 소리를 섞어 간드러지게 말하는 목소리 연기에 폭소를 터뜨리던 관객은 한사코 뜻을 꺾지 않는 로즈의 처형 장면에서는 짠해지고 만다. 퍼피티어의 막대기에 묶인 천과 가죽 쪼가리에 불과한 인형이 십자가에 매달리는 모습이 왜 이리 가슴 아픈지. 힌두 음악과 그레고리안 성가 사이로 스며드는 목소리 연기자의 고통스런 신음과 절절한 소망을 담은 노랫소리에 먹먹해지는 가슴을 쓸어내려야만 했다. '부활이냐 환생이냐, 그것이 문제로다'라는 질문 속에 맞이한 인터미션.

미완의 공연

공연 후반도 지체된다. 개 모습 그대로 부활한 로즈가 풀 죽은 모습으로 엎드려 있다. 시작하는가 했더니 목소리 연기자가 대사를 하는 도중에 중단된다. 그렇게 중단되는 일이 반복되니 거장에 대한 존경심에도 불구하고 관객들 사이에 불평이 인다. 다시 시작되면, 집으로 돌아온 존이 로즈를 찾아 거리를 헤맨다. '그녀'가 떠난 후에야 비로소 사랑을 깨달은 존. 바지춤을 내리고 적나라한 모습으로 변기에 앉아서도 로즈 생각이다. 존의 목소리 연기자가 피아노를 연주하며 노래한다. 권태와 무기력에 빠진 노인의 메마르고 거친 목소리가 그리움의 노래를 부르기 시작하자 '그대 없이 어떻게 살라고'를 절규하는 마이클 볼튼의 목소리가 된다! 인형의 동작도 약에 절어 느릿하던 모습 대신 생동감이 넘친다. 사랑을 깨달은 희열과 잃어버린 연인을 찾아 헤매는 안타까움 때문이다. 젊음이, 아니 새로운 생명이 신의 숨결처럼 인형의 몸속으로 들어온다. 그렇다면 로즈의 십자가형은 자신이 아니라 존의 부활을 위한 것이었나? 비록 자신은 인간의 몸을 입지 못할지라도 사랑의 순교를 통해 존의 잃어버린 영혼을 되찾아준 것인가?

그러나 늘그막에 타오른 불꽃을 견디지 못한 탓일까. 뜨거운 영혼의 체온을 견디기에 육신은 너무 약한 것인가. 바지춤을 내리고 변기에 앉아 로즈를 그리워하다가 심장마비로 죽고 마는 존. 하지만 이것이 반전일 줄이야. 기독교적 부활이 무산된 대신 힌두교적 환생이 이루어질 줄이야. 존이 개로 환생했냐고? 아니다. 돼지가 되었다. 그것도 가죽점퍼를 걸친 바이크 족 돼지로! 문제는 개나 돼지와 같은 종의 문제가 아니라 '나쁜' 돼지라는 성격. 다시 만난 존과 로즈는 바이크를 타고 미 대륙을 종횡하며 로맨스를 즐기지만 거칠고 분방한 성격의 존은 로즈의 사랑을 몰이해와 경멸로 대한다. 이생의 사랑이 후생의 착취로, 현세의 인연이 내세의 악연이 되고 마는 것인가. 라스베이거스의 호텔방에서 잠 못 이루는 밤을 지새우는 두 연인. 그리고 이스트 빌리지의 시간은 벌써 10시 10분!

머물까 떠날까. 망설임 끝에 분연히 자리에서 일어난다. 어차피 미완의 공연이라는데 관람도 미완이면 어떠랴. 로비로 나오는데 구석에 가부좌를 틀고 있는 불상이 눈에 들어온다. 아까는 인파에 가려 보지 못했던 모양이다. 한눈에도 싸구려 주조 불상은 아니다. 직원에게 물어보니 1970년대 라마마를 방문한 한국의 불교미술가

엘렌 스튜어트 극장 로비의 불상

작품이란다. 직원의 설명이 길어지면서 조바심이 난다. 빨리 가야
하는데. 막차를 타야 한다고 변명하며 마지막으로 불상을 일별하
기 위해 돌아서는 순간, 부처가 죽비를 들어 여행자의 머리를 딱 내
리친다, '색즉시공 공즉시색!'

색즉시공 공즉시색

지하철에서 버스 터미널까지 그 말이 계속 쫓아온다, '색즉시
공 공즉시색.' 오는 길과 마찬가지로 가는 버스도 만원이다. 탑승구

앞의 줄이 한참 길다. 못 타는 건 아닌지, 마지막 여행에서 노숙자 신세가 되는 건 아닌지. 줄서서 〈라 디비나〉의 프로그램 노트를 읽는다, 색즉시공의 연유를 찾고자. 작품 전체의 구상이 〈신곡〉은 물론 힌두경전 〈마하바라타〉에서 왔다는 것, 1부의 존과 로즈를 통해 사랑과 예술의 관계를 그리려 했다는 것, 2부에서는 존과 로즈는 물론 술리와 여타 등장인물들이 환생에 변신을 거듭하며 복잡한 관계를 엮어가고, 3부에 가면 로즈가 마침내 개미 전사로 환생하면서 혁명가가 되어 최후의 전쟁을 백악관 잔디밭에서 벌인다는 황당한 이야기까지.

개와 돼지와 사람과 염소와 여자와 남자와 개미. 부활과 환생을 넘어 억겁의 윤회 속에 일어서고 스러지는 생명. 그 생명의 가장 원초적인 순간들을 포착하고 얽혀 살아가는 생명들의 가장 치열한 만남을 기록하고자 하는 예술. 그리고 그 모든 것이 환영임을 드러내는 예술. 그것이 〈라 디비나〉를 통해 브루어가 추구하는 주제다. "작품 전편을 통해 예술적이고 영적인 길 찾기가 계속됩니다. 진실을 찾는 예술가란 종교적 진리의 추구자이기도 하지요. 그 순례의 길을 관통하는 것은 불교적 가르침입니다. 예술가는 환영을 환영으로 볼 수 있어야 하거든요." 그래서 색즉시공. 부처의 숨결에 공명하는 마지막 말이 잔잔히 가슴에 스며든다. "당신이란 당신의 생각이 있는 곳이다. 당신이 서 있는 곳을 당신이 만든다. 지옥을 살아가느냐 천국을 살아가느냐는 오직 당신에게 달려 있다."

미
완
의

여
정

°°°

°°

　단 한 좌석도 남지 않은 만원 버스. 둘러보지만 아침에 만난
'트리니티' 모녀들은 없다. 다정한 누이 로라가 붉은 마술 스카프를
흔들어주었나, 버스가 출발하자마자 혼곤히 잠든다. 어느새 떠났
던 곳으로 돌아온 여행자. 차가운 어둠 속으로 사라지는 버스. 지난
10개월 언제나 마지막 버스를 몰던 저 운전사도 이번이 마지막일
텐데 작별인사를 미처 못했다. 그와 나는 언제 무엇이 되어 다시 만
나랴.

　겨울 밤하늘이 청명하다. 먼 별빛을 바라보자니 영겁의 세월을
거쳐 이곳에 떨어진 느낌이다. 지난 열 달의 뉴욕 여행이 오래 전
일처럼 느껴진다. 밤하늘을 향해 길게 숨을 토해본다. 잠시 하얀 입
김에 가렸다가 다시 나타나는 별 하나. 동쪽 하늘에 가물거리는 낯
익은 별.

밤하늘 올려다보기를 좋아했다. 아는 별자리를 찾기보다 그저 별빛에 빠져들곤 했다. 사람들이 지은 이름은 바뀔지라도 사람의 손이 만질 수 없는 빛은 영원할 것 같았기 때문이다. 어느 해 발견한 동쪽 하늘 별 하나. 꺼질 듯 가물거리는 그 빛에 마음이 끌렸다. 이름까지 지어주었다. 큰 바다와 큰 땅을 건너 오늘 밤 저 하늘에서 보는 별이 정녕 그 별인지는 알 수 없다. 하지만 똑같이 아련히 가물거린다. 혹 이미 소멸한 별이 아닐까? 빛이 아니라 빛의 기억은 아닐까? 별에도 생명이 있다면 환생을 할까, 내가 부른 것이 아닌 다른 이름으로라도. 어떤 이름이든 오래토록 빛나길. 내 생명 그친 뒤에도, 아니 내가 환생해서 저를 기억하지 못할지라도.

별에게도 인간에게도 모든 것이 미완의 여정이다. 우리 모두에게 아직 가야 할 길이 남아 있다. 덜 끝난 공연, 덜 끝난 3부작을 채워가야 한다. 완성은 요원하고 종말은 예기치 않게 올 것이다. 그래도 가야 한다. 가는 동안 때로는 지옥을 때로는 천국을 만날 것이다. 악몽과 아름다운 꿈, 선과 악, 지옥과 천국을 함께 품고 살아가는 자야말로 인간의 인간됨을 참으로 알게 될 것이다. 그렇게 길을 가다보면 지치고 쓰러지는 날이 올 것이다. 그때야 가던 길로부터 안식을 얻을 것이다. 부활 후의 영원한 안식이든 환생 전의 잠깐의 안식이든 참으로 다른 세상에 들 것이다. 인간을 인간으로 만드는 그 모든 결핍과 욕망이 소멸된 세상. 백팔번뇌는 차가운 밤하늘 별들이 되고 별은 다시 아스라한 별빛으로 스러지는 무한 공간. 모든 색이 사라진 순수한 공의 세계. 우리 모두 누군가의 기억이 되고 그 기억마저 아득히 멀어져간 무Nothing의 세계 말이다. 그곳에 이르기까지 우리는 여전히 길 위에 있다.

브로드웨이의 유령

: 한 연극학자의 뉴욕 방랑기

펴낸날	초판 1쇄 2014년 11월 17일
지은이	강태경
펴낸이	김훈순
펴낸곳	이화여자대학교출판부
주소	서울특별시 서대문구 이화여대길 52(우120-750)
등록	1954년 7월 6일 제9-61호
전화	02) 362-2966 (편집), 02) 362-6076 (마케팅)
팩스	02) 312-4312
전자우편	press@ewha.ac.kr
홈페이지	www.ewhapress.com
책임편집	이정원
디자인	손현주
찍은곳	네오프린텍

ⓒ 강태경, 2014
ISBN 979-11-85909-09-7 03810

값 22,000원

이 도서의 국립중앙도서관 출판예정도서목록(CIP)은 서지정보유통지원시스템
홈페이지(http://seoji.nl.go.kr)와 국가자료공동목록시스템(http://www.nl.go.kr/kolisnet)에서
이용하실 수 있습니다. (CIP제어번호: CIP2014031160)